KB114108

Lord of Freedon
프라튼의 영주

현시창 판타지 장편 소설
FANTASY FRONTIER SPIRIT

프리든의 영주 3

현시창 판타지 장편 소설

초판 1쇄 찍은 날 § 2011년 9월 28일
초판 1쇄 펴낸 날 § 2011년 10월 5일

지은이 § 현시창
펴낸이 § 서경석

편집부장 § 권태완
편집책임 § 박우진

펴낸곳 § 도서출판 청어람
등록번호 § 제1081-1-89호
등록일자 § 1999. 5. 31
어람번호 § 제1-1277호

주소 § 경기도 부천시 원미구 심곡2동 163-2 서경B/D 3F (우) 420-822
전화 § 032-656-4452 팩스 § 032-656-4453
http://www.chungeoram.com
E-mail § chungeoram@chungeoram.com

ⓒ 현시창, 2011

ISBN 978-89-251-2644-9 04810
ISBN 978-89-251-2568-8 (세트)

현시창 판타지 장편 소설
FANTASY FRONTIER SPIRIT

Lord of Freedom
프라든의 영주

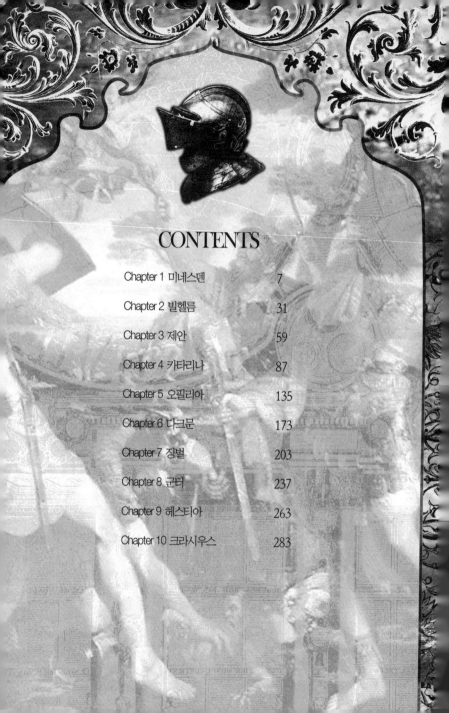

CONTENTS

Chapter 01
미네스텐

CHAIN MAIL - ARMOR made from linked iron or steel
was the main type of armor worn from the Celtic p
in the 6th century B.C. (pp. 1G-11) until the 3th centur
then knights found mail armor not only uncomfortab
wear but also inadequate protection against weap
such as war hammers and two-handed swords. At
first, plate armor, which was gradually introduced
in the 13th century, was simply added to mail
armor. But from the 1400s until the coming of
firearms in the 1600s, knights went to war entirely
encased in suits of plate armor.

INCENDIARY (FLAMING) ARROWS
Incendiary arrows and bolts were
used in warfare until the 100s. A wad of
hemp or flax was soaked in a flammable
substance, fixed beneath the
arrowhead, and then
lit just before the
arrow was shot

Lord of Freedon
프리드의 영주

그로부터 3주 후, 그룬터와 일행은 수도에 도착했다. 말 한 필과 세이린, 헤스티아, 그리고 하인과 병사가 다섯. 영주의 움직임을 귀신같이 눈치채고 도둑이 덤비는 일도 있었지만, 검은 기사라는 이름 앞에서 제 실력을 발휘하는 놈들은 없었다.

　수도는 드문드문 세워진 외성으로 둘러싸여 있어 마음만 먹으면 성문을 거치지 않고 들어갈 수 있었다. 그러나 그룬터가 그렇게 할 이유는 없었다. 그는 잘 닦인 길을 따라 도착했고, 성문 앞에서 멈추어 섰다.

　난생처음 수도를 구경하게 된 하인들은 상징적인 성문의

크기에 압도되어 입을 다물지 못했으나, 수도에서 생활한 적이 있는 세이린은 익숙하게 경비병에게 다가갔다. 그녀는 기사의 종자처럼 그룬터의 신분증을 대신 꺼내 들었다.

"프리든의 클라우츠 베이른님이다."

명패를 확인한 그는 공손히 자리를 비켜주었다. 일행은 다시 이동을 시작했다.

세이린은 성문을 지나며 그룬터에게 말했다.

"영주님, 묵을 곳을 찾을까요?"

전임 영주가 했던 방식을 따라 하는 것이 좋을 것이다. 자주 다니던 여관이 있다면 그곳으로 간다든지 하는 것 말이다.

"전 영주님은 어떻게 했나?"

"그게 저도 잘……. 전 영주님은 제 아비와 단둘이 떠나곤 하여 그때의 일을 아는 사람이 없습니다."

"그렇게 했어야 할 이유가 있나?"

세이린은 솔직하게 모른다고 대답했다. 모른다고 말하는 사람에게 대답하라고 억박지를 수는 없는 일이다. 그는 이 상황에서 가장 알맞은 방법을 선택했다.

"하루 묵을 곳을 찾아 몸을 단정히 하고 내일 찾아뵈는 것이 좋겠군."

"네, 알겠습니다."

대답한 세이린은 몸을 돌려 다시 병사에게 다가갔다. 여관의 위치를 묻기 위함이다. 일행은 잠시 그 자리에 서서 그녀를 기다렸다. 한편 그룬터는 헤스티아가 멍하니 다른 쪽을 보고 있음을 발견했다.

"무슨 일이냐?"

"낯익은 사람이……."

"이곳에서?"

"아, 아닙니다."

헤스티아는 곧 자신이 잘못 봤다며 도리질 쳤다. 그녀의 표정엔 자신이 없었다. 그룬터는 재차 그녀에게 물어봤지만, 결국 모른다는 답만 얻었을 뿐이었다.

마침 세이린이 돌아와 여관으로 일행을 이끌었기에 그룬터는 더이상 그에 대해 묻지 않았다.

하룻밤 휴식을 취하고 여행에 찌든 때를 뺀 그룬터는 여관을 나섰다. 목적지는 물론 미네스덴 가문이다. 헤스티아가 따라가겠노라 했지만 적대적인 장소를 가는 것이 아님을 상기시켰다.

그러자 그녀는 납득했고, 그룬터는 동행인으로 세이린을 선택했다. 일행 중 수도의 예법에 가장 밝은 사람이었기 때문이다.

둘은 수도의 포장된 도로를 걸어 미네스덴 가문으로 향했다.

"영주님, 저희가 이렇게 상경하여 대귀족 가문을 찾는 것은 도시법의 강화를 막기 위함이지요?"

같은 속도로 걷고 있던 그룬터는 무슨 말이냐는 표정으로 세이린을 바라보았다.

"혹시나 돕지 않겠다고 말하면 어찌 되나 싶어서……."

일을 앞두고 쓸데없는 걱정을 한다. 엄한 영주라면 불길한 소릴 한다며 경을 칠 일이다. 그러나 그룬터는 차근차근 말하는 쪽을 선택했다.

"알겠지만 도시라는 공동체는 살아남기 위해 귀족이 아니라 왕을 택했다. 왕에게 직접 조공을 바치기로 한 것이지."

"네."

"도시법을 강화한다는 말은 주변 영지를 말려 죽이겠다는 것이고, 귀족 세력을 약화시키겠다는 말이다. 내가 이리 걸음하지 않아도 미네스덴 가문이라면 이 일을 막으려 할 것이다. 다만 자기 일이 아니라고 늦장부리다 법으로 제정된 상황이 되면 철폐하기가 어려워지는 수가 있다. 그래서 미리 준비를 해달라고 온 것 아니냐?"

말을 하고 있던 그룬터는 세이린이 이런 사실을 모를 리가 없다는 것에 더 큰 의문을 가졌다. 그러나 그는 미네스덴 가문의 표식이 보이자 곧 그녀의 불안감을 이해했다.

이 청지기장은 개인적인 이유로 미네스덴 가문을 꺼리고 있는 것이다. 그리하여 완곡하게 자신의 심리를 표현하는 것이리라.

'하지만 오늘 니첸 미네스덴을 만날 확률은 극히 낮을 테니……'

칼 한 자루 달랑 메고 세상을 유랑하는 남자가 아니던가. 프리튼에서 험한 일 당했다고 쪼르르 수도로 돌아오진 않았을 것이다. 그룬터는 아무 일 없을 거라 생각하며 걸음을 옮겼고, 마침내 미네스덴가의 저택에 도착했다.

저택의 담벼락은 너무나 길어 마치 성벽처럼 한눈에 들어오지 않을 정도였다. 그룬터와 세이린은 감탄하며 정문으로 가 병사에게 알현을 알렸다. 전날 하인 한 명을 보내 소식을 전했으므로 귀찮은 일은 생기지 않았다. 잠시 기다리자 하인 둘이 나타나 일행을 안으로 들였다.

"넓네요."

정원을 가로지르며 세이린이 말했다. 그러면서 그녀는 마차라도 대여해 올 걸 하는 후회를 했다. 십 분은 걸어야 하는 이 거대한 정원을 하인 두 명에게 안내 받으며 터벅터벅 걷고 있는 이 모습, 이 모습이 문제다.

'영락없는 시골 영주의 상경이잖아.'

시골 영주의 상경이 잘못된 말은 아니다. 프리튼은 시골 영지니까. 그러나 그것을 자랑스러워할 필요는 없는 것이기도 하다. 세이린이 세련되게 준비하여 방지할 수 있었던 부분이니까.

프리튼에서 올라올 때는 장거리 여행에 마차가 어울리지

않는다는 생각에서 그리 한 것이다. 하지만 지금은 다르다. 전날 충분히 마차를 대여할 곳을 찾을 수 있었다.

그룬터는 세이린의 얼굴이 어두워지는 것을 보고 그녀가 쓸데없는 생각을 하고 있음을 읽었지만, 구태여 그녀를 부르지는 않았다. 그는 잘 꾸며진 정원에서 추억에 빠지는 쪽을 택했다.

'미네스덴 가문이라……'

가운데에 위치한 분수를 둘러가며 그룬터는 수도 사람의 십분의 일은 미네스덴 가문 덕분에 먹고살고 있다는 소문을 떠올렸다. 대귀족가로서 이들은 재산을 긁어모으기만 하는 것이 아니다. 그만큼 소비를 하고 그만큼 사람들에게 베푸는 것이다.

'프리든에선 하고 싶어도 할 수도 없지.'

그렇게 생각하며 본관에 들어가 접견실로 향하는 참이었다.

"아니, 이게 누구냐?"

대리석 바닥을 밟는 경쾌한 소리가 일행을 걸음을 붙들었다. 그룬터는 가만히 서서 목소리의 주인을 확인했다. 처음 보는 사람이다. 누구인가 싶었던 그룬터의 의문은 제법 빠르게 풀렸다. 세이린이 그를 보더니 놀란 얼굴로 외친 것이다.

"아빠?"

그는 세이린의 아버지인 뤼슬리안이었다. 뤼슬리안은 세이린에게 청지기장 자리를 물려주고 여행을 하는 중이었다. 때문에 세이린은 관광지도 아닌 이곳에서 그를 만났단 사실에 반가움보다 당혹감을 느끼고 있었다.

"이게 무슨 일이에요? 여긴 어떻게……?"

"그건 내가 묻고 싶구나. 아! 혹시 저분은 새 영주님이시냐?"

검은 투구라는 개성적인 모습은 사람을 식별하기 아주 좋은 특징이다. 뤼슬리안은 예를 갖추었고, 그룬터도 고개를 끄덕여 그의 인사를 받았다.

"전 청지기장인가?"

"예, 그렇습니다. 새 영주님의 부임을 보고 떠나려 했는데 공백이 너무 길어 기다리질 못했습니다."

그는 괜찮은 인상의 사내였다. 눈빛이나 행동이 촌구석의 영지 관리인으로 보이지 않을 정도로 말이다.

'세이린의 완성판인가?'

그렇게 될 것이다. 세이린의 가문은 대대로 청지기였다 하니 시간이 지나면 지금처럼 어리바리하게 일하는 것도 줄어들 것이다.

"어쨌든 지금은 일이 있는 모양이니 나중에 보자꾸나."

"네? 나중에 어떻게……."

"이곳에서 묵을 것 아니냐?"

세이린이 고개를 갸웃거리자 그는 전 영주는 수도에 오면 이곳에서 머물렀다고 대답했다. 그 뒤 그는 다시 보자는 말과 함께 떠났고, 그룬터는 접견실로 향했다.

"혹시 이곳에 취직하신 건가?"

걸음을 옮기며 중얼거린 세이린의 혼잣말에, 하인은 아니라고 대답했다. 그래서 세이린은 하인에게 자세한 것을 물었으나 하인은 그가 손님이라는 말을 되풀이 할 뿐이었다.

'손님이라고? 우리 아빠가?'

손님이라 말하니 문득 한 남자가 떠오른다.

'플렉스 오렐리.'

그룬터가 오기 전까지 손님방에서 자리를 차지하고 있던 바로 그 남자 말이다. 하지만 꽁지가 빠지게 도망쳐 쥐새끼처럼 숨었을 테니 이제 볼 일은 없을 것이다. 세이린은 묵혀서 잊을 기억을 괜히 되살렸다 생각하며 그룬터를 따라 접객실에 들어갔다.

방 안은 흰 대리석과 벽의 한기를 막는 그림, 그리고 눈이 부실 정도로 화려한 천장화 덕분에 기다리는 것이 심심하지 않았다. 심지어 그룬터조차 조금씩 고개를 돌리며 주변 그림들을 감상할 정도였으니 세이린은 말할 것도 없었다. 그녀는 이 방과 그나마 비슷하게 프리든의 성을 꾸밀 생각을 하느라 자신이 입을 벌리고 있다는 것도 깨닫지 못하고 있었다.

"큰마님이 드십니다."

문밖에서 소식이 있었다. 그룬터는 자리에서 일어나 예를 갖추어 섰고, 세이린은 갑자기 숨이 막히는 긴장감을 느끼며 입술에 침을 묻혔다.

'대영주 가문의 안주인이 직접 나올 줄은……'

그녀가 그렇게 생각하는 사이 금색 테두리로 치장된 흰색 문이 열렸고, 늙은 귀부인 오필리아 카즈번 미네스덴이 안으로 들어왔다.

"프리든의 클라우츠 베이른이 부인을 뵙습니다."

반면 세이린은 감히 인사조차 못하고 굳은 채로 서 있었다. 물론 계속 그렇게 할 수는 없어 결국 그녀도 예를 갖추고 인사했다.

"자리에 앉게."

반면에 부인은 편하게 손짓하며 앉았다. 그룬터는 예의상 그녀에게 이 자리의 주도권을 넘기며 가만히 기다리기로 했다. 그동안 하인들은 자연스러운 몸짓으로 찻잔을 세팅했다.

"자네의 그 투구는 예나 지금이나 변함이 없군."

"감사합니다."

"프리든의 영주가 마지막으로 이곳에 온 것이… 1년이 넘었군."

"그동안 공석이었습니다."

"알고 있어. 전 영주가 죽었다지?"

이렇게 관심을 드러내는 것은 호의의 표시다. 그룬터는 괜찮은 시작이라 생각하며 그렇다고 대답했다. 하지만, 그래서 그룬터는 눈치채지 못했다. 이런 호의는 그룬터를 방심시키려 한 행동이라는 것을. 사교계에서 수십 년 굴러먹은 이 너구리가 극적인 상황을 만들려 수작을 부리고 있다는 것을 깨닫지 못했다.

"그러고 보니 자네에게 소개할 사람이 있네."

아직 몇 마디 하지도 않았고, 조공 물품도 전달하지 않았다. 그런데 사람 소개라니. 그룬터는 의아함을 느끼다 한 남자의 이름을 떠올렸다.

'니첸 미네스덴.'

낮은 확률이지만 없는 것은 아니었다. 사실 처음 수도행을 결정했을 때, 이 남자의 이름이 생각나지 않은 것은 아니다. 하지만 그룬터는 니첸 미네스덴이라는 남자의 그릇을 작게 보지 않았다. 서로 필연적인 이유로 부딪쳤으나 나쁜 감정이 남지는 않았다. 그렇게 생각했다.

그러니 이제 문이 열리고 들어올 사람이 니첸 미네스덴이라도 그룬터는 당황할 생각이 없었다. 세이린이라면 조금 다른 반응일지도 모르지만 말이다. 과연 세이린은 안에 들어온 사람의 이름을 부르며 경악을 감추지 못했다.

"플렉스 오렐리!"

니첸 미네스덴이 아니었다. 전 영주의 망나니 아들. 영주 암살 미수 사건의 흑막. 그 남자가 화려한 제복을 입고 거만한 걸음으로 들어오고 있었던 것이다.

"오래간만이군."

그는 오만하게 턱을 치켜들고 그룬터를 내려다보며 입장했다. 이 상황은 심지어 그룬터조차도 예측하지 못했던 것이다. 때문에 그는 입을 다물고 상황을 살폈다. 한편 세이린은 덜덜 떨리는 몸을 힘겹게 운신하여 벽에 기대었다.

'어째서 저 남자가? 아니, 저자가 여기 와 있는 것이 중요한 것이 아니야. 왜 저리 부인과 친한 척하는 거지?'

플렉스는 귀부인 곁으로 가더니 바로 옆자리에 턱하니 앉아버렸다. 그는 승리감에 취한 표정을 한 채 말했다.

"너무 오래간만이라 내 이름을 깜빡한 모양이군. 플렉스 오렐리라……. 다시 가르쳐 주지. 나는 플렉스 미네스덴이다. 플렉스 오렐리가 아니야!"

"엣?"

세이린은 이해하지 못하겠다는 표정으로 짧게 외쳤다. 하지만 상황을 이해한 그룬터는 투구 속에서 한줄기 식은땀을 흘리고 있었다.

'이거였나.'

그제야 그룬터는 플렉스의 눈동자와 귀부인의 눈동자 색

이 같음을 발견했다. 단번에 이 사태를 관통하는 이야기가 그의 머릿속을 스치고 지나갔다.

'왜 그리 많은 돈을 가져다 바친 것인지, 왜 그리 수도를 오갔는지 이제야 알겠군.'

전 영주 스퀼 오렐리는 이상하리만큼 미네스텐 가문에 집착했다. 더군다나 그와 그의 부인 사이가 좋지 않았다는 이야기는 공공연한 사실이었는데, 애정이 없을 뿐더러 잠자리도 갖지 않았다는 소문이었다. 즉, 그의 마음은 다른 곳에 있었다는 말.

'그곳이 미네스텐 가문이었단 말인가.'

황당하다. 그러나 지금 눈앞에 펼쳐져 있는 것이 현실이다. 그룬터는 차분한 음색으로 물었다.

"두 분의 관계는 어떻게 됩니까?"

"조손 관계라고 해야겠군. 다시 인사하게. 손자인 플렉스 미네스텐이네."

"반갑군. 플렉스 미네스텐이다."

"프리든의 클라우츠 베이른입니다."

한 차례의 악수. 그룬터는 입을 다물었다.

"어제 하인이 오갔다는 이야길 하니 이 아이가 어찌나 관심을 가지던지 말이야. 이 아이도 프리든 출신이고 하여 불렀네. 서로 안면이 있지 않나?"

"그렇습니다만……."

"어휴, 할머니! 제가 저런 시골 영주 놈과 친분이 있을 리가 없지 않습니까! 하하!"

행동 하나하나가 천박하여 대귀족 가문의 자식이라 할 수 없다. 그것은 저 부인이 더 잘 알 텐데 성을 바꾸는 것을 허락했다 함은…….

'설마…….'

한 가지 가능성이 떠오른다. 하지만 그룬터는 더 이상 깊게 생각하지 않았다. 왜가 중요한 것이 아니다. 이제부터는 어떻게가 중요한 것이니까.

"그건 그렇고, 영주. 무슨 일인가? 아직 부임한 지 얼마 되지 않았을 텐데 말이야."

"인사차 온 것입니다."

그룬터는 부드러운 음성으로 대답했다. 그러자 놀란 것은 세이린이다.

"영주님?"

그게 아니라 도시법 관련된 일로 왔음을 밝혀야 하는 것 아니냔 말이다. 하지만 그녀는 곧 깨달았다.

'플렉스 오렐리, 저놈은 우리 일을 방해할 테지.'

플렉스가 없을 경우 최악의 상황은 그저 '거절'로 끝나는 일이다. 그러나 이젠 미네스덴 가문이 도시를 돕는 상황이 될 수도 있다.

그럴 바엔 아예 목적을 말하지 않는 것이 현명하다. 하지만 닳고닳은 사교계의 너구리가 그 생각을 읽지 못할 리가 없었다.

"수행하는 검은 기사 클라우츠 베이른이 아양이나 떨기 위해 수도까지 왕림할 리가 있나? 여독을 풀고 다시 이야기를 해보는 것이 좋겠어."

부인은 씩 웃더니 자리에서 일어났다. 그리고 하인들을 시켜 좋은 방을 내주도록 명령하고 밖으로 나갔다. 그렇게 부인이 나가자 썰물처럼 하인들도 모조리 빠져나가 방 안엔 그룬터와 세이린, 플렉스만이 남았다.

"하핫! 재미있군, 재미있어!"

그래도 부인의 앞이라고 참았던 것일까. 플렉스는 제 몸을 가누지도 못할 만큼 미친 듯이 웃어젖혔다. 그룬터는 침묵했고, 세이린은 사람들이 나가자 한숨과 함께 앞으로 나섰다.

"이게 어떻게 된 거지? 어째서 당신이?"

"말조심하는 것이 좋을 것이다! 네년과 이 몸의 차이는 이제 하늘과 땅만큼 차이가 나거늘!"

그는 큰 소리로 외쳤다. 그의 말 그대로다. 기세 또한 대단해서 세이린이 입을 다물고 한 걸음 물러설 정도였다. 그는 세이린의 반응이 마음에 들었는지 화제를 돌렸다.

"궁금하겠지? 내가 어떻게 이 대귀족 가문의 후계자가 되었는지 말이야."

그룬터는 순순히 고개를 끄덕였다. 자존심 때문에라도 침묵하리라 생각했던 그가 이렇게 적극적이니 플렉스는 신이 날 수밖에 없었다. 그는 의자에 몸을 파묻고 다리를 꼰 다음 얼굴을 활짝 폈다.

"별것 아니야! 사실은 내 생모가 프리든의 그 여자가 아니었던 거지! 미네스텐 가문의 요절한 영애가 내 어머니였던 거야!"

이 일에 관심이 있는 것은 그룬터뿐만이 아니었다. 세이린도 지대한 관심이 있어 저절로 이야기에 집중했다.

"요절?"

"그래. 사실 아버지 스퀼 오렐리는 미네스텐 가문의 젊은 아가씨와 밀애를 했던 거야. 하지만 생모는 나를 낳다 죽었지. 그러자 미네스텐 가문은 날 버리려 했고, 아버지가 몰래 데려온 거야. 그런 이야기지."

"그런데 어째서 그 사실이 여태 알려지지 않은 거지?"

"결혼도 않은 처녀가 애를 낳았는데 미네스텐 가문이 그 소문을 허락할까? 나는 프리든에서 비밀리에 성장했고, 아버지는 내가 미네스텐 가문의 핏줄임을 인정받기 위해 그렇게 수도를 드나드셨던 거지."

잠깐 플렉스는 말을 멈추었다. 지난날 아버지를 원망했던 자신이 떠올랐기 때문이다.

지금 와서 생각해 보면 아버지는 자식에게 선물을 주고 싶어 한 것이다. 그의 몸 반쪽에 흐르는 고귀한 피를 인정받게 해주려 한 것이다. 그것도 모르고 자신은 미워했으니 얼마나 큰 불효를 저지른 것인가?

"거짓말하지 마! 네가 이 대귀족 가문의 인정을 받을 수 있을 리가 없잖아! 전 영주님이 그렇게 돈을 가져다 바쳤어도 살아생전 이루지 못한 일인데……."

세이린은 그의 그릇이 미네스덴 가문에 어울리는 자라고 생각할 수 없었다. 그런데 사실 해답은 명쾌했다.

"나 때문이야."

뒤에서 귀에 익은 사내의 목소리가 들렸다. 세이린은 핏기가 빠진 얼굴로 천천히 고개를 돌렸다. 장검을 등에 멘 사내. 니첸 미네스덴, 그가 서 있었다.

"역시 그렇군."

인기척없이 문을 열고 들어온 그 사내에게 그룬터는 담담하게 동의했다.

"가문의 상징인 칼을 들고 다니며 말썽이나 피우는 놈을 계속 내버려 둘 수는 없으니 말이야."

"정답이야, 정답!"

그룬터의 설명에 플렉스는 미친 듯이 웃었다.

"웃기지 않아? 나는 망나니짓을 해서 프리든의 영주 후계자 자리에서 쫓겨났는데, 사실 내 사촌형님이라는 분은 더한 망나니짓을 하고 다녀 나한테 후계자 자리를 빼앗긴 거야!

아, 형만 한 아우는 없다던가?"

"입 다물어라, 플렉스."

니첸은 미간을 찌푸리며 위협했고, 플렉스는 손을 들며 항복 의사를 표했다.

"어이쿠! 그럼요. 형님 말씀이니 그래야죠. 그건 그렇고, 두 사람이 서로 아는 사이였을 줄이야……. 뭐, 나쁘지 않지요. 나라는 적에게 대항하여 서로 뭉치는 것도 좋은 방법일 테니까."

그는 입가에 튄 침을 닦으며 천천히 걸어 그룬터를, 세이린을, 니첸을 지나 걸어나갔다. 니첸은 그가 나가자마자 발로 문을 닫았다.

쾅!

그리고 성난 걸음으로 그룬터 앞 의자에 도착하여 풀썩 몸을 묻었다.

"망할……. 프리든의 망나니는 프리든에서 처리하면 안 되나? 세이린, 뭐하는 거야? 일단 앉아."

그때까지도 세이린은 파르르 떨며 정신을 못 차리는 중이었다. 그룬터도 그녀가 언제 쓰러질지 모른다는 생각에 곁에 앉는 것을 허락했다.

"이게 뭐야."

그녀는 최악의 상황이라 생각하며 비틀비틀 걸어와 자리에 앉았다. 플렉스의 등장은 의외였지만 그녀를 충격으로 몰아가진 않았다. 영주 암살범이 나쁜 놈이긴 하지만 자신에게 피해를 준 자는 아니었으니까. 하지만 눈앞에서 태연히 차를 주전자째 들이켜는 남자는 다르다.

"니첸……."

"왜?"

그는 태연하게 되묻는다. 그 광경에 어이가 없어 세이린이 입을 뻐끔거리는 동안 그룬터가 나섰다.

"어떻게 된 건가? 메고 있는 그 칼은 가보 아니었나? 후계자 자리에서 쫓겨난 주제에 용케 메고 있군."

니첸은 한숨을 길게 내쉰 다음 대답했다.

"맞아. 맞는 말이야. 프리든에서 쫓겨난 다음 돈이나 타갈까 하고 가문으로 돌아왔는데, 저 플렉스라는 놈이 내 자리를 차지하고 앉아 있더군. 더군다나 가문에선 이 칼……."

그는 말을 하다 말고 자신의 장검 월인을 쓰다듬었다.

"월인을 탈환할 병력을 꾸리고 있더군. 어이가 없는 거야. 그래서 당장 대모님에게 무릎 꿇고 빌었고, 결국 유예 상태가 되었어."

"유예?"

"당분간 내 지위는 유지하지만, 이대로는 제명해 버리겠다는 말이지. 제기랄. 저런 반푼이 같은 놈과 내가 경합을 벌여야 하다니……."

"제명이라……. 의외로군. 후계자 자리를 탐내고 있었나?"

"대귀족 가문의 후계자라는 허명은 물론 필요없어! 하지만 이 월인을 빼앗길 수는 없단 말이야!"

그는 자신의 떠돌이 생활, 검사로서의 인생을 위해 그 칼 자체에 집착하는 것이다. 하지만 그 칼은 미네스덴이라는 가문의 가보다. 그의 것이 아닌 것이다.

"의무는 행하지 않고 권리만 취하겠단 말인가?"

"그러면 안 되나?"

이렇게 당당하니 오히려 할 말이 없다. 아니, 상식적인 말이 통했다면 후계자 자리에서 쫓겨날 일도 없었겠지만 말이다. 그룬터는 대답하지 않고 생각에 잠겼다. 그러자 심심해진 니첸은 세이린에게 시선을 돌렸다.

"세이린, 저번에 함께 있던 그 덩치는 어떻게 됐어?"

그룬터가 골똘히 생각에 빠진 것을 본 그는 다른 말상대를 찾았다. 제 딴엔 공통된 화제라는 생각에 인사차 한 말이기도 하다. 하지만 세이린은 경기를 일으키듯 바르르 주먹을 쥐었다. 이 남자의 무심함엔 치가 떨린다.

"그걸 지금 말이라고 하는 거야?"

화가 난 그녀는 벌떡 일어났는데, 기세가 사람을 찔러 죽이는 것 정도는 예사도 아니었다. 그제야 잘못 건드렸음을 깨달은 니첸은 눈알을 굴리며 입을 다물었다.

'별 일 없었나 보네. 뭐, 힘 조절을 했으니까.'

한편 세이린은 니첸처럼 간단히 입장 정리를 할 수 없었다.

눈앞의 저 남자는 약혼을 빙자하여 세이린이 이십여 년간 간직했던 모든 것을 가져간 남자다. 그렇다고 무작정 미워할 수 있으면 좋으련만 그것도 어렵다. 아직 그녀의 마음은 깨끗하게 정리되지 않았기 때문이다.

결국 그녀는 자신의 마음이 그리움과 미움으로 뒤죽박죽이 되었음을 알게 되었다. 이렇게 갈등하는 것 행위 자체에 죄책감을 들었다.

그런 그녀의 심리를 읽은 그룬터는 이 자리에서 떠날 것을 명령했다.

"여기서 방을 내준다고 하니 여관에 묵고 있는 애들을 데리고 오너라."

"네? 떠나는 것 아니었습니까?"

세이린은 고개를 갸웃했다. 부인에겐 여기에 온 목적조차 말하지 않았을 만큼 상황은 최악이 아니었던가. 그런데 이곳에 머물 이유가 있나?

'여기에서 머물면 니첸을 계속 봐야 할 텐데…….'

그렇게 그녀가 갈등하고 있는데 그룬터는 대답하지 않았다. 늘 보는 모습이다. 해설할 생각 없으니 어서 나가서 시킨 짓이나 하란 말이다.

"…네."

결국 그녀는 꿍 소리와 함께 방을 나갔다. 니첸은 그녀가 나가자 한숨을 길게 내쉬었다.

"살려줘서 고맙군."

"그때 그 일 때문에 자살을 할 뻔했지만… 너에게 중요한 것은 아니겠지. 어쨌든 사업 이야기를 해보는 것이 어떤가?"

"자살?"

놀란 니첸은 그룬터에게 질문했지만 그룬터는 친절하게 모든 것을 설명해 주는 남자가 아니다. 쓸데없는 일에 시간을 소비하고 싶지 않다는 듯 그는 입을 다물고 대답을 기다렸고, 니첸은 투덜거리며 입을 삐죽 내밀었다.

"망할! 궁금해서 죽으란 건가? 어쨌든 좋아. 나도 지금 발등에 떨어진 불부터 꺼야 하니까."

그룬터는 처음엔 세이린의 말대로 돌아가 다른 방법을 찾을 생각이었다. 하지만 니첸이 등장하는 순간 생각을 바꾸었다.

'나에게 의뢰할 일이 있다.'

굳이 그게 아니라면 부인과의 대면식, 부인이 만든 극적인 상황에 뒤늦게 출연했을 리가 없다. 그룬터는 니첸을 바라보았고, 그는 눈을 번뜩이며 입을 열었다.

"내가 이 칼을 계속 계승할 수 있도록 해줘."

"대가는?"

"무엇이든!"

대영주 가문의 차기 가주를 결정하는 일이다. 일부러 하려 해도 얻을 수 없을 의뢰가 지금 여기 그룬터의 앞에 나타났다. 그러니 그가 거절할 이유가 없다.

'내가 이곳에 온 것은 도시법 강화를 막기 위함이지만…….'

킹메이커 놀이라면 잠깐 시간을 낼 수 있을 것이다. 그룬터는 니첸에게 현 상황을 묻기 시작했다.

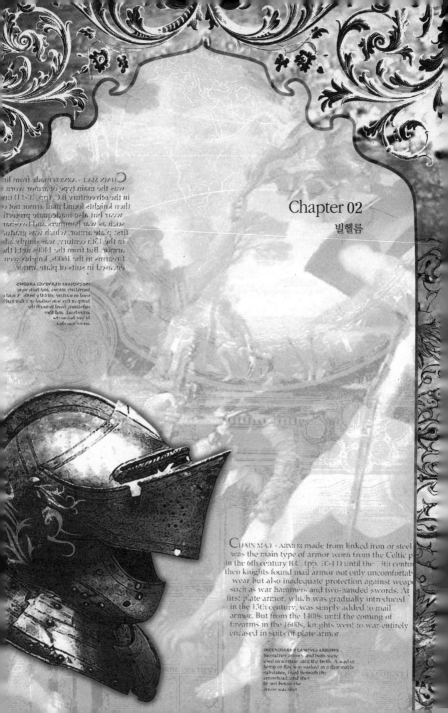

Chapter 02

빌헬름

CHAIN MAIL · ARMOR made from linked iron or steel
was the main type of armor worn from the Celtic p
in the 6th century B.C. (pp. 3C–11) until the 13th centu
then knights found mail armor not only uncomfortab
wear but also inadequate protection against weap
such as war hammers and two-handed swords. At
first plate armor, which was gradually introduced
in the 13th century, was simply added to mail
armor. But from the 1400s until the coming of
firearms in the 1600s, knights went to war entirely
encased in suits of plate armor.

INCENDIARY (FLAMING) ARROWS
Incendiary arrows and bolts were
used in warfare until the 16th. A wad of
hemp or flax was soaked in a flammable
substance, fixed beneath the
arrowhead, and then
lit just before the
arrow was shot

Lord of Freedon
프리든의 영주

그룬터의 손님 생활이 시작되었다. 하지만 그 뒤 부인이나 플렉스를 만날 일은 없었는데, 프리든 때처럼 손님이 가문의 식사에 동참하는 일은 없었기 때문이다. 손님의 수가 많으니 어쩔 수 없는 일이었다.

결국 그룬터는 부름을 기다렸다. 그동안은 다른 귀족들과 함께 시간을 보내곤 했는데, 검은 기사의 위명은 그룬터를 때론 귀찮게, 때론 편하게 만들었다. 하루 종일 혼자 있을 수가 없으니 귀찮았으나, 저택의 상황을 살필 소문을 듣는 데는 그보다 편할 수 없었던 것이다.

지금도 막 그룬터는 점심 식사를 마치고 시골 귀족들의 티

타임 초대에 응하여 걸음을 옮기는 중이었다. 주변엔 시골 영지의 귀부인들이 네댓 명 그를 둘러싸고 있었다.

"그럼 평소엔 낮잠을 주무신단 말이에요?"

"그렇소."

"어머, 의외네요! 낮엔 웃옷을 벗고 단련을 하실 것만 같은데……."

여자 여럿이 모여 있으니 희롱하는 말도 거침이 없다. 그룬터는 그저 웃을 뿐이었다. 하지만 정작 반응은 미네스텐 가문의 하녀 복장으로 갈아입고 저 멀리서 뒤따르고 있는 헤스티아로부터 나타났다.

'저년들이……!'

년들이라고 불리는 사람들과 신분 격차가 있지만 헤스티아는 조금도 개의치 않았다. 저곳에 그룬터만 없었어도 당장 뛰어갔을 것이다.

'영주님이 귀찮아하고 계시잖아!'

이젠 아예 대놓고 그룬터의 팔뚝을 주무르고 있었다. 사기꾼이니 뭐니 해도 일단은 뒷골목에서 몸 좀 굴린 건장한 청년이다. 귀부인들이 탄성을 지르는 광경을 더 이상 두고 볼 수는 없다. 그녀는 걸음을 빨리했다.

'한두 년 정도는……!'

암살자로서의 버릇이 나온 것은 아니다. 저 무리에 인간 포탄처럼 날아갈, 발이 걸려 넘어지는 팔푼이 하녀를 연기할 생각일 뿐이었으니까. 하지만 그녀는 서너 걸음 걷다 갑자기 몸을 뒤로 던지며 자세를 취했다.

'살기?'

서늘하고 익숙한 느낌이 그녀의 본능을 자극했다. 놀란 그녀는 서둘러 주변을 살폈지만 아무것도 없었다.

'뭐지?'

더군다나 그것은 나타났을 때와 마찬가지로 빠르게 사라져 더 이상 추적할 수도 없었다.

'플렉스 오렐리?'

자신에게 원한을 가질 만한 자를 떠올린 그녀는 전 영주의 큰아들을 떠올리다 고개를 저었다. 그에겐 헤스티아를 놀라게 할 정도의 실력은 없었다. 더군다나 이 느낌은 익숙하여 마치 인사처럼 느껴지기도 한다.

'동업자?'

그녀는 침을 삼키며 서둘러 걸음을 옮겼다. 하지만 이젠 인간 포탄이 되어 상대방이 비 오는 날마다 허리를 두드리게 할 생각은 없었다. 정말 암살자가 있다면 저 인간 방패들이 도움이 될 테니까.

다음날은 이른 아침부터 저택이 분주했다. 미네스덴 가문에서 정기적으로 개최하는 연회가 있기 때문이다. 이름은 가볍게 연회지만, 수도에서도 가장 큰 성세를 자랑하는 가문이

주최하는 것이다. 왕족도 이곳에 들러 사교 모임을 가질 정도다.

그룬터는 예복으로 갈아입고 방에서 두문불출, 가만히 앉아 있었다. 어제 워낙 귀부인들에게 시달려 이 시간만큼은 쉬고 싶었기 때문이다. 한편, 그의 맞은편엔 검은색의 드레스를 입은 세이린이 앉아 있었다.

"영주님, 정말 제가 함께 가도 괜찮을까요?"

"어쭙잖은 부인을 에스코트하다 엉뚱한 소문이 나는 것보단 낫겠지."

"그야 그렇습니다만……."

세이린은 살짝 고개를 갸웃했다. 그럼 자신과 소문이 나는 것은 괜찮단 말인가? 물론 그룬터 입장에서야 그럴 테지만.

'그건 그렇고, 니첸 녀석, 아직 내 몸 치수를 기억하고 있네.'

그녀는 고개를 숙였고, 자신의 몸에 맞춘 듯 편한 옷을 보고 상념에 빠졌다.

사실 그룬터의 예복은 가지고 왔지만, 그녀 자신의 예복은 준비하지 못했다. 이번 상경은 일종의 사업차 행한 일인 만큼 자신이 입을 리는 없을 거라 생각했으니까. 때문에 지난밤 그룬터가 '내일 함께 파티에 참가할 것'을 명령하자 당황했다.

이런 자리에 영지의 관리인이 참가하는 것은 드문 일이 아니지만 당장 입을 예복이 없었다.

'영주님, 옷이 없어요!'

때문에 세이린은 난처한 얼굴로 거절하려 했다. 그런데 이어지는 그룬터의 폭탄 발언은 세이린을 기절하기 직전으로 몰아붙였다.

"니첸에게 부탁해 두었다."

다른 사람도 아니고 영주가 그렇게 이야기하니 취소하라고 할 수도 없다. 결국 오늘 점심이 지나 세이린은 화려한 포장지로 감싼 상자를 받게 되었다. 내용물은 물론 지금 그녀가 입고 있는, 화려하진 않으나 세심하게 마무리된 드레스.

그녀는 니첸에 대한 자신의 복잡한 감정을 진정시킬 수가 없어 치맛자락을 계속 매만졌다.

"시간이 되었군."

그사이 날이 어두워지기 시작했다. 조율하느라 간간이 울리던 악기 소리가 이제 음악을 연주하기 시작했고, 저택에 머문 손님들은 파티에 미리 참석해 자리를 축하할 의무가 있었다. 그룬터는 자리에서 일어났다.

"가지."

"…네."

굳이 그럴 필요가 없지만 그룬터는 춤을 신청하듯 팔을 내밀었다. 그 모습이 평소의 무뚝뚝한 프리든의 영주라기보단 마치 귀족 가문의 청년 같다. 세이린은 속으로 웃으며 가볍게 팔을 올렸고, 팔짱을 낀 둘은 방을 나섰다.

　얼마만의 파티인지 모르겠다. 그룬터는 복도에서 홀로 향하며 그리 생각했다. 대부호의 작은 연회엔 참석한 적이 있지만 이런 상류층의 파티는 정말 오래간만이다. 그래서 어울리지도 않게 세이린에게 팔을 내민 것이리라.

　"여어!"

　이런 자리인데도 등에 칼을 멘 남자가 있다. 니첸 미네스덴. 예복으로 갈아입고 장검을 등에 멘 그는 한 손에 술잔을 든 채로 그룬터에게 다가왔다.

　"잘 어울리는군. 다행이야. 좀 더 화려한 옷이 어울린다고 생각하지만 신분이 낮은 사람이 눈에 띄면 그것도 좋지 않아서……."

　니첸은 세이린이 도망치기도 전에 다가와 인사하며 그녀의 손등에 키스했다.

　'정말이지, 이 남자는!'

　프리든의 길거리였다면 소리를 지르며 물러나기라도 했을 것이다. 하지만 이곳은 이 나라 사교계의 정점이다. 영주의 곁이다. 그래서 그렇게 할 수가 없었다. 그녀는 소름이 돋는 것을 억지로 참으며 니첸의 인사를 받아들였다.

　"다시는 이러지 마."

　"이 자리에선 존대를 해줬으면 좋겠어. 니첸이 아니라 니첸 미네스텐으로 참가하고 있으니까."

그렇게 둘의 속삭임이 끝나고 그룬터의 차례가 왔다. 니첸은 그룬터를 바라보았다.

"성과가 있나?"

"너에겐 아무런 지지 기반이 없다는 것만 알았다. 플렉스조차도 따르던 가신이 있었는데 넌 정말 아무것도 없더군."

"그야 대모님이 살아 계시고 그분이 플렉스를 인정했으니 그 망나니와는 상황이 다르지."

하긴 그렇지 않고서야 그룬터에게 차례가 돌아오는 일은 없었을 것이다. 그룬터는 쓴웃음을 지으며 고개를 끄덕였다.

"어머! 베이른님!"

어느새 한잔씩, 그러나 그것이 첫 잔인지는 알 수 없는 술잔을 든 부인들이 그에게 다가왔다. 그녀들은 그룬터 곁의 세이린을 보고 놀란 얼굴로 물었다.

"이 아가씨는 누구이기에 베이른님의 옆을 차지하는 영광을 누리고 계신가요?"

"제3의 인물일 줄이야! 다들 내기에서 진 거네."

"정말! 옷은 화려하지 않지만 장인의 솜씨네요! 검은 기사님과 잘 어울려요!"

그녀들은 한마디씩 하며 세이린에게 관심을 집중했다. 결국 세이린은 자신이 영지의 청지기장임을 밝혔고, 비록 젊고 아리따운 여성이나 신분이 아래라는 것을 알게 된 부인들은 안도의 숨을 내쉬며 둘 사이를 비집고 그룬터의 곁을 둘러쌌다.

'엑?'

마치 포위하듯 만들어진 인간의 벽에 튕겨난 세이린은 떨떠름하게 그 광경을 보고 있었는데, 혼자가 된 그녀에게 손을 내민 것은 물론 니첸이다.

"이렇게 될 줄 알았지."

그는 손을 내밀었고, 세이린은 단번에 거절하려다 주변의 눈을 의식해 결국 그 손을 잡았다. 괴짜이긴 하지만 어쨌든 그는 미네스텐 가문의 영식이니까.

'그러고 보니 이 녀석에겐 아무도 달라붙질 않네.'

적어도 겉은 번드르르한 녀석인데 말이다. 이미 소문이 난 것이리라. 그는 이름만 미네스텐인 껍데기일 뿐이라고.

'고소하기도 하고 불쌍하기도 하고…….'

사실 세이린은 그와 연애할 때 그의 성이 미네스텐이라는 것을 알지 못했다. 그러나 그것과는 별개로 니첸이라는 남자는 항상 여자들에게 둘러싸여 인기를 차지하는 역할이었다. 그런데 이제 그 역할은 그룬터가 가져갔고, 니첸은 쓸쓸하게 그 광경을 보고 있는 것이다. 세이린마저 덩달아 쓸쓸해질 정도다.

"이야, 이게 무슨 일이야? 형님과 청지기장이 손을 잡고 있는 광경이라니……. 걸작이군."

그렇게 옛날 생각이 나 니첸의 손을 놓을 타이밍을 놓친 세이린의 귀에 거슬리는 목소리가 들렸다. 플렉스 오렐리. 아니, 플렉스 미네스덴.

세이린은 당연히 그를 노려보려 했지만, 문득 그에게 향한 시선이 그의 곁 한 여성에게로 향하는 것은 어쩔 수 없었다.

"아!"

미인이었다. 초탈한 인상을 가진 그녀는 이런 화려한 파티보다는 신전이 어울릴 것 같다. 아니, 그 이전에 플렉스 오렐리의 곁이라는 자리가 어울리지 않는다. 세이린은 평소라면 결코 않았을 질문을 하고야 말았다.

"플렉스… 미네스덴님, 곁에 계신 분은 누구십니까?"

"낄낄! 감히 네깟 것과 이름을 나눌 분이 아니니라!"

반응이 만족스러웠는지 플렉스는 웃으며 몸을 뒤로 돌려 다른 곳으로 가버렸다. 세이린은 자신이 플렉스의 허영심을 만족시켜 줬을 뿐임을 깨닫고 이를 악물었다. 때문에 그녀는 또다시 평소라면 하지 않을 행동을 하고야 말았다. 니첸 미네스덴에게 먼저 말을 거는 행동 말이다.

"누구야?"

"플렉스가 데리고 온 그의 사람 중 하나야. 조심해라. 저 여자는 내가 한 시간이 넘게 붙들고 이야기를 했는데 넘어오지 않더군."

"무슨 말을 하고 싶은 거야?"

"여자를 좋아하는 여자란 말이다. 아얏!"

말을 하던 니첸은 비명과 함께 후다닥 몸을 뒤로 뺐는데, 세이린의 구두 굽이 그의 발등을 찍었으니 자연스러운 반응이다. 전 약혼자가 여자들에게 추파를 던지고 다녔기 때문에 그런 것만은 아니다. 지저분한 농담을 했기 때문도 아니다. 전혀 상관없는 이야기를 친한 척 하는 것이 마음에 들지 않았기 때문이다.

"플렉스가 데리고 온 사람이라니……. 그놈에게 그런 인덕이 있을 리가 없는데."

겉으로 드러난 미모만으로도 가치있는 사람이다. 그런 사람이 플렉스 같은 놈과 어울려 다니는 상황은 쉽사리 납득할수가 없다.

'정말 라이든 말마따나 괜찮은 사람이었단 건가?'

"인덕이 없다? 글쎄……. 저 녀석과 같이 있는 사람들은 다 괜찮았는데?"

"한 명이 아니란 말이야?"

"그럼. 저기 저 여자들에게 둘러싸여 있는 아저씨도 플렉스가 데리고 온 사람이지."

니첸이 손가락으로 가리키는 방향으로 고개를 돌린 세이린은 마치 그루터기처럼 여성에게 둘러싸인 중년인을 발견할수 있었다. 그는 시종일관 유쾌한 미소를 머금고 주변의 여성들과 대화하고 있었는데, 그 여성들의 얼굴에도 웃음이 떠나지 않았다. 하지만 세이린의 얼굴에선 웃음기가 사라졌다.

"아, 아, 아빠?"

이틀 전 재회한 후 세이린의 방에 그가 찾아왔다. 그는 여행 중 잠시 이곳에 아는 사람이 있어 머물고 있다고 이야기한 뒤 곧 방을 나갔다. 아버지가 무사하다는 것을 확인한 데다 그녀 자신도 영주를 보필해야 했기 때문에 길게 이야기하진 못했다.

물론 이대로 헤어질 리는 없으니 다시 만나 길게 이야기하려 했다. 그러나 이 자리에서, 이런 모습으로 만나리라곤 생각하지 못했다.

"아빠? 부친이란 말이야? 너 나이가 몇인데 아직도 아빠라고 부르······"

곁에서 핀잔을 주던 니첸도 말하던 중에 상황을 깨닫고 입을 다물었다. 세이린의 아버지가 여자들에게 둘러싸여 있는 것이 문제가 아니다. 혼기가 가득 차다 못해 지나고 있는 세이린이 아빠라고 부르는 것도 문제가 아니다.

그가, 플렉스가 데려온 사람 중 하나라는 것이 중요한 것이다.

"뤼슬리안 씨!"

세이린은 성큼성큼 걸어가 외쳤다. 이름이 불린 그는 사람들에게 양해를 구한 다음 그녀에게 다가왔다.

"무슨 일이냐? 설마 이 아비의 연애가 불만이냐? 허허, 못

난 꼴을 보였구나. 미안하다."

"잊었어요? 재혼하라고 권했던 사람은 저예요!"

"아, 그랬지. 그럼 뭐가 문제냐?"

"플렉스와 함께 이곳에 오신 거였어요?"

"도련님 말이냐?"

오랜만에 듣는 단어다. 세이린의 얼굴에서 핏기가 사라졌다. 그 말 한마디로 세이린은 뤼슬리안의 위치를 깨달을 수 있었다. 그는 플렉스의 편이었다.

그룬터는 세이린과 조금 떨어져 있었다. 부인들이 조금씩 밀어 술잔이 놓인 곳 근처로 그룬터를 이동시켰기 때문이다. 결국 그룬터도 한 손에 술잔을 하나 들고 부인과, 그리고 지나가며 인사하는 사람들과 이야기를 나누어야 했다.

'과묵한 기사를 연기하는 것은 어렵지 않지만……'

프리든에선 자신이 주체적으로 상황을 이끌어 나갈 수 있었지만 이곳에선 다르다. 곁에 서 있는 부인들을 강하게 뿌리칠 수는 없어 수동적으로 과묵함을 연기해야 했다. 그 점이 불만이었다.

그렇게 심기가 불편한 그룬터의 앞에 플렉스가 나타났다.

"이것 참, 얼굴도 드러내지 않는 기사님의 어디가 그리 매력적인 겁니까?"

그는 그룬터가 아닌 부인들에게 말을 걸었다. 그의 한량 같은 태도를 좋아하는 사람은 없었지만 그가 이 가문의 실세가 될 것임을 모르는 사람은 없었다. 부인들은 잠시 그룬터로부터 떨어져 예의를 갖추었다. 오로지 그룬터 그만이 뻣뻣하게 상대를 노려보고 있었다.

그런 그의 시선을 의식했는지 플렉스는 마치 처음 본 사람처럼 그룬터에게 인사했다.

"처음 뵙겠습니다. 플렉스 미네스텐입니다."

의외로 플렉스는 예의 바르게 행동했다. 그의 태도가 한 번의 공격을 위한 후퇴임은 알지만 그룬터로서는 받아들일 수밖에 없다.

"프리든의 클라우츠 베이른입니다."

"그렇군요. 그런데 보아하니 주변에 꽃은 만발해 있으나 손에 쥔 꽃은 없군요. 혼자 오신 겁니까?"

무슨 엉뚱한 말을 하나 싶어 그룬터가 의미를 생각하는데, 슬쩍 플렉스가 걸음을 옮겼다. 그러자 그의 뒤에 가려져 있던 미녀가 모습을 드러내었다.

"아!"

그룬터의 곁에 서 있던 모든 사람들이 하나같이 약속이라도 한 듯 탄성을 발했다. 심지어 그룬터조차 작은 신음과 함께 놀랄 정도였다.

'이건······.'

낯이 익은 얼굴이다. 하지만 누구인지 알 수가 없었다.

그룬터는 그녀를 본 순간부터 계속해서 기억을 더듬었으나 그녀의 이름을 떠올릴 수가 없었다.

그렇게 그가 생각하는 것을 플렉스는 넋을 잃은 것으로 해석한 모양이다. 그의 얼굴에 만족스러운 표정이 떠올랐다.

"시골 영주 양반, 내 충고 하나 하리다. 수가 중요한 것이 아니라오! 하하!"

결국 플렉스는 이 말이 하고 싶었을 뿐이다. 그는 뒤를 돌아 걸음을 옮겼다. 한데 플렉스의 그 미녀는 여전히 그룬터를 바라보고 있었다. 놀란 플렉스가 그녀의 손목을 잡아끌었지만 그녀는 꿈적도 않고 자리를 지켰다.

"어, 어이!"

당황한 플렉스는 재빨리 돌아와 귓속말로 미녀에게 소곤거렸고, 그제야 그녀는 몸을 돌려 걸어가기 시작했다. 그룬터는 말없이 수동적인 그 모습과 다르게 주도권은 그녀에게 있음을 눈치챘다.

'미네스덴 가문의 자식이 쩔쩔매는 상대라고?'

비슷한 연배에서 미네스덴 가문의 인물을 쩔쩔매게 할 자는 많지 않다. 대표적으로 극소수의 왕족이 있다.

하지만 그룬터는 그것이 답이 아님을 알고 있었다. 갑작스레 음악이 바뀌며 한 쌍의 선남선녀가 홀에 들어섰기 때문이다.

"센이르이나의 빌헬름 저하와 루이제 공주님입니다!"

들어선 이들은 금빛이 도는 갈색 머리를 단정히 빗어 넘긴 검고 붉은 정장의 사내와 희고 붉은 옷을 차려입은 아름다운 처녀였다. 단순히 왕족이라는 이름을 떼고 보더라도 그들은 스스로 빛을 내는 존재였고, 대접받을 자격이 있는 사람들이었다.

저들이라면 플렉스라 해도 쩔쩔맬 수밖에 없다. 하지만 플렉스의 그녀는 왕족이 아니었다. 만약 그녀가 왕족이었다면 이 자리의 누군가가 알아채고 예를 갖추었을 테니까.

어쨌든 그룬터가 그녀의 정체를 의심하는 동안에도 시간은 흘러갔다.

"저하와 공주님을 뵙습니다!"

사람들이 예를 갖추며 그들에게 인사했다. 빌헬름은 손을 살짝 들어 인사하여 사람들 사이에 섞였고, 사람들은 그들이 오기 전으로 되돌아갔다. 그룬터 곁의 사람들도 마찬가지였는데, 플렉스 때문에 멀어진 부인들은 다시 그룬터 곁에 모여 이야기를 시작했다. 하지만 한 명, 그룬터는 평소대로 돌아가지 못했다.

그의 눈에선 불똥이 튀고 있었다.

'빌헬름!'

투구가 아니었다면 주변에서 곧바로 그룬터의 표정을 읽을 수 있었을 것이다. 하지만 그렇지 못했기에 귀부인들은 이상한 낌새만 눈치채고 말았다.

"베이른님?"

"음, 아무것도 아닙니다."

그는 자신을 부르는 목소리 덕분에 원래대로 돌아올 수 있었다. 여기가 어딘가. 수도의 미네스덴 가문이 아닌가. 이를 갈고 주먹을 쥐는 짓만으로도 소문이 날 수 있는 장소가 아닌가.

"방금 전 그 사람이 아닌 듯한 미녀에게도 아무렇지도 않으셨던 분이 공주님에겐 넋을 잃으셨군요."

"어쩌면 공주님이 아닐지도……."

"어머, 어머!"

근처의 부인들은 뭐가 그리 좋은지 입을 가리며 웃음을 터뜨리고 있었다. 그룬터는 그녀들에게 평소처럼 과묵한 기사를 연기하며 왕족들로부터 고개를 돌렸다.

당연한 일이지만, 그렇다고 왕족들이 그룬터를 발견하지 못할 리가 없다. 이 사교계의 특수한 캐릭터는 몇 달 전 사라졌다 돌아온 것이다. 자연스레 사람들이 모여들고, 눈에 띌 수밖에.

"오래간만이군, 클라우츠 베이른 경."

사람들이 반으로 쭉 갈라지며 그 가운데에 왕족 두 명이 등장하는 광경은 나름 진풍경이다. 그룬터는 슬쩍 웃으며 대답했다.

"프리든의 클라우츠 베이른이 인사 올립니다."

"변함없이 건강한 듯하여 다행이네."

"오라버니, 그걸 어떻게 알아요? 저는 뚜껑만 보이는데? 뭐, 저 뚜껑에게 하는 말이라면 맞는 말이네요. 삭아서 없어지려면 수백 년은 걸릴 테니 엄청 오랫동안 건강하겠죠?"

그룬터는 공주 루이제의 눈빛에서 적의를 읽었다. 사실 그룬터, 아니, 클라우츠 베이른과 그녀 공주 사이가 좋지 않은 덴 유명한 일화가 있다.

그녀는 어느 날 왕궁 무도회에서 투구를 쓴 기사 한 명을 발견했다. 무장한 경비병이 들어와 있다는 생각을 한 그녀는 큰 소리로 투구를 벗으라고 명령했지만 검은 기사가 그 명령에 따를 리가 없었다. 결국 소란이 일어났으나 검은 기사는 자신의 신념을 지켰다. 투구를 벗지 않은 것이다.

그때부터 검은 기사라는 캐릭터가 확립된 것이다. 심지어 왕족의 명령에도 굴하지 않고 자신의 길을 걷는 기사라니……

당시 그는 공을 치하받기 위해 궁에 들렀다. 상을 주겠다고 불러놓고 그를 처벌할 수 없었던 왕은 그의 편을 들었다. 그의 신념을 존중한 것이다. 그의 인기는 그때부터 수직 상승했다.

"허허, 이 녀석. 그만두지 못하겠느냐?"

빌헬름이 꾸짖자 루이제는 혀를 쏙 내밀더니 저 멀리 달려갔다. 점찍어 둔 사람이 있었던 모양이다. 그 사람이 껍데기

뿐인 니첸인 것은 빌헬름으로서는 안타까운 일이지만, 어쨌든 검은 기사에게 시비를 거는 것보다는 낫다.

"미안하네."

"괜찮습니다."

"한데 자네, 사람이 좀 달라진 것 같군."

"영주가 되었기 때문이겠지요."

그룬터는 작은 의문을 가졌다. 그의 말이 무슨 뜻인지 알 수 없었기 때문이다. 저자가 검은 기사와 친분이 있었을 리가 없다. 검은 기사는 전장에서 시간을 보냈고 빌헬름은 궁전에서 살았으니까. 속 내용물이 달라졌다는 것을 눈치챌 수 있는 사람이 아니라는 생각이 든 것이다.

"그렇군. 알겠네."

왕자는 건배한 후 떠났다. 저 멀리서 공주가 니첸의 목을 조르고 있었기 때문이다. 서두르지 않으면 미네스덴 가문의 전 후계자가 질식사할 위기였다.

"역시 두 분이 서 있는 것만으로도 그림이 되네요."

그룬터 근처의 귀부인들은 변함없는 반응을 보이며 수다를 떨기 시작했다. 하지만 그 수다는 오래가지 못했는데, 홀 한가운데에서 날카로운 비명 소리가 터졌기 때문이다.

"꺄아아악!"

비명 소리는 처음엔 하나였지만 전염병처럼 퍼져 나가기 시작했다. 부인들의 날카로운 비명과 사내들의 낮은 신음이

홀을 가득 메웠다. 그런 상황에서도 그룬터가 무심한 기사를
연기할 수는 없었다. 그는 사람들을 헤치고 사건 현장을 찾았
고, 자신도 다른 이들처럼 낮은 신음을 흘렸다.

그녀였다. 플렉스 곁에 서 있던 그녀. 그녀가 자신의 체구
를 훌쩍 뛰어넘는 건장한 사내의 턱을 움켜쥐고 손아귀 힘만
으로 박살 내고 있었다. 사내의 입에서 튀어나온 검붉은 피가
그녀의 새하얀 드레스를 물들이기 시작했다.

헤스티아는 서빙하는 하녀들 사이에 끼어 있었다. 프리든
의 하인인 그녀가 손님 자격으로 미네스텐 가문에 머물 수는
없다. 당연히 그녀도 대여되는 형식으로 일을 해야 했고, 평
소엔 그나마 그룬터 근처에서 할 수 있는 일을 하다 오늘은
부지런히 술잔을 나르는 일을 한 것이다.

그녀는 가능하면 그룬터 근처를 배회하며 경호원 일도 맡
으려 애썼는데 그런 그녀의 눈에 묘한 광경이 들어왔다.

'저 사람… 혹시……?'

하인이었다. 서른 근처의 사내. 혹시 잘못 본 것이 아닐까
싶어 몇 번이나 확인해 보아도 마찬가지다.

'다크문, 그레민 아저씨?'

프리든의 암살자 집단 다크문에 소속되어 있던 남자다. 대
체 저자가 왜 수도, 그것도 미네스텐 가문의 파티에 하인 복
장을 하고 서 있는지 알 수가 없었다. 더군다나 저 사람은 성

격이 불같아 암살엔 어울리지 않았는데, 그래서 항상 본부 근처에서 잡일만 하던 사람인데…….

'아는 척해야 할까?

헤스티아는 갈등했다. 그럴 수밖에 없다. 그녀와 다크문의 관계가 끝났다고 단정 짓긴 애매하기 때문이다. 부단장 다르막 델피언에겐 확실히 버림받았지만, 다른 단원들에겐 그럴 기회가 없었으니까.

'하지만 단장님을 칼로 찌른 것은 나…….'

그룬터를 제외하면 그 사실을 아는 사람은 없을 것이다. 하지만 그녀 자신이 알고 있다. 그녀는 먼저 다가가길 포기하고 착잡한 마음으로 그의 행동을 지켜보았다.

그가 플렉스 오렐리 근처로 다가가 근처 테이블에 자신이 들고 있던 쟁반을 내려놓고 품에서 칼을 꺼내는 광경을 말이다. 그는 한 치의 망설임도 없이 칼을 들어 플렉스 오렐리를 향해 찔렀다.

"으아아아!"

헤스티아는 달려갈 생각도 못하고 멍하니 그 광경을 바라보았다. 미네스텐 가문의 한복판에서 살인을 하려 하다니? 하지만 그녀가 눈으로 보고도 믿지 못할 일이 연이어 벌어졌다.

그녀 플렉스의 곁에 서 있던 미녀가 움직이더니 맨손으로 그레민의 단검을 쳐 낸 것이다. 그녀는 거기서 그치지 않고 다른 손으로 그레민의 턱을 붙잡고 들어 올렸다. 가냘픈 그녀의 팔이 건장한 성인 남성을 힘들이지 않고 들어 올린 것이다.

다음 순간, 그녀는 손아귀에 힘을 줘 상대의 턱을 분질러버렸다.

헤스티아는 그 광경에 큰 충격을 받았다. 어리석은 짓을 저질렀다곤 하나 그는 그녀가 알고 지낸 사람. 눈앞에서 얼굴의 절반이 분질러졌는데 눈 하나 꿈쩍하지 않을 수는 없는 것이다. 그런 그녀의 귀로 차분히 가라앉은 목소리가 들렸다.

"그렇게 개인감정은 접어두라고 일렀거늘……."

누구를 가리키는 말인지는 말할 것도 없을 것이다. 헤스티아는 깜짝 놀라 곁의 사람에게 고개를 돌렸고, 그대로 얼어붙었다. 딱하다는 표정으로 저 참혹한 장면을 바라보고 있는 청년의 이름은 개러지 델피언. 다크문 암살단의 부단장 다르막 델피언의 아들이자 헤스티아가 오빠처럼 따랐던 바로 그 남자였던 것이다.

사건은 플렉스의 퇴장과 파티의 중단으로 이어졌다. 이 참혹한 사건 앞에선 미네스텐 가문이라도 어찌할 수가 없었다. 그룬터 역시 마찬가지다. 만약 파티가 지속되었더라도 그 자리에 계속 서 있을 생각은 없었다.

'그 악력은 인간의 것이라고 할 수가 없어. 마법인가?'

아니, 인간의 것인지 아닌지는 중요하지 않다. 그녀가 플렉스를 위해 암살자를 살해했다는 사실이 중요한 것이다. 그룬터는 외진 테라스 한편에서 바깥 공기를 쐬며 생각에 잠겼다.

"이런. 천하의 검은 기사가 무슨 일인가? 전장을 헤집고 다닌 남자답지 않군."

어느새 곁에 사내가 서 있었다. 빌헬름. 차기 왕위 계승자. 몇몇 귀족들은 벌써 자리를 떴는데 왕족인 그는 상황을 즐기듯 아직 떠나지 않고 있었다. 그는 회장에서 들고 온 의자에 앉아 말했다.

"문득 10년 전이 생각나는군."

그룬터는 그의 말에 답하지 않았다. 왕자는 그룬터에게 대화를 하려 하는 것이 아니라 혼잣말을 하고 싶어하는 것 같았으니까.

"왕위 계승권을 둘러싼 갈등이 폭발했던 왕자의 난도 저렇게 홀 한가운데 살인으로부터 시작되었거든. 알고 있나?"

"들은 적이 있습니다."

"당시 왕자들은 서로를 죽이거나 떠나거나 했는데 말이야. 우스운 것은 정말 왕위에 어울릴 만한 왕자들은 그 난에 참가하지 않고 떠나가 버렸단 것이지."

"…무슨 말을 하고 싶으신 겁니까?"

"특별히 메시지를 전달하려 하는 것은 아니네. 그저 이 상황이 그때 그 일과 비슷하지 않느냐는 거지."

그룬터는 고개를 끄덕였다. 플렉스와 니첸. 미네스텐 가문의 후계자 자리를 놓고 대립하는 가운데 벌어진 일이니 말이다. 하지만 이 자리도 불편한 것은 사실이다.

'여기서 쓸데없는 이야기를 나누느니 니첸에게 이런 어리석은 일을 저지른 이유를 물어봐야겠군.'

그룬터는 왕자에게 양해를 구한 뒤 자리를 떠났다. 빌헬름은 돌아보지 않고 인사를 받다 한참 뒤 품에서 가면을 꺼냈다. 얼굴을 가릴 만한 크기의 가장무도회에나 어울릴 법한 그런 가면.

"서로 생각하는 것은 비슷하군. 정말이지……."

그는 가면을 만지며 중얼거리다 한숨과 함께 품속에 그것을 숨겼다. 묘한 불안감이 그의 마음속에서 싹트기 시작했다. 그것이 무엇인지는 영특한 그도 깨닫지 못했지만 말이다.

그룬터는 니첸의 방을 찾았다. 혹시 반라의 하녀라도 튀어나오지 않을까 하는 작은 기대를 했지만 그 정도로 망가지진 않은 모양이다. 큰 사건이 벌어진 직후다. 그 때문인지 니첸은 단정한 옷차림으로 '윗사람'의 호출을 기다리고 있었다. 그룬터는 방에 들어가 니첸이 혼자임을 확인하고 문을 닫았다.

니첸은 그에게 의자를 내주며 물었다.

"직접 내 방을 찾다니, 무슨 일이지? 정기 보고인가?"

"글쎄. 그 보고라는 것은 내가 듣고 싶군. 무슨 생각을 하고 있는 건가? 암살자를 고용하다니?"

"천하의 그룬터조차도 내가 했을 거라 생각하고 있단 말이야? 젠장, 어르신들 말은 들어볼 필요도 없겠군."

그나마 그룬터가 원했던 대답이다. 그는 니첸 앞의 의자를 돌려 그와 마주 앉았다.

"그 여자는 누구지?"

"동성애자."

"농담 따먹기 하러 여기 온 것처럼 보이나?"

"젠장! 아는 걸 말해줬더니. 잘 들어보라고. 어느 시골의 상인 길드 아가씨처럼 남성 혐오가 아닌데 나에게 조금도 관심을 보이지 않더란 말이야. 그럼 뻔한 거 아니야? 남자에게 관심이 없는 거지. 하지만 난 인간에게 성욕이 없다는 말은 믿지 않으므로……"

"그만."

그룬터는 한숨을 길게 내쉬었다. 앞에 앉아 있는 남자는 정말 아무것도 모르고 있다. 이렇게 되면 플렉스로부터 정보를 얻는 방법밖에 없을 텐데…….

'놈과 나는 적이다.'

그러므로 그를 심문하여 답을 얻을 수는 없다. 프리든이었다면 모를까, 지금은 그의 직위가 더 높기 때문이다.

그룬터의 고민을 니첸도 눈치챈 모양이다. 진지하지 못할 뿐 어리석은 남자는 아니었으니까.

"벽에 부딪친 건가? 하긴, 암살자를 맨손으로 처리하는 여자를 부하로 두고 있으니 그 정체를 알지 못하면 내 의뢰는 시작도 못하겠지."

적인지 아군인지 정확하게 상황을 파악하고도 움직일 생각을 않는 것이 니첸 미네스덴이라는 남자의 성향을 드러낸다. 그룬터는 한숨을 내쉬며 일어났다. 행동의 변화. 니첸은 그룬터의 머릿속에서 결정이 내려졌음을 깨달았다.

"드디어 볼 수 있나? 그룬터 선배님의 실력 말이야."

저 말투를 보면 그 여자의 괴력을 이미 알고 있었던 모양이다. 그룬터가 그녀를 알게 되고, 진지한 자세로 이 일에 임할 때까지 기다렸던 것이리라. 그룬터는 아무 말 없이 방을 나왔다.

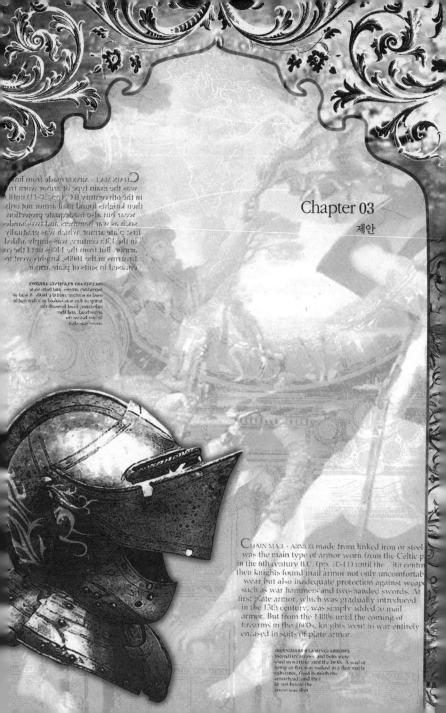

Chapter 03

제안

CHAIN MAIL - ARMOR made from linked iron or steel
was the main type of armor worn from the Celtic p
in the 6th century B.C. (pp. 10-11) until the 13th centur
then knights found mail armor not only uncomfortab
wear but also inadequate protection against weap
such as war hammers and two-handed swords. At
first plate armor, which was gradually introduced
in the 13th century, was simply added to mail
armor. But from the 1400s until the coming of
firearms in the 1600s, knights went to war entirely
encased in suits of plate armor.

INCENDIARY FLAMING ARROWS
Incendiary arrows and bolts were
used in warfare until the 1600s. A wad of
hemp or flax was soaked in a flammable
substance, fixed beneath the
arrowhead, and then
lit just before the
arrow was shot

Lord of *freedon*
프라든의 영주

다음날 그룬터는 홀로 저택을 나왔다. 아무도 보지 않는 곳
에서 투구를 쓰고 옷을 갈아입은 그는 전날 정해둔 위치로 걸
음을 옮겼다.

　수도의 '그곳'에 들르지 않은 지 5년이 넘어간다. 장소가
바뀌었을 수도 있다.

　'없어지지나 않았으면 다행이지.'

　그룬터는 먼저 빵집을 찾고 다음 블록으로 걸어간 다음 정
면의 세 번째 골목으로 향했다. 유난히도 높은 건물과 곳곳에
널어둔 빨래가 하늘을 가려 어두컴컴한 것이 마치 밤길을 걷
는 듯했다.

"변하지 않았군."

그룬터가 도착한 곳은 윌로스파의 은신처다. 벌써 10년이 훌쩍 넘은 옛날 그룬터는 생애 첫 의뢰를 맡았다. 그것은 바로 윌로스파와 파라모파 사이의 분쟁을 중재하는 것.

지난날 니첸 미네스덴이 헤스티아를 포장할 때 했던 이야기는 바로 그룬터의 것이었다. 그룬터는 그때 일을 떠올리며 초록색 철문 앞에 섰다. 칠이 벗겨져 녹이 슨 부분이 훤하게 드러나는 낡은 문이다. 하지만 이 문 안엔 수도를 양분하는 건달 패거리가 가득한 것이다.

이곳이 바로 그 윌로스파의 본거지.

그룬터는 어젯밤, 자신의 힘만으로는 니첸 미네스덴을 도울 수 없음을 깨달았다. 당연한 일이다. 단 하루 만에 니첸 미네스덴과 플렉스 미네스덴의 위치를 바꿀 마법은 존재하지 않는다. 결국 그룬터는 지난날 아껴두었던 빚을 받을 생각으로 이곳에 도착했다.

윌로스파를 이용하여 플렉스의 여자를 조사하고, 그에게 오명을 뒤집어씌울 생각이다.

'이상하군.'

문을 열며 그룬터는 의아함을 느꼈다. 오래간만이라 생각 없이 여기에 도착했지만 조무래기 하나 없이 입구가 방치되어 있다는 것이 이상하다. 요 몇 년 사이 파라모파에게 패배하여 흡수되기라도 한 건가?

하지만 그룬터의 생각은 오래가지 못했다. 기묘한 쇠 냄새가 코끝을 간질이며 그의 발걸음을 방해했다.

'피 냄새?'

이상했다. 아무리 이곳이 건달 패거리의 본거지라지만 도살장은 아니다. 입구부터 피 냄새가 날 리가 없다. 이상하단 생각에 그룬터가 가만히 멈춰 서 있으니 새카만 통로 끝에서 흰 점이 흐늘거리며 다가왔다.

발걸음 소리가 들리지 않았다면 유령이라 생각했을 것이다. 그룬터는 당황하지 않고 점을 노려보았고, 그것이 가면무도회에서나 쓸 법한 가면임을 눈치챘다. 그렇다면 이 발걸음 소리는, 이 펄럭이는 소리는 상대가 사람임을 말한다. 그룬터는 외쳤다.

"누구냐!"

윌로스파의 복장이 아니다. 외부인. 저자가 바로 이 피 냄새의 원흉일 것이다.

"나는 그룬터다! 윌로스파의……."

하지만 그룬터는 확인 차 다시 자신의 위치를 밝혔다. 그러나 상대의 걸음은 멈추지 않고 빨라져, 마침내 달리기가 되었다. 그룬터도 가만히 서서 멍청하게 당할 생각은 없었다. 그는 재빨리 뒤로 뛰어 통로에서 벗어났다. 하지만 적은 이미 그룬터의 지척까지 도착해 있었다.

펄럭―

빛을 흡수하는 검은 망토가 통로 밖 그늘 속에서 펼쳐졌다. 그 한가운데의 기묘한 흰색 가면이 그룬터의 시야에 들어왔다.

'암살자!'

상대의 정체를 눈치챈 순간, 그룬터는 옆구리가 화끈해지는 것을 느꼈다. 베였다. 언제 내질렀는지도 모를 상대의 검에 스쳤다. 그룬터는 뒤로 뒹굴며 재빨리 거리를 벌렸다.

일품의 찌르기다. 맨손으론 상대할 수 없다. 그룬터는 뒤로 돌아 뛰기 시작했다.

'최악의 타이밍이다!'

상황은 자명하다. 그간 악행을 저질렀던 월로스파를 눈여겨보고 있던 누군가가 암살자들을 고용하여 정리하는 중이었던 것이다. 그룬터는 그 현장을 덮친 꼴이 되었다. 그는 달리는 중 슬쩍 뒤를 돌아보았다. 아니나 다를까, 상대는 쫓아오고 있었다.

'아니, 최악의 상황은 저놈이 던진 칼이 내 등에 박히는 것이겠지.'

그룬터는 골목이 나오자 몸을 던지듯 그 안으로 들어갔다.

'어리석군.'

뒤쫓던 암살자는 그룬터가 옆 골목으로 쏙 들어가자 그를 비웃었다. 칼을 던져 잡지 않은 이유는 혹여나 그가 옆으로 몸을 굴려 피할까 두려웠기 때문이다. 그런데 골목이라는 움직임을 제한하는 곳으로 스스로 들어가다니!

그는 그룬터와 마찬가지로 모퉁이에서 몸을 돌렸다. 그 순간, 그의 시야를 가방 하나가 완전히 메워 버렸다. 그룬터가 옷과 투구를 넣고 들고 있었던 바로 그 가방, 그것이다. 놀란 암살자는 그것을 베어버릴 생각으로 칼을 내리쳤으나,

캉!

반쯤 파고들었던 칼날은 금속성과 함께 엉뚱한 방향으로 휘었다.

'아차!'

도망치던 자가 모퉁이 하나 차이로 공격자로 변하리란 생각은 하지 못했다. 그러나 이것이 끝이 아니다. 가방을 던지면서 빈틈을 만든 그룬터가 이 기회를 그저 날려 버릴 리가 없는 것이다.

그룬터가 몸을 날렸다. 그의 발은 암살자의 내지른 팔을 뱀처럼 감았고, 그의 돌진과 체중은 암살자의 균형을 무너뜨렸다. 암살자는 뭐가 뭔지 알지도 못하는 사이 쓰러졌고, 그룬터는 허벅지에 힘을 준 다음 단번에 상대의 팔 관절을 빼버렸다.

"으아아악!"

암살자는 비명과 함께 칼을 놓쳤다. 그것을 내버려 둘 그룬터가 아니다. 그는 칼을 잡고 일어났다.

"넌 누구냐?"

그는 가방을 집어 들고 칼로는 상대를 겨냥했다. 암살자는 한 팔을 쓸 수가 없어 다른 팔로 버둥거리다 겨우 균형을 잡고 몸을 일으켰다. 그사이 그룬터는 암살자의 가면을 흘깃 쳐다보았다.

'가면을 벗긴다면… 아니, 내가 수도의 암살자 얼굴을 알리도 없거니와 벗겼다간 죽어라 쫓아오겠지.'

너무 막다른 곳까지 몰 필요는 없다. 그룬터는 상대가 입을 열길 기다렸다.

'팔이라도 자를까?'

하지만 지금은 프리든의 영주가 아닌 이방인 그룬터일 뿐이다. 용의 마을 사제에게 했던 것처럼 할 수는 없다. 그렇게 그룬터가 고민하는 사이 망토가 펄럭이는 소리가 작게, 아주 작게 들렸다. 그룬터는 곧바로 몸을 뒤로 뺐다.

스걱!

그룬터가 서 있던 자리, 바로 그 장소에 검광이 빛나며 또 다른 암살자가 허공에서 떨어져 내렸다. 그는 동료를 미끼로 던지고 가한 일격이 빗나가자 순수한 의도로 감탄했다.

"놀랍군. 기다리고 있었나?"

당연하다. 윌로스파 정도 되는 조직을 혼자 궤멸하는 놈이 있을 리가 없으니까. 하지만 그룬터는 대답하지 않았다. 방금 전 그 공격 때문에 자신은 운신이 어려운 좁은 골목 안에 들어와 있었기 때문이다. 그런데 지금 등이 가렵다. 골목 끝에서 또 다른 암살자가 살기를 발하며 천천히 걸어오고 있기 때문이다.

앞뒤로 포위당한 상황. 그룬터라 해도 쉽게 해결할 수 있는 상황은 아니었다. 앞은 두 명, 뒤는 한 명. 하지만 몸을 뒤로 돌리는 순간 앞의 암살자는 칼을 휘두를 것이다. 그룬터와 그의 간격은 그리 멀지 않았다.

그룬터는 뒤에서 다가오는 암살자의 발자국을 들으며 호흡을 가다듬었다. 그가 골목으로 뛰어든 것은 다수인 적을 한 줄로 세우려 했기 때문이다. 하지만 현장과 떨어져 망을 보는 자가 있을 거라곤 생각을 못했다. 이렇게 뒤를 잡히는 일은 예상 밖의 일이다.

'가벼운 마음으로 왔는데 말이야.'

살짝 땀이 나는 오른손으로 칼을 쥐고 가방을 왼손에 쥔다. 왼손의 가방엔 그룬터의 투구가 들어 있다. 방패로서의 역할을 해줄 것이다. 뒤로 돌 수는 없다. 뒤로 도는 순간 등에 칼을 맞을 테니까. 차라리 앞으로 달려가 활로를 뚫는 것이 현명하다.

'이런 정면 돌파는 내 특기가 아니지만……'

그룬터는 살기를 숨기고 입을 열었다. 아무 말이든 상대를 조금이나마 방심시킬 수 있는 말을 할 생각이었다. 하지만 정면의 암살자가 더 빨랐다.

"지금은 어떤 이름을 쓰나?"

의미심장한 질문이다. 하지만 어차피 말로 상대를 현혹하려 했다. 그룬터는 긴장을 늦추지 않고 사실을 말했다. 거짓말을 만드느라 허비할 심력조차 아까웠기 때문이다.

"그룬터."

"그렇군. 마셜의 그룬터. 윌로스파와 무슨 관계가 있나?"

"받을 빚이 있다."

"그런가? 우리가 이들을 죽인 것이 방해가 됐나?"

'방심을 유도하는 건가?'

상대의 말엔 적의가 없다. 하지만 그룬터는 경계를 늦추지 않았다. 순순히 대답하다 방심하는 순간, 암살자의 칼은 움직일 것이다.

"그렇다면 미안하군. 우린 이들을 청소할 생각이었을 뿐, 너의 일을 방해할 생각은 없었다."

그룬터가 쓰려 했던, 말로써 상대를 현혹하는 방법이다. 그룬터는 역으로 자신이 걸려들었음을 깨달았다. 더군다나 상대는 한술 더 떠 한 걸음 물러나기까지 한다. 그룬터를 풀어주겠다고 말하고 있는 것이다.

"내일 다시 이곳에서 보는 것이 어떤가?"

"뭐라고?"

"윌로스에게 받을 빚, 내가 대신 갚아주지. 이호, 더 이상 가까이 오지 마라!"

그는 그룬터에게 제안한 뒤 뒤에서 다가오는 암살자에게

명령했다. 이호라 불린 암살자는 명령대로 멈추었고, 정면의 암살자는 동료를 부축하여 더 멀리 물러났다.

"내일 이 시간 다시 보자."

그룬터는 잠시 상대를 노려보았다. 가면 뒤를 보기라도 하듯 뚫어져라 상대방의 얼굴을 바라보던 그는 마침내 걸음을 옮겼다. 그리고 어디 한 번 해보라는 듯 등을 보인 채로 걸어갔다. 하지만 암살자는 정말 약속을 지켰다.

그는 그룬터가 모습을 감출 때까지 가만히 서 있다 이호를 불렀다.

"오라버니, 대체 뭐예요? 왜 목격자를 살려 보내요?"

이호는 명령이 해제되자 재빨리 뛰어와 그에게 따졌다. 그러자 정면의 암살자는 잠깐 고민하다 한숨과 함께 이유를 털어놓았다. 혹시나 이호가 딴마음을 먹고 그룬터를 암살하는 일이 생겨선 안 되니까. 그의 얼굴을 보지 못하면 틀림없이 그런 일이 일어날 테니까.

"오왕자 군터 라이케를 벨 수는 없지 않느냐?"

그의 말에 이호는 너무나 놀라 들고 있던 칼을 떨어뜨렸다. 그러다 갑자기 앞에 선 암살자를 밀치고 그룬터의 뒤를 쫓기 시작했다. 하지만 이미 멀리 가버린 그룬터를 찾을 수는 없을 것이다.

"돌아오면 몇 대 맞을 것 같은데."

동료를 부축한 암살자는 그녀의 뒷모습을 보고 중얼거리

다 골목 안으로 들어갔다. 골목 끝에는 이호가 지키고 있던 마차가 그들을 기다리고 있었다.

암살자가 뒤를 쫓을 거라 생각한 것은 아니다. 하지만 그룬터는 버릇처럼 골목에서 골목으로 이동하며 자신의 자취를 지웠다.

그룬터는 걸음을 옮기며 생각했다. 플렉스의 여자를 조사하기 위해 왔다가 의문만 늘어났다. 저 암살자들은 정체가 무엇인가? 왜 자신을 놓아주었는가? 재회의 약속은 어째서? 그룬터라고 해서 무엇이든 알 수는 없는 법이다. 그에겐 정보가 부족하다.

'그 정보를 얻기 위해 간 곳에서 이런 꼴을 당했으니…….'

그룬터는 어두컴컴한 곳에서 고민했으나 마땅히 다른 곳에서 정보를 얻을 방법이 없었다.

'헤스티아를 써볼까?'

그녀도 암살자다. 그룬터 자신을 대신하여 다른 암살자 길드와 접촉할 수도 있다.

'나도 다급한 모양이군.'

그룬터는 떠오른 생각을 지우며 자조의 웃음을 지었다. 그녀는 이런 일에 어울리지 않는다. 그녀에게 맡길 일은 명확하여 불확실성을 줄일 수 있는 일이어야 한다.

그는 일단 프리든에서 그러했듯 옷을 갈아입고 미네스덴

으로 돌아왔다.

그렇게 돌아와 자신의 방으로 향하던 복도 안에서 그룬터
는 그의 방 앞에서 가만히 서 있는 헤스티아를 발견했다. 그
녀는 노크를 할지 말지 고민하며 손을 들었다 났다 반복하고
있었는데, 그 모습이 꽤나 신선했다. 그녀가 그룬터의 외출을
눈치채지 못했다는 말이기 때문이다.

"무슨 일이지?"

제법 가까이 갔는데도 고개도 돌리지 않자 그룬터가 먼저
입을 열었다.

"영주님?"

놀란 헤스티아는 그룬터를 바라보더니 고개를 푹 숙였다.
그룬터와 만날지 말지 고민하던 것을 포기했기 때문이다. 그
룬터는 그녀를 데리고 방으로 들어갔다.

확실히 방 안에 들어와 헤스티아를 기다리니 평소와 다른
점이 있었다. 예전 같으면 분명 어디를 혼자 다녀왔냐고 묻는
말부터 시작했을 그녀가 여전히 고개를 숙인 채 머뭇거리고
있었다. 그룬터는 책을 집어 들고 천천히 읽기 시작했다.

"영주님……."

두 페이지를 넘긴 시점이다. 그는 책을 덮었고, 헤스티아는
말을 계속했다.

"실은 어제 다크문의 사람과 만났습니다."

헤스티아는 혹 자신의 말이 배신으로 비춰지지 않을까 싶어 그룬터를 살폈다. 그러나 그는 담담히 뒷말을 기다리고 있었다. 그녀는 그의 행동에서 용기를 얻어 말을 이을 수 있었다.

"프리든에서 쫓겨난 다크문은 수도로 자리를 옮겨 활동 중인데 정보 수집 활동차 어제 파티에 잠입했고, 저와 마주쳤습니다."

"어제 살해당한 남자도 다크문 소속인가?"

"네."

"놀랍군. 다른 곳도 아니고 대귀족 가문의 파티장 한가운데에서 살인을 저지를 생각이었나? 경고치곤 과한데."

"그것은… 돌발 상황이었습니다."

돌발 상황? 그 자리엔 다크문을 프리든에서 쫓아낸 프리든의 영주도 있었다. 그런데 돌발 상황이 그룬터가 아닌 플렉스를 노리는 것이었다고?

'암살자는 대상에게 원한을 갖지 않는다.'

암살자는 대상을 동정하지 않는다. 원한도 품지 않는다. 그룬터는 문득 한 귀로 흘린 말을 기억해 냈다. 그래야 암살이라는 목적을 완벽하게 이룰 수 있기 때문이다.

다크문의 사람들도 마찬가지일 것이다. 그렇다면 쫓겨난 분노는 어디로 향하는가?

'의뢰인.'

원인을 제공한 플렉스에게 거꾸로 화살이 향한 것이다. 이해하기 쉬운 일은 아니지만 어제 일은 그렇게 설명하고 있었다.

"그렇군. 그래서 이제 어찌할 생각이냐?"

"네?"

"옛 가족을 만났으니 생각이 있을 것 아니냐?"

"그건… 전 단장님을 찔렀으니 더 이상⋯⋯."

"그것은 너와 나만 아는 일이다."

그것은 헤스티아도 알고 있는 사실이다. 하지만 헤스티아는 그의 말에 상심하여 고개를 숙였다. 영주는 마치 등을 떠밀 듯 말하고 있기 때문이다. 옛 가족과 만났으니 이제 변심했냐고 묻는 말보다 더 상처 주는 말이다.

"애초에 전 부단장님에게 버림받아⋯⋯."

그녀는 숨기려 애썼지만 목소리가 떨리고 있었다. 눈치 못챌 그룬터가 아니다. 그는 그녀에게 숨을 고를 시간을 주었다.

"알겠다. 이 이야기는 그만하지. 어제 일을 다시 말해다오."

그녀가 다크문 사람들과 만났다는 것은 굉장히 중요한 이야기다. 이 미네스덴 가문을 누군가가 감시하고 있다는 것 말이다. 대체 어느 간 큰 녀석들이 미네스덴 가문에 첩자로 암살자들을 고용했는지 궁금하지 않을 리가 없다.

하지만 헤스티아가 아는 것은 많지 않았다. 어쨌든 그녀도 비관계자이기 때문이다. 얻은 것이라곤 다크문이 이대로 물러나리란 것 정도였다. 일을 더 크게 벌리지 않겠다는 말이다.

"알았다."

그룬터는 말을 마치고 그녀를 보내기 위해 자리에서 일어나 직접 문을 열었다. 헤스티아를 밀어붙인 것에 대한 말없는 사과다. 하지만 문 앞에 또 다른 방문자가 있어 헤스티아가 그 배려를 음미할 여유는 없었다.

"청지기장?"

세이린. 그녀도 마치 헤스티아처럼 그룬터의 문 앞에서 망설이고 있었다.

"아, 영주님, 헤스티아."

하지만 그녀는 그룬터와 헤스티아를 보곤 영주의 침실을 떠올렸다. 문을 열면 항상 그 자리에 있던 그룬터와 그녀들. 세이린은 얼굴을 붉히며 말했다.

"그냥 지나가던 길이었습니다."

그녀는 그리 말하고는 자리를 떠났다. 이런 일은 처음이 아니다. 그녀가 방 안에 있는 여자들을 보고 이상한 상상을 하고 떠나는 것 말이다. 하지만 그녀는 항상 자신의 목적을 전하곤 했다. 그러니 그룬터도 별 생각 없이 세이린이 떠나는 것을 허락했다. 중요한 일이라면 다시 올 거라 생각하며.

그 이후 그룬터는 생각을 바꾸어 헤스티아에게 '그녀'의 감시를 명령했다. 그녀는 물론 플렉스를 보호하고 있는 그 여자를 말한다.

그룬터는 그녀를 직접 만날 방법이 없었다. 플렉스가 모든 방면에서 그녀로의 접근을 차단하고 있었기 때문이다.

결국 다음날, 그룬터는 다시 미네스덴 가문을 나섰다. 암살자를 만나볼 생각이었다. 유리한 상황에서 스스로 이점을 포기한 자들이다. 그들을 한번 믿어보는 것도 나쁘진 않을 것이다.

눈이 너무 부셔 살짝 인상을 찌푸리고 걷다 겨우 골목의 그늘로 들어온 그룬터는 무기점에 들러 칼을 한 자루 구입했다. 전날처럼 운 좋게 상대방의 무기를 빼앗을 수는 없으니까.

그렇게 칼 한 자루를 허리에 차고 옷가지와 투구가 든 가방을 메고 있으니 꼴이 영락없는 탈영병의 모습이다. 그룬터는 그 모습을 지우기 위해 옷매무새를 다듬고 약속 장소로 향했다.

그러나 그룬터는 그 현장에 다시 가지 못했다. 병사 두 명이 골목 입구를 지키고 있었기 때문이다. 그룬터는 어떤 일이 벌어졌는지 눈치챘으면서도 그들에게 다가가 어수룩한 사람을 연기했다.

"무슨 일입니까?"

"갱들끼리 싸움이 있었습니다. 이 골목은 지나갈 수 없으니 돌아가십시오."

그룬터는 슬쩍 고개를 끄덕이고 뒤로 물러났다.

'이 일을 예상하지 못하고 약속을 잡은 것은 아닐 텐데……'

초대는 저쪽에서 했다. 호스트의 능력을 지켜보는 것이 그의 역할이다. 그룬터는 병사들에게 의심받지 않도록 조금 떨어져 그늘에 자리를 잡고 앉았다.

조금 기다리자 검은 말이 모는 검은 마차가 천천히 다가왔다. 그룬터는 본능적으로 그 마차가 자신을 데리러 온 것임을 알 수 있었다.

'이렇게 눈에 띄게 등장할 줄이야.'

그룬터는 마차보다 마부에게 집중했다. 햇빛에 그을린 피부, 굳은살 때문에 커 보이는 손. 전형적인 마부다. 어쩌면 오늘을 위해 하루만 고용된 사람일지도 모른다.

이것으론 아무것도 알아낼 수 없다. 그룬터는 조금 실망하며 일어났다. 그러자 마차는 딱 맞춘 듯 그의 앞에서 멈추었다.

"난 이대로 이야기해도 좋네."

마차의 창문에서 하얀 가면이 모습을 드러내었다. 마차에 오를 용기가 있느냐는 도발이다. 그룬터는 망설임없이 마차 문을 열었다.

마차는 수도의 도로를 따라 움직이기 시작했다. 어디로 가는지 마차 안의 그룬터는 알 수 없었지만, 어디로 가든 상관없다는 생각이 든다. 마차 안엔 단 한 명의 암살자만 있었으니까. 상대가 혼자라면 아무런 위협이 되지 않는다.

"오해하지 말게. 난 자네의 검술이 뛰어남을 알고 있어. 사기꾼이라는 이름에 속아 방심하고 있는 것이 아니야."

암살자는 그렇게 말했다. 자신을 '일호'라고 밝힌 암살자는 더울 텐데도 검은 망토와 가면을 고수한 채 그룬터를 기다리고 있었다.

"자, 궁금한 것이 있을 텐데? 무엇이든 물어보게."

암살자는 그리 말하고 그룬터를 기다렸다. 그것은 호의였다. 굳이 그룬터가 아니더라도 눈치라는 것이 있는 사람이면 누구나 알 수 있는 호의. 문제는 그것이 암살자의 호의라는 것이다. 그의 페이스에 휘말릴 생각이 없는 그룬터는 제안을 거절했다.

"그게 아닐 텐데? 약속을 잡은 것은 그쪽 아닌가? 누구의 몸이 달아올라 있을지 겨뤄보자는 건가?"

가면을 쓴 자와 대화를 하는 것은 불편하다. 표정을 읽는 것이 힘들기 때문이다. 때문에 그룬터는 그를 자극하여 억양에서 감정을 읽는 수를 썼다.

"그런가? 그럼 그러도록 하지. 수도엔 무슨 일인가?"

암살자는 조바심을 내지 않았다. 표정을 감추는 것. 대화에서 이보다 유리한 무기는 없다. 그래서 그는 넘치는 여유를 드러냈고, 그룬터도 그 사실을 읽었다.

'표정을 읽을 수 없다는 것이 이렇게 기분 나쁠 줄은 몰랐군.'

문득 그룬터는 이 상황이 무엇과 닮았다는 것을 깨달았다.

'검은 기사… 프리든의 영주.'

그가 평소 라이든이나 세이린에게 하는 그 행동이 아닌가? 자신은 검은 투구를 쓰고, 상대는 하얀 가면을 썼다는 점이 다를 뿐이다. 그는 피식 웃으며 질문에 답했다.

"의뢰를 받았기 때문이지. 더 설명해야 하나?"

"그렇군. 그럼 나도 자네가 가장 궁금해할 질문에 대답하지."

"이 상황에서 내가 가질 의문은 한정되어 있으니 맞히더라도 큰 점수를 딸 순 없어."

한정된 질문은 물론 윌로스파를 습격한 이유, 암살자의 정체, 자신을 놓아준 이유 같은 것이었다. 하지만 상대는 그룬터의 예상을 훨씬 뛰어넘는 말로 그를 놀라게 했다.

"이건 어떤가? 어제 미네스덴 가문에서 플렉스 미네스덴을 공격한 자는 다크문이라는 암살단의 인물이네. 어떤가?"

"뭐라고?"

순간, 평소엔 투구에 가려 보이지 않을 표정이 그룬터의 얼굴에 떠올랐다.

허점을 찔렸다. 대체 어디서 어디까지 알고 있는 것인가? 그룬터가 미네스덴 가문의 파티에 참가했다는 것? 어떤 신분으로 참가했다는 것까지?

"왜 그러지? 설마 마설의 그룬터가 이 정도에 충격을 받았나?"

'이런 기분이었군……'

가면을 쓴 자와의 대화는. 그룬터는 속으로 이를 갈며 표정을 감추었다. 충격은 한순간이었으니까. 그는 빠르게 회복하여 지금의 상황을 분석했다.

'내가 영주 노릇을 하고 있다는 것은 들통났다는 최악의 가정을 하는 것이 좋아. 즉, 어제 파티장에서 내 정체를 간파한 자가 있었다는 말이다. 그자들 가운데에 월로스파를 궤멸시킬 수 있을 만한 무력을 가진 자는?'

변수가 너무 많다. 눈앞의 암살자가 직접 파티에 참석하지 않고 보고만 들었을 수도 있으니까. 하지만 그룬터는 비논리적으로 한 사람의 이름을 떠올리고 있었다.

"확인차 묻지. 방금 말한 내용은 당신의 정체를 밝히는 말인가?"

"겁쟁이로군. 검증이 없으면 확신하지 못하는 사람이 되었나? 옛날 내가 알던……"

그의 비아냥거림은 의도 그대로 그룬터의 심증을 확증으

로 바꾸었다. 그룬터는 분노에 가득 찬 거친 음성을 토했다.

"빌헬름 빅터 알버트 센이르아나!"

왕좌를 물려받을 자의 이름이다. 하지만 그룬터의 외침엔 그에 대한 존경을 찾을 수 없었다. 어디 그뿐인가. 그룬터는 칼을 뽑아 휘둘렀다. 손 뻗으면 닿을 거리. 그룬터의 칼날은 빠르고 정확했다.

챙—

하지만 상대도 곱게 목을 내주진 않는다. 빌헬름은 품에서 꺼낸 칼을 들어 그룬터의 칼을 세웠다.

"오왕자 동생, 인사가 화끈하군."

"삼왕자 나리, 정말 출세했군."

그룬터는 이죽거리며 다른 손으로 상대의 손목을 후려쳤다. 그러나 상대도 한 팔이 비는 것은 마찬가지. 일호 빌헬름은 그룬터의 주먹을 손바닥으로 막았다.

"그러게 말이다. 이렇게 높은 자릴 원한 것은 아닌데 말이다."

"형제의 시체로 쌓은 권좌에 앉은 주제에 그딴 소릴 지껄인단 말이냐!"

그룬터는 칼을 놓고 가면을 후려쳤다. 가면의 반쪽이 부서지며 빌헬름의 얼굴이 드러났다. 그 드러난 반쪽은 웃고 있었다.

"말은 바로 해라, 군터 라이케! 시작은 육왕자였다! 아니,

왕비 카타리나였지 않느냐!"

그는 팔을 내뻗어 무방비가 된 그룬터의 이마를 부서진 가면으로 찍었다. 피부가 길게 찢어져 피가 뿜어졌다. 그 줄기 사이에서 그룬터는 눈을 번뜩이며 입을 벌려 빌헬름의 목을 물었다.

"역시 미친개는 다르구나!"

황급히 몸을 비틀어 피한 빌헬름은 발로 그룬터를 걷어찼다. 어찌나 강했던지 그룬터의 몸이 마차 벽을 뚫고 밖으로 튕겨 나가 버렸다.

마차가 멈추었다.

그룬터는 땅바닥에서 뒹굴다 멈추고 검은 마차 안의 빌헬름에게 외쳤다.

"미친개? 네가 할 말이더냐! 널 아끼던 둘째 형을 물어 죽인 것이 네놈이거늘!"

"그룬터, 밖이다. 아직도 날 형이라 부를 생각이냐?"

빌헬름은 드러난 얼굴을 망토로 감추었다. 그룬터 주변엔 어느새 사람들이 몰려들고 있었다. 그룬터는 빌헬름의 위협이 뜻하는 바를 놓치지 않았다.

계속 이 대치 상태를 유지한다면 빌헬름은 그룬터의 정체를 가지고 공격할 것이다. 사교회장에서 말이다.

결국 그룬터는 빌헬름의 뜻대로 마차에 다시 올랐다. 마부가 서둘러 내려 부서진 문을 수리하는 동안 그는 입을 열지 않았다.

'생각이 많다. 이것이 너의 한계다. 너는 감정이 이끄는 대로 행동하는 짐승이 되지 못해.'

빌헬름은 탄식 같은 숨을 내쉬었다. 마침 임시 처치가 마무리되자 마부는 말을 몰았다. 마차가 다시 움직이기 시작했다.

"묻고 싶은 게 있다."

그룬터가 말했다.

"내가 투구를 쓰고 있다는 것을 언제 안 거지?"

"파티회장에서 만났을 때부터."

"내가 실수한 것은 없을 텐데?"

빌헬름은 가볍게 웃었다.

"내가 어떻게 14년 전의 승리자가 되었는지 이젠 말해도 상관없겠지. 나는 왕의 자질을 볼 수 있다. 아니, 인간의 자질을 볼 수 있지. 내 편을 선택할 때 이보다 강한 무기는 없지 않겠느냐?"

수 년 전이었다면 농담이라 생각했을 것이다. 하지만 그룬터는 그 같은 사람을 이전에 만나본 적이 있다. 엘린 크라시우스. 용의 무녀.

'그랬지. 빌헬름의 모계는 용지기 가문이었지.'

그룬터는 고개를 끄덕였다.

"한 가지 더 묻지. 이호는 루이제인가?"

전날 그룬터를 보내준 이유에 대한 답이다. 루이제는 어릴 적부터 그룬터를 따른 동생이었으니 전날 얼굴을 보였다면 골치 아픈 일이 벌어졌을 것이다. 그룬터나 빌헬름이나 양쪽 모두에게.

"그래."

빌헬름은 수긍했다. 하지만 그는 이호의 정체보단 자신의 능력에 대해 더 이야기하고 싶은 눈치였다.

"내 말을 그대로 믿나? 사람의 자질을 볼 수 있다는 나의 말을?"

"믿는다. 나는 왜 네가 육왕자를 그리 거부했는지 이해할 수가 없었지. 하지만 지금 네 말을 들으니 그럴 만했다는 생각이 드는군."

그는 자질없는 자가 자리를 차지하는 것에 대한 거부감을 가졌을 것이다. 보통 사람이 느끼는 것 이상으로.

"너랑 대화를 하다 보면 은근히 기운이 빠진단 말이야."

한편 빌헬름은 몸을 의자에 기댔다. 화제가 금방 고갈되니 하는 말이다. 그러나 빌헬름이 자신의 이야기를 하고 싶었던 것처럼 그룬터는 다른 대화를 원했다.

"어제 네가 날 보내준 것은 루이제 때문이라고 이해할 수 있다. 하지만 이렇게 따로 독대하는 이유는 알 수가 없군."

"글쎄… 나이가 들고 보니 형제가 그리워지더군."

"그때 그 일을 후회한단 말인가?"

빌헬름은 대답하지 않았다. 그러나 그룬터는 알 수 있었다.

그는 후회하지 않을 것이다. 과거로 돌아가도 똑같은 일을 저지를 것이다. 지금 그룬터와 대화하는 자리를 마련한 것은 과거에 저지른 숙청과는 무관하다. 그저 옛 얼굴을 보자 반가웠을 뿐.

그룬터가 모를 리가 없다.

"연회장에서 너와 다시 만난 그때, 둘째 형의 원수를 어찌 갚을까, 널 어떻게 이용해야 할까 하는 생각을 했었지."

"이해한다. 하지만 그래도 죽은 자는 돌아오지 않는다는 것을 말하고 싶군."

"나도 알아. 그런데 오늘 네가 왕자가 아닌 암살자로서 내 앞에 앉아 있다는 것을 안 순간, 널 죽여도 아무도 날 어찌할 수 없다는 것을 안 순간 참을 수가 없더군."

그룬터는 마차 안에서 일어나 문을 발로 찼다. 임시로 못질한 문은 발차기를 견디지 못하고 부서져 떨어졌다.

"멈추지 마라!"

빌헬름은 큰 목소리로 마부에게 명령했다. 상황을 눈치챈 마부는 말 엉덩이에 채찍을 가해 더 빠른 속도로 말을 몰았다. 어느새 가속이 붙은 마차는 무서운 속도로 도심을 질주했다.

"내 손엔 피가 묻어 있다. 그때의 일을 후회할 수는 없다. 하지만 세월이 마음을 무디게 하더구나, 군터."

빌헬름은 가면을 걸고 맨얼굴로 그룬터를 대했다. 그룬터는 빌헬름을 내려다보았다. 그리고 마음을 확인했다. 마부가 칼을 걷어가지 않았다면 그룬터는 다시 그를 공격했을 것이다. 그 속마음이 눈에 드러나자 빌헬름은 탄식했다.

"다시 말하마. 난 후회할 수 없다. 네가 만약 이 마차를 떠난다면 나는 널 뭉개 버릴 수밖에 없다. 지난날 나의 패도를 막아선 형제들처럼."

"기대하지."

"멍청한 놈!"

빌헬름은 격노하였으나 그룬터는 그의 말을 들을 수 없었다. 빌헬름이 입을 열기도 전에 마차에서 뛰어내려 바닥에 뒹굴어야 했으니까. 그룬터는 멀어지는 마차의 모습을 보다 일어나 미네스덴 가문으로 돌아갔다.

Chapter 04
카타리나

CHAIN-MAIL ARMOR made from linked iron or steel was the main type of armor worn from the Celtic p in the 6th century B.C. (pp. 36-41) until the 13th centu then knights found mail armor not only uncomfortab wear but also inadequate protection against weapo such as war hammers and two-handed swords. At first plate armor, which was gradually introduced in the 13th century, was simply added to mail armor. But from the 1400s until the coming of firearms in the 1600s, knights went to war entirely encased in suits of plate armor.

INCENDIARY (FLAMING) ARROWS
Incendiary arrows, and bolts were used in warfare until the 1630s. A wad of hemp or flax was soaked in a flammable substance, fixed beneath the arrowhead, and then lit just before the arrow was shot

Lord of *Freedon*
프라튼의 영주

빌헬름과 만났던 그날 저녁, 그룬터는 왕성의 파티에 초대받았다. 미네스텐 가문에서 있었던 파티에 대한 답례로 개최되는 것이다. 검은 기사로서 그 이름이 알려져 있는 프리든의 영주가 초대받는 것은 예정된 수순이었다.

　파티는 3일 뒤라 그동안 그룬터는 저택 안에서 사람들과 대화하며 시간을 보냈는데, 그다지 유익한 시간은 아니었다. 수도에 인맥을 만들어두지 않은 탓에 그는 수동적인 인물이 되었다.

　결국 가지고 있는 패를 활용할 수밖에 없었다. 세이린은 염탐하는 기술이 없어 정면에서 대화로 정보를 얻어야 할 텐데,

플렉스와 사이가 좋지 않다. 더군다나 요즘은 니첸을 피해 다니느라 정신이 없어 쓸 만한 패가 못 되었다. 플렉스의 그녀를 조사할 인물은 헤스티아뿐이다.

그러나 그녀는 제대로 된 답을 가져오지 못했다.

"언제나 눈이 마주쳤어요."

그녀는 고개를 숙이며 보고했다. 그룬터 자신도 숨죽인 헤스티아의 기척을 읽지 못 할 때가 많음을 생각하면 '그녀'의 감각이 한 수 위라는 말이다.

그룬터는 그녀를 만나지 않곤 니첸의 의뢰를 성사시킬 수 없음을 느꼈다. 그는 일어나 플렉스의 방으로 향했다. 그와 그녀는 같은 방을 쓰고 있다는 보고를 받았기 때문이다.

'비록 양자이긴 하나 미네스텐 가문의 이름을 쓰고 있으면서 여자와 같은 방을 쓰다니…….'

남자는 지저분한 소문에 비교적 자유롭다곤 하나 그렇다고 좋은 소문이 날 일은 아니다. 미네스텐 같은 대귀족 가문의 영식이라면 더욱 조심해야 할 터인데 말이다. 분명 가문에서 용인한 것이리라.

그룬터는 그 같은 생각을 하며 플렉스의 방에 자신이 왔음을 밝혔다. 문 앞에 서 있던 하인이 조심스레 들어가 의향을 타진했다. 플렉스를 만나면 그녀도 만날 수 있다.

허락이 떨어졌다. 그룬터는 안으로 들어갔다.

프리든 영주의 침실을 허름한 여관방으로 만들어 버릴 정도의 넓이다. 단지 넓기만 하다면 그룬터가 놀라지는 않았을 것이다. 바닥은 이국의 카펫이 깔려 발소리를 죽이고, 벽엔 한기를 막기 위한 천이 빼곡하다. 그렇다고 그 안이 횅한가 하면 그것도 아니다.

생활 동선에 방해되지 않도록 꼭 필요한 가구들이 자리를 차지하고 있었는데, 나뭇결에서 향이 날 것만 같은 원목 가구들은 조각이나 명화가 놓일 자리에서 자태를 뽐냈다.

딱 여기까지가 미네스텐 가문이 플렉스에게 제공한 방일 것이다. 플렉스는 그 위에 전쟁을 묘사한 그림과 원색 문양을 수놓은 천을 두른 갑옷을 방에 배치했다. 한여름의 꽃밭에 온 것처럼 시선이 분산되지만, 화려함으로 방문객을 압도하려 한 그의 계획은 헛되지 않았다. 그룬터조차도 방 안의 인물보다 풍경을 한번 둘러보는 데 시간을 쓸 정도였으니까.

"이게 무슨 일인가! 프리든의 영주님이 날 찾아올 줄이야!"

그 방 한가운데, 두 명은 누울 수 있을 법한 소파에 앉은 플렉스가 환한 미소로 그룬터를 맞이했다. 그룬터는 그에게 다가가 인사를 청했다.

"워, 워! 우리 사이에 그렇게 예를 갖출 필욘 없지 않겠나?"

플렉스는 귀퉁이에 대기하고 있는 하인에게 밖으로 나가라 손짓했다. 그렇게 단둘이 되자 플렉스는 책상에서 잎을 가져와 놓았다.

"수도에 왔더니 이런 게 유행하고 있더군."

그는 금박을 입힌 상자 뚜껑을 열고 잎을 꺼낸 다음 코 아래에 가져다 대고 냄새를 맡았다. 그리고 담뱃대에 잘라 넣고 불을 붙였다. 그룬터는 그 광경을 가만히 지켜보았다.

잎을 태우는 것이 신기하여 그런 것이 아니었다. 지난날 뒷골목 건달이나 할 법한 언행을 하던 그가 어울리지 않는 옷을 입고 기묘한 행동을 한다는 생각이 들었을 뿐이다.

"투구를 쓰고 있으니 반응을 알 수가 없군. 재미가 없어."

플렉스는 투덜거리며 담뱃대를 내려놓았다. 그는 조금 나른한 얼굴로 그룬터의 검은 투구를 노려보았다.

"놀랍나? 내가 변한 것이?"

그룬터는 답하지 않았다. 플렉스 같은 자는 가만히 있어도 자기 입으로 모든 것을 털어놓는 타입이니까.

"놀랄 일은 아니지. 니첸 미네스텐을 보니 이런 생각이 들더란 말이야. 나의 '그녀'와 호각으로 겨루는 놈조차 인정을 받지 못하는 이 가문에서 내가 살아남으려면 어떻게 해야 할까? 바보가 아니라면 누구나 깨닫겠지. 배척당한 놈과 반대로 해야 한다!"

"그녀?"

그룬터는 그의 변화를 신경 쓰지 않았다. 그의 관심은 처음부터 그녀에게 있었으니까.

"뭐야? 너도 사내새끼였나? 그녀에게 관심이 있나보군. 하지만 꿈 깨는 것이 좋을 거야. 내가 너에게 그녀를 소개시켜

주는 일은 이제 없을 테니까."

　이제 보니 이 방은 일종의 거실이고, 안쪽에 침실이 있는 모양이다. 그룬터는 벽 한편의 문을 보고 그 안에 그녀가 있을 거라는 추측을 할 수 있었다. 눈앞에서 이렇게 말을 한 귀로 흘리고 있으면 플렉스가 가만히 있을 리가 없지만, 다행히도 그룬터는 투구를 쓰고 있었다. 처음부터 상대는 그룬터의 표정을 읽을 수 없었다.

　"그건 그렇다 쳐도 의외야."

　다시 플렉스가 입을 열었다.

　"이렇게 빨리 찾아올 거라 생각하지 못했으니까. 그래서 멋진 말을 준비하지 못했는데… 그래도 할 것은 해야겠지."

　그는 자리에서 일어나 주변을 맴돌기 시작했다. 플렉스 같은 위인이 말을 꺼내는 것이 어려워 망설일 리가 없으니, 그의 머뭇거림은 상대를 긴장시키기 위한 수법일 뿐이다.

　"너는 프리든을 빼앗았다. 너는 나의 유일한 가신을 죽였다. 이 원한을 잊을까? 잊을 수 있을까? 천만에!"

　그의 일갈에 놀란 하인들이 문을 열고 들어오려다 플렉스의 손짓에 저지당했다. 플렉스는 자신의 과거가 알려지는 것을 원치 않는다. 그는 하인들에게 더 큰 소리가 들려도 들어오지 말라고 명령하고 내보냈다.

　"넌 내가 신사적이게 된 것에 대해 고마워해야 한다. 클라우츠 베이른! 만약 옛날의 나였다면 당장 이 가문의 힘으로 널 짓눌렀을 테니까!"

"그렇군. 할 수 있는데 하지 않고 있단 말인가?"

"날 누구라 생각하는 거지? 나는 플렉스 미네스덴! 대영주 가문의 후계자다!"

그의 선언은 플렉스 오렐리의 것이라 생각하기 어려운 박력을 담고 있었다. 하지만 그룬터는 그의 고까운 태도를 더 이상 두고 볼 수 없었다. 아니, 그와 대화하며 자신의 아까운 시간을 허비하고 싶지 않았다. 대화를 끝맺을 시간이다.

"가신이라……. 그 말은 프리든 영주 암살 미수 사건에 네가 가담하고 있었다고 인정하는 꼴인데, 상관없나?"

"상관있다고 말하면, 네가 나를 어찌할 수 있단 말인가?"

플렉스는 그룬터의 면전에서 으르렁거렸다. 명백한 도발이다. 이곳은 미네스덴 가문의 중추. 그를 해코지하려 했다간 미네스덴 가문을 적으로 돌리게 될 것이다. 그것을 알기에 플렉스는 이리 당당하게 행동할 수 있는 것이다. 하지만 그룬터는 그가 예상할 수 있는 인물이 아니었다.

"물론이다."

그는 대답하고 곧바로 처형을 시작했다. 플렉스의 목을 움켜잡은 것이다. 놀란 플렉스가 허우적거렸으나 그룬터의 완력을 당해내진 못했다.

"끄억… 이 미친… 여기가 어디인 줄……."

"죄인에게 죄를 묻는데 장소를 따질 필요가 있는가?"

플렉스는 사색이 된 얼굴로 그룬터의 투구를 바라보았다. 투구 그늘 아래의 두 눈동자는 살기로 번쩍이고 있었다.

'이, 이런 미친놈이 있나! 프리든에선 아무리 도발해도 무력을 쓰지 않더니……'

상대를 잘못 봤다. 플렉스는 이렇게 어이없게 목숨을 잃게 되는가 하여 자기도 모르게 실소를 흘렸다. 분명 뇌에 산소가 부족해졌기 때문이리라. 그런 그의 눈에 마치 꿈인 양 침실 문이 폭발하는 광경이 들어왔다. 그리고 '그녀'가 튀어 나왔다.

"멈추지 않으면 이대로 목을 꺾겠다!"

그룬터는 플렉스를 앞으로 내밀며 외쳤다. 그러자 쏜살같던 그녀의 돌진이 멈추었다.

'이, 이놈, 처음부터 이럴 생각이었구나.'

목을 죄던 것이 조금 헐거워지자 플렉스는 이를 갈며 그룬터를 노려보았다. 하지만 그룬터는 새 등장인물에게 말을 걸고 있었다.

"우리, 어디에서 만난 적 없나?"

"우리가 얼굴을 맞대고 만난 적은 없습니다."

그녀는 부정했다. 더 이상 이야기가 진행될 수는 없다. 정말 만난 적이 없든 모르는 척하는 것이든 말이다. 그룬터는 플렉스를 놓아주었다.

"이런 미친놈! 이런 짓을 저지른 이유가 고작 저 여자를 불러내 여자 꾀일 때 쓰는 말이나 하기 위해서였냐!"

플렉스는 부어오르는 목의 손자국을 만지며 그룬터를 노려보았다. 그러자 그룬터는 별것 아니라는 듯 어깨를 으쓱해 보였다.

"그렇다만."

"제정신이 아니구나! 지금 네가 나에게 저지른 짓만으로도 나는 네 목을 베어 버릴 수도 있다!"

"재판 없이? 네 눈엔 내가 프리든의 거름 밭에서 뒹구는 농노로 보이는가?"

플렉스는 입을 다물었다. 그가 무슨 말을 하려는지 깨달았기 때문이다.

'그렇구나. 귀족 대 귀족이라면 내가 이놈을 직접 처분할 수 없다. 재판을 벌여야 하고 뒷조사가 이루어질 텐데, 그럼 내가 프리든에서 저지른 짓이 다 들통 날 테고…… 뭐야, 이거? 이놈……!'

플렉스는 깨달았다. 상대는 시골 영지의 영주다. 시골이라는 것 때문에 우습게 보이지만 그는 영주인 것이다. 그의 처벌엔 재판이 필요하며, 그동안 플렉스는 자신의 행동을 감출 공작을 벌여야 할 것이다.

'아냐. 난 미네스텐 가문의 후계자다. 재판관을 매수하면 그만이야.'

플렉스가 이것저것 고민하는 사이 그룬터는 그녀에게 말

했다.

"이름이 무엇인가?"

"저는 당신에게 이름으로 불리고 싶지 않습니다."

"풉!"

플렉스는 자신도 모르게 큭큭 소릴 내며 웃기 시작했다. 무엇이든 알고 있고 대비할 방법이 있다는 식으로 행동하던 그룬터다. 그런 그가 무안을 당한 것이다. 플렉스는 통쾌하단 생각에 낄낄 웃다가 다시 소파에 앉아버렸다.

"이봐, 클라우츠 베이른."

그는 아직 불이 붙은 담뱃대의 주둥이에 입을 가져다 대 연기를 빨아들였다.

"이제 알겠어, 너라는 인간을. 넌 말이야, 아직 너보다 더 대단한 사람을 만나지 못한 거야."

"무슨 말이 하고 싶은 건가, 플렉스?"

"난 방금 전까지 널 재판에 회부하여 망가뜨리겠다고 생각했는데, 아니야. 그게 아니야. 그래선 안 되는 거였어. 그건 너와 내가 같은 선에 서게 된다는 말이란 말이야. 법이라는 규칙 앞에서. 자, 넌 이렇게 생각했지? 같은 조건이라면 네가 질 리가 없다고. 틀렸나?"

그룬터는 대답하지 않았다. 그러나 이것은 처음 대화를 나누었던 상황과 동일하다. 플렉스는 개의치 않고 말을 이어 나갔다.

"난 널 처단하고 프리든을 빼앗으려 했지만… 아니었어. 프리든을 빼앗는 것이 먼저가 되어야 해. 네놈에게서 영주 자리를, 귀족 자리를 빼앗는 것이 먼저가 되어야 하는 거였어. 그래야 네놈이 감히 이 몸과 동등하다는 착각을 그만둘 수 있겠지!"

플렉스의 원한은 미네스덴 가문의 후계자가 되었다는 사실 때문에 회석된 상태였다. 그런 그의 목을 잡고 도발하는 행위는 분명 그룬터의 실수였다. 플렉스는 그룬터가 바라보는 자신의 위치를 깨닫고, 잠시 잊었던 적의를 다시 일으킨 것이다.

"나가라. 그리고 그 문을 나선 뒤 튼튼한 연줄을 잡아 쥐어야 할 것이다. 그나마 미네스덴 가문에 대항할 수 있다는 러스티 가문을 추천하지. 아! 왕비님이 너에게 관심이 있다고 하던가? 그걸 이용하는 것도 좋겠지. 할 수 있다면 말이야."

플렉스를 밀어내고 그 자리에 앉은 지 수개월이 지났다. 수도에 올라와 보니 상대는 긴장이 풀어져 평범한 귀족 도련님이 되어 있었다. 때문에 적이라는 것은 알고 있으나 가볍게 생각했다. 그러나 그래서는 안 되는 것이었다.

상대는 부친이 평생을 바친 영지를 빼앗긴 남자다. 저 남자가 죽기 전까지 끝없이 격돌하게 될 관계인 것이다. 그룬터의 의지와는 상관없이.

'나는 저놈이 귀찮을 뿐이지만…….'

플렉스의 적의는 일방적인 구애나 다름없다. 따라서 플렉스의 행동에서 그룬터가 느끼는 것은 귀찮음과 약간의 불안감뿐. 그러나 일부러 드러낼 필요는 없을 것이다. 그룬터는 말없이 밖으로 나왔다.

그리고 그가 걸어 누구 하나 걷는 사람이 없는 복도에 도착했을 때, 그는 참고 참았던 이름을 토해냈다.

"크라시우스."

그룬터가 무모한 짓을 한 데는 이유가 있었다. 마차에서 빌헬름과 대화를 나누며 왕의 자질 운운하는 그를 본 순간 당연히 무녀 엘린을 떠올렸다. 그리고 크라시우스를 떠올렸다. 그 순간, 그는 플렉스의 그녀가 누구인지 깨달았다.

"우리가 얼굴을 맞대고 만난 적은 없습니다."

그녀의 말은 옳다. 그룬터와 그녀가 얼굴을 맞댄 것은 이번이 처음이니까. 적이 용이라는 것이 판명된 이상, 그룬터는 그에 대한 대비를 해야 했다. 하지만 용의 물리력을 막는 문제가 하루아침에 생각날 리가 없다.

그룬터는 한숨을 내쉬고 다시 걸음을 옮겼다.

다음날 저녁, 세이린은 조금 떨떠름한 표정으로 마차에서 내렸다. 그러자 왕성 특유의 문장과 이국적인 외교관들의 모습이 눈에 들어왔다. 키의 두 배는 될 법한 문이 열리며 화려한 연회실이 그녀의 눈에 펼쳐졌다. 마법으로 만든 빛, 촛불, 그리고 귀부인들의 보석에서 튀어나온 반사광 때문에 순간 세이린은 눈이 머는 듯한 착각을 느꼈다.

"어?"

그리고 다시 눈을 떴을 때, 그녀는 그보다 더 번뜩이는 눈동자들을 발견했다.

'저건 어쩔 수 없겠지.'

그녀는 속으로 울상을 지으며 한 발자국 앞으로 내디뎠다. 그러자 양쪽에서 발이 움직인다. 좌는 그룬터, 우는 니첸이다.

전날 세이린은 그룬터에게 왕성 연회에 함께 갈 것을 권유받았다. 조금 껄끄럽지만 세이린은 고개를 끄덕였다. 이미 한 번 했으니까.

하지만 마차를 빌려주는 것을 조건으로 니첸이 에스코트를 하겠다고 나서자 그녀는 곤란에 빠졌다. 격이든 마음이든 맞는 사람이 주변에 남아 있지 않은 니첸으로선 애원에 가까운 부탁이었다. 니첸에게 어려움을 느끼고 있는 그녀라도 옛정이 생각나 단번에 내칠 수가 없었다.

"그럼 두 명의 에스코트를 받으면 되겠군."

그런데 그룬터는 아주 간단하게 상황을 정리했다. 세이린은 어째서 그룬터가 이런 행동을 저지른 것인지 이해할 수가 없었으나 사람들이 그룬터보다도 자신에게 더 많이 말을 걸어오자 이유를 깨달았다.

'날 미끼로……'

어느새 그룬터는 멀찌감치 떨어져 회장을 자유롭게 거닐고 있었다. 간간이 사람들과 마주쳤으나 그는 그저 목례만으로 빠져나가고 있었다.

"아아……."

관심이 싫은 것은 아니다. 하지만 이곳은 프리든 축제의 춤 경연 대회장이 아니다. 이 나라의 정점에 올라 있는 사람들이 참여한 사교계의 장. 프리든의 청지기장이 감당하기엔 너무나도 큰 장소인 것이다. 그녀는 결국 에스코트를 받는 귀족 영애인 양 니첸에게 의지하여 행동하기 시작했다.

그룬터는 조금씩 인적이 드문 곳으로 향했다. 그룬터가 이 초대를 달갑게 받아들인 것은 왕비 마리 루이스 카타리나 때문이다. 그에게 수도로 올 것을 요청한 상대 말이다.

'홍이 오를 때쯤 등장하겠지.'

그룬터는 그동안 쏠릴 관심을 피할 생각이었다. 하지만 검은 기사는 한때 사교계 태풍의 눈이었던 남자. 사람들이 가만둘 리가 없다.

"그룬터님!"

그룬터는 목소리가 들린 방향으로 고개를 돌리다 피가 싸늘해지는 기분을 맛보았다. 투구를 쓰고 있어 다행이다. 지금 자신은 클라우츠 베이른이 아닌, 그룬터의 이름에 반응했다.

'아이나?'

프리든의 상인회의 주인 제이미 스트로의 여동생 아이나 스트로였다. 그녀는 생글생글 웃으며 그룬터의 바로 곁에 와 있었는데, 다행히 검은 기사가 그룬터라는 이름으로 불렸다는 것은 누구도 눈치채지 못했다.

"사람을 잘못 본 모양이군요, 아가씨. 저는 클라우츠 베이른입니다."

"잘못 볼 리가 없잖아요. 헤스티아를 구해 가실 때의 그 뒷모습은 지금도 그림으로 그릴 수 있는 걸요."

'헤스티아를 구할 때?'

그런 일을 하긴 했다. 하지만 중요한 것은 어떻게 이 여자가 그걸 알았느냐다.

그날 가짜 투구는 제이미의 방에서 썼고, 벗는 행위는 성 근처에서 이루어졌다. 그녀가 변장 과정을 볼 수는 없다. 결국 그룬터는 그녀의 착각이라 결론지었다.

그러나 그렇게 단정 짓고 안심할 수는 없다. 그녀의 말을 들은 이가 착각이라고 생각하지 않을 수도 있기 때문이다. 그렇기에 지금의 상황은 위험하다.

그녀가 이 사실을 제이미에게 말했는지부터 확인해야 할 것이다. 그리고 다시는 그런 말을 하지 못하게 막아야 한다.

그러나 투구를 뒤집어쓴 그룬터가 물어볼 수는 없다. 그 행위 자체가 자신이 그룬터임을 인정하는 것이므로.

"그룬터님?"

그룬터가 입을 다물고 있자 아이나는 소리 높여 그 이름을 불렀다. 망연히 지체하다 사람이 몰려오면 큰일이다. 그룬터는 그녀의 팔을 거칠게 잡아끌었다.

"어, 어, 어머! 그룬터님!"

그녀는 얼굴이 빨개져 '어머!' 하는 말만 연신 내뱉었다. 그룬터는 그것이 거부반응이 아니라 수줍음임을 알았지만, 축하할 마음은 들지 않았다. 그는 지나가던 하인을 붙들고 빈 방을 찾은 다음 그녀를 안에 던져 넣고 자신도 들어가 문을 잠갔다.

"그, 그룬터님?"

방 안엔 촛불이 켜져 있어 아이나의 표정은 그룬터의 눈에 훤히 들어왔다. 그녀는 살짝 겁에 질린 모습이다. 당연하다. 건장한 사내와 단둘이 밀실에 있으니까.

"안 돼요! 저도 그룬터님이 좋지만 세렌스님을 배신할 수는 없어요!"

'어디부터 잘못된 부분을 지적해야 할지 모르겠군.'

그룬터는 한숨을 내쉬며 자리에 앉았다. 그러자 아이나도 그룬터의 눈치를 살피며 침대에 앉았다.

"나는 그룬터가 아니다."

"정말요?"

"나는 프리든의 영주 클라우츠 베이른이다."

"하지만 그룬터님이잖아요?"

자신만의 세계를 구축한 상대에게 새로운 지식을 주입하는 것은 어려운 일이다. 그룬터는 다른 방향으로 이야기를 전해야 함을 느꼈다.

"왜 나를 그룬터라고 생각하는 거지?"

"그날 그룬터님이 투구를 쓴 것을 보았으니까요."

"그룬터라는 자가 내 흉내를 냈다는 생각은 해보지 않았나?"

아이나는 고개를 끄덕였다. 그럴 수도 있겠다는 이야기다. 하지만 인정은 하지 않았다.

"그럼 그걸 한번 벗어보세요. 전 그룬터님의 얼굴을 알고 있으니까."

그룬터가 벗을 리가 없다. 자신이 그룬터이기 때문이 아니라 검은 기사는 남 앞에서 투구를 벗지 않기 때문이다. 그것을 이 여자에게 어떻게 인식시킨단 말인가?

"내가 그룬터인지 아닌지가 왜 그리 중요한 거지?"

"그야……."

그녀는 몸을 배배 꼬며 말끝을 흐렸다. 뻔한 상황이다. 그룬터는 시간을 버는 쪽을 택했다.

"지금 어디서 묵고 있지?"

"그건 왜 묻는 거예요?"

"내 부하인 그룬터와 만나게 해주는 것이 오해를 종식시킬 수 있는 방법일 테니까."

"러스티 가문에서 묵고 있어요!"

그녀는 흥분을 감추지 못하며 자리에서 일어났다. 그녀는 주먹을 쥔 채로 그룬터를 바라보았고, 그녀가 흥분하여 엉뚱한 소릴 하지 않도록 그룬터는 조건을 말했다.

"내가 내 부하와 동일 인물이라는 이야기는 불쾌하니 앞으론 들리는 일이 없어야 할 것이다."

"네? 뭐야? 하고 싶은 이야기는 그거였어요? 걱정하지 말아요. 아무한테도 말하지 않았으니까."

의외로 그녀는 눈치가 빠르다. 그룬터는 대답없이 일어나 방을 나섰다. 그룬터와 재회하는 약속을 받아낸 그녀는 더 이상 그를 귀찮게 하지 않았다.

연회장으로 돌아오니 세이린과 니첸이 구석에 외롭게 앉아 있는 것이 보였다.

'약발이 다했군.'

어쨌든 그들은 시골 영지의 청지기장이고, 권력 싸움에서 밀려난 후계자니까. 그룬터도 사람을 찾아 만날 일은 없었으니 그들과 합류했다.

"영주님!"

세이린이 먼저 반응했다. 그녀는 영지에선 결코 하지 않을 표정으로 그룬터를 살갑게 맞이했다. 무슨 일인가 하여 들어보니 니첸과 함께 있는 상황이 굉장히 불쾌했던 모양이다. 당연한 일이다.

아는 사람 하나 없는 외지에 남겨진 상태에서 의지할 사람이 고작 전 약혼자. 그것도 소꿉친구의 머리를 내려친 남자다. 그룬터는 마치 헤스티아처럼 곁을 차지하고 떠나지 않으려는 세이린을 진정시키느라 제법 시간을 소비했다. 그러는 동안 한 무리의 인파가 그룬터에게 다가왔다.

"오래간만이오, 베이른 경."

귀에 익은 목소리다. 그룬터는 상대가 왕자 빌헬름임을 알고 예를 갖추었다.

"프리든의 클라우츠 베이른이 저하를……."

"아, 우리 사이에 어찌 그런 예가 필요하겠나?"

주변 사람들은 검은 기사와 제1 왕위 계승자의 친분을 칭송했지만, 그 뜻을 알고 있는 그룬터는 그것이 일종의 비꼼임을 알고 있었다. 그는 황송하다는 대답도 않고 가만히 그의 다음 말을 기다렸다.

'그렇게 헤어졌으니 오늘 분명 무슨 수를 들고 나왔겠지.'

아무 생각 없이 이렇게 인사를 하러 올 남자가 아니다. 그리고 그룬터의 예상은 틀리지 않았다.

"베이른님, 아는 척도 안 해주시는 겁니까?"

덩치 큰 사내가 웃으며 그룬터에게 악수를 청해왔다. 그러자 빌헬름도 얼굴에 미소를 띠고 룬터에게 빨리 그 예를 받으라고 권했다.

"내 눈치 보지 말게. 자네와 사선을 함께 넘은 부관 아닌가?"

빌헬름의 소개를 받은 그 남자는 쇼 제이운. 클라우츠 베이른과 마찬가지로 전과를 올려 귀족이 된 사내다. 그룬터는 재빨리 그의 손을 맞잡았다.

"오래간만이군. 반갑네."

"예! 이것 참, 영주님이 사람이 달라 보이십니다!"

"무슨 뜻인가?"

"네? 아, 보기 좋아 보인다는 말입니다. 하하하!"

빌헬름이 준비한 각본이다. 전 부관이 이런 건방진 말을 할리가 없다. 그룬터는 일부러 고개를 돌려 빌헬름을 바라보았다. 그는 웃으며 그 광경을 바라보고 있었다.

"이런, 그러고 보니 내 자네와 긴히 할 말이 있다네."

눈이 마주치자 빌헬름은 재빨리 다가와 그룬터의 어깨에 손을 얹고 발코니로 그를 이끌었다. 그룬터는 상황에서 벗어나기 위해 그의 인도를 받아들일 수밖에 없었다.

왕자가 직접 사담을 하겠다고 선언한 것이다. 발코니에서 달콤한 말을 속삭이던 연인들은 재빨리 자리를 비웠고, 그룬터와 빌헬름 단둘만이 그 자리에 남았다.

"기분이 어때?"

빌헬름은 정원을 내려다보며 말했다. 그 곁에서 마찬가지로 정원을 내려다보며 그룬터는 이를 갈았다.

"불쾌한 장난이군."

"내 목을 따겠다는 놈인데 이 정도면 관대한 것 아닌가?"

그 목을 따겠다는 자를 옆에 두고 빌헬름은 태연하게 웃었다. 당연하다. 그룬터가 그에게 원한을 가지고 있는 것은 사실이지만, 왕궁에서 왕자를 공격하는 짓은 할 수 없다. 그룬터가 원한을 가진 사람은 한두 명이 아니기에 왕자를 공격하고 끝인 상황이 아닌 바에야 막나가는 짓을 할 수는 없었다.

그리고 그룬터의 복수는 단순히 대상을 죽이는 것으로 끝나서는 안 되었다.

"나는 네가 곁으로 돌아왔으면 한다."

다시 빌헬름이 말했다. 하지만 이번에도 그룬터는 답하지 않았다.

"네가 날 떠난 뒤 세력을 일으키지 못했음을 알고 있다."

그는 다시 옛이야기를 꺼냈다. 빌헬름이 후계자의 자리를 차지할 것임을 알게 된 그룬터는 그를 막기 위해 뛰어다녔지만, 결국 파벌의 벽 앞에서 무릎을 꿇었다. 세력을 만들지 못한 것이다.

그는 왕위 계승권과는 동떨어진 오왕자. 거기에 모계는 천한 평민. 그의 뒤를 봐주겠다는 귀족은 나타나지 않았던 것이다. 결국 그룬터는 세력 다툼에 밀리듯 왕궁을 떠났다. 생각해 보면 세력을 일으키지 못한 것이 그에겐 득이 됐다. 덕분에 살아난 셈이니까.

"그런 네가 십 년 만에 영지 하나를 훔쳐 왔으니 참 감개가 무량하다고 할까."

빌헬름은 그룬터를 비웃지 않았다. 자신의 특이한 눈이 아니었다면 틀림없이 그룬터는 그 세력을 발판으로 자신의 계획을 성공시켰을 테니까.

하지만 이제 피의 길을 걷고 싶지 않은 그는 그룬터의 야욕을 꺾을 필요가 있었다. 그래서 순순히 자신의 능력을 말해준 것이다.

"그러니 포기해라. 네가 만약 내 사람이 되지 않고 이 발코니를 나간다면, 난 네 정체를 사람들에게 밝힐 것이다."

최후 권고다. 실재로 그는 그렇게 할 수 있는 능력이 있다. 결국 그룬터는 입을 열었다.

"생각해 보지 않은 것은 아니야. 난 사기꾼으로 살아왔으니까. 하지만 이 일 만큼은 정공법이어야 하더군. 너의 등 뒤에서 칼을 꽂는 것이 아니라, 앞에서 목을 따야 의미가 있는 일이야. 그렇지 않으면 의미가 없어."

"우습구나. 너 자신이 지금 거짓된 영주이거늘!"

빌헬름은 그룬터의 모순을 지적하며 화를 냈다. 그룬터의 말은 그저 '마음에 내키지 않는다'는 본심에 이유를 덧붙인 꼴이니까. 빌헬름은 더 이상의 설득은 무의미함을 깨달았다.

"군터, 마지막이다. 네가 차지한 시골 영주 자릴 지키고 싶다면 지금이라도 생각을 바꾸어라."

도망칠 곳 없이 한계까지 밀어붙인다. 그 결과 그룬터가 무엇을 택할지 빌헬름은 알고 있었다. 그렇게 생각했다.

'14년 전 너는 세력에 목말라 왕궁을 떠났다. 지금 네가 차지한 그 자리는 분명 애착이 남다르겠지.'

동생의 체면은 세워주었다. 이 정도면 못 이기는 척 받아들일 것이다. 하지만 그룬터는 빌헬름의 제안을 싸늘하게 비웃으며 몸을 돌렸다.

"내 대답은 어제 듣지 않았나?"

"이 멍청한 놈! 곧 죽어도 허세만 부리는구나! 내가 당장 나가서 네놈의 정체를 밝히면 어찌 될지 그 한 치 앞도 못 본단 말이냐!"

그룬터는 멈추었다. 그리고 그 자세에서 고개만 돌려 대꾸했다.

"착각하고 있군, 빌헬름. 너는 내가 누구인지 증명할 수 없다."

"뭐라고?"

"왕의 자질을 볼 수 있다는 네 말을 남이 믿을 것 같은가? 너의 그 감각은 다른 이들이 이해할 수 없는 종류의 것이다.

증거가 될 수 없어."

"이런 미친놈!"

빌헬름은 어이가 없어 소리쳤다. 그 감각은 둘째치고 당장 저 밖엔 검은 기사의 부관이었던 쇼 제이운이 있지 않은가.

'도발이냐? 그 감각으로 네 정체를 밝히는 짓을 하도록 유도하는 것이냐? 이 허세가 고작 그딴 생각에 기반한 것이란 말이냐?'

그래도 좋게 본 혈육이다. 하지만 자신의 뜻을 거스르고 마음에 들지 않는 짓만 하고 있다. 지난날 벌인 일에 대한 자책으로 자신을 억누르던 빌헬름은 마침내 그룬터를 포기했다. 그는 테라스의 문을 열고 안으로 들어가 외쳤다.

"쇼!"

전 상관과 왕자의 대화가 끝나길 기다리던 그는 재빨리 달려왔다.

"무슨 일이십니까?"

"이자가 자네의 상관이 맞는지 확인해 보게!"

사람들은 빌헬름의 명령을 이해하지 못해 고개를 갸웃했다. 그러나 이미 이런 일이 있을 것이란 언질을 받은 쇼는 준비한 대사를 읊었다.

"베이른님, 불쾌하게 생각하지 마십시오. 그라미 전투를 기억하십니까?"

"물론이네. 중요한 전투였지."

상황을 알지 못하는 이들은 무용담을 읊는 시간이라 생각하고 하나둘씩 모여들었다. 그 속엔 세이린과 니첸도 포함되어 있었다. 쇼는 주변을 한번 둘러보고 그룬터에게 말했다.

"많은 전우들이 목숨을 잃었습니다. 하지만 제이미님의 놀라운 지휘 덕에 수적인 열세를 이길 수 있었지요. 질 싸움을 이겼으니 분명 대승이었죠."

"많은 사상자가 있었는데 어찌 대승이라는 말로 치장하겠나? 부끄럽군."

대화가 진행될수록 빌헬름은 미소를 지었다. 그룬터는 쇼의 말에 맞춰 맞장구를 치고 있을 뿐이었으니까. 이런 뻔뻔함은 잠시 뒤 진실이 드러났을 때 그의 발목을 잡는 역할을 하게 될 것이다.

하지만 지루함은 어쩔 수 없다. 빌헬름은 눈으로 신호를 보냈고, 쇼는 받아들였다.

"저는 지금도 그 계곡에 갇혀 있을 때 대장님이 하셨던 그 연설을 잊지 못합니다. 그 연설, 한 번 더 해줄 수 있겠습니까?"

그룬터는 대답하지 않았다. 그럴 수밖에 없다. 맞장구치는 걸로 넘어갈 수 있는 것이 아니니까. 빌헬름은 미소 지으며 앞으로 나섰다.

"음악을 멈추어라!"

그가 명하자 은은하게 흐르던 음악이 멈추었고, 사람들의 이목이 그에게 쏟아졌다. 빌헬름은 지위에 맞는 당당한 모습으로 그들의 의아함에 답했다.

"센이르이나의 영웅인 클라우츠 베이른 경이 땅에 묻힌 영웅들을 위하여 전장에서 외친 그 연설을 들려줄 것이다! 그들을 기리는 시간을 갖도록!"

무대는 마련되었다. 빌헬름은 자신에게 모인 이목을 그룬터에게 떠넘겼다. 그룬터는 쓴웃음과 함께 앞으로 한 발자국 나섰다. 빌헬름은 그런 그를 스쳐 지나가며 작게 말했다.

"어릴 적 내 동생은 시작에도 능했지. 다시 보게 될 줄은 몰랐다만."

투구를 쓰지 않았다면 그룬터는 억지로 웃어 보였을 것이다. 그런 일을 하지 않아도 되는 투구는 편리한 물건이다. 그룬터는 앞으로 나선 다음 헛기침을 한 번 했다. 그리 오래 지체한 것도 아니지만 이 상황이 즐거운 빌헬름은 그를 재촉했다.

"서두르게, 프리튼의 영주. 경건한 마음으로 기다릴 수 있는 시간은 길지 않으니까."

빌헬름의 말에 몇몇 사람들은 가볍게 웃었으나 대부분은 어울리지 않는 말이라 생각하며 살짝 인상을 찌푸렸다. 나라를 위해 목숨을 잃은 자들을 기리자고 해놓고 무슨 농담인가? 한편 사정을 알고 있는 쇼는 다른 쪽으로 시선을 돌렸다.

'분하구나! 가짜를 위해 전우를 팔아야 하다니!'

검은 기사의 이야기를 들었을 땐 귀를 의심했다. 엉뚱한 사람이 클라우츠 베이른의 행세를 하고 있다니. 참을 수 없어 왕자의 앞에서 자리를 박차고 일어날 정도였다. 왕자는 그를 만류했다.

"우리는 그가 가짜라는 것을 증명할 수 없어. 클라우츠 베이른의 맨얼굴을 본 적이 없기 때문이야. 그러니 사람들 앞에서 그의 실수를 통해 폭로하는 수밖에 없네. 참게. 그가 가짜라는 것이 밝혀지면 국법으로 엄히 다스릴 테니."

쇼가 그 말을 거역할 수는 없었다. 그래서 그는 침묵하고 있는 그룬터의 곁에서 참고 있었다.

'하지만 아무리 왕자님의 명이라 해도 가만히 있을 수는 없다. 네놈이 베이른님이 아니라는 것이 증명되는 순간 내 너를 죽여주마!'

그의 품 안엔 나무 막대가 들어 있었다. 부러뜨리면 날카롭게 부서지는 종류의 것으로, 왕실의 연회에서 몸수색을 피하기 위해 준비한 것이었다.

그룬터는 그런 속내까진 알 수 없었다. 다만 쇼라는 자가 이제 살의를 숨기지 않고 있는 것만큼은 알 수 있었다.

'빌헬름에게 이야길 들은 모양이군.'

그가 검은 기사의 부관이었다는 말은 사실일 것이다. 빌헬름이 준비한 자이니 어쭙잖은 가짜는 아닐 터. 그리고 그가 내세운 조건인 이상, 그 자신은 한 글자도 틀리지 않고 외우고 있을 것이다.

'전장에서의 연설을 기억하고 있다는 말은, 그만큼 검은 기사를 존경했다는 말일 터. 내가 가짜라는 것이 들통 났을 때 가장 먼저 달려들 자는 바로 저자겠지.'

그룬터는 잠시 그를 보다 마침내 입을 열었다.

"지금으로부터 십여 년 전 발생한 왕자의 난은 후계자 자리에 문제가 있음을 드러내는 것이었다. 이왕자님이 죽으며 그의 후견인을 자처하던 이스핀 공국은 센이르이나로부터 등을 돌렸고, 그 빈자리를 병력의 빈틈으로 파악한 카르벤 국은 본격적으로 침략을 시작했다. 전쟁의 원인은 왕자들의 어리석음에 있으나 카르벤이 내세운 대의, 반인륜적 행위의 처단이 그들의 목적일 리가 없다. 앞서 말했듯, 병력의 공백이 그들을 불러들인 것이다."

잠시 그룬터는 말을 멈추고 사람들을 둘러보았다. 빌헬름은 이때까지도 웃고 있었는데, 그의 말이 길어질수록 진실을 알고 있는 자신은 희극을 보는 기분이 되었기 때문이다.

반면 쇼는 그와 정반대로 점점 얼굴이 굳어지고 있었다. 무슨 생각을 하는지는 그만이 알 것이다. 그룬터는 다시 말을 이었다.

"그러나 난 여기서 묻고 싶다. 자신이 지지하던 자가 죽었다는 이유로 나라를 배신한 이스핀의 겁쟁이들과 우리가 같은 취급을 받아야 하는가? 그딴 놈들이 빠졌다는 것만으로도 우리나라가 침략의 대상이 될 수 있단 말인가? 제군들도 그리 생각하나? 아니다! 그런 겁쟁이들이라면 지금 이렇게 나와 이곳에 서 있을 리가 없다! 제군들! 불안해할 필요는 없다! 우리는 강하다! 우리가 할 일은 간단하다! 저들의 썩은 눈이 우리를 잘못 보았음을 증명하는 일뿐이다! 잊지 마라! 우리는 그저 우리가 누구인지 보여주기만 하면 된다는 것을!"

그룬터는 말을 마쳤고, 사람들은 눈을 감고 기도했다. 유일하게 니첸이 낯뜨겁다고 투덜거렸을 뿐이다.

'어떻게 된 거냐, 쇼?'

빌헬름은 그룬터가 말을 마치고 난 뒤 쇼가 난동을 피울 것을 우려하여 계속 그를 지켜보고 있었다. 하지만 검은 기사의 전 부관이었던 그는 눈시울을 붉히며 서 있는 것이 전부였다. 빌헬름은 계획이 잘못되었음을 느꼈다.

'군터가 검은 기사의 연설을 재현했단 말인가?'

그런 일은 있을 수 없다. 단어 한두 문장이야 어떻게 근사치에 맞힐 수 있겠지만, 쇼가 원한 것은 그것이 아닐 것이다. 쇼가 가만히 있다는 말은 사용한 단어는 물론이거니와 어투, 억양까지 모두 검은 기사의 그것을 그대로 재현했다는 것인데, 그런 일은 있을 수 없다. 검은 기사가 처음부터 그룬터가 아니었다면 말이다.

'아니야. 내가 클라우츠 베이른을 보았을 때 그에겐 왕의 자질을 볼 수 없었다. 분명 그때와 지금의 검은 기사는 다른 사람이다.'

빌헬름은 혼란에 빠져 연신 그룬터와 쇼를 번갈아 보았다. 제멋대로인 귀족 도련님이라면 이 상황을 인정하지 못하고 화를 냈겠지만 그는 다르다. 잠시 뒤 충격에서 벗어난 그는 소리없이 연회장에서 빠져나갔다.

"죄송합니다, 베이른님!"

잠시 후, 다시 음악이 연주되고 평소의 연회 분위기가 이어지자 쇼는 재빨리 무릎을 꿇고 그룬터에게 사과를 청했다. 그룬터는 그를 부축해 일으켜 세운 뒤 어깨를 두드렸다.

"왕자의 명령이다. 누가 거스를 수 있겠느냐."

그사이 세이린과 니첸에 그에게 다가왔다.

"영주님, 훌륭한 연설이었습니다."

세이린은 평소보다 상기된 표정으로 그룬터를 칭송했다. 검은 기사가 아닐 거라 생각하고 있던 니첸은 이해할 수 없다는 표정을 짓긴 했지만, 어리석은 사람은 아닌지라 생각을 입 밖으로 꺼내지는 않았다.

"영지의 안살림을 맡고 있는 청지기장 세이린이네. 이쪽은 나의 부관이었던 쇼 제이운."

그렇게 인사를 나누고 프리든에서 겪은 일을 세이린이 대신 이야기하는 동안, 심부름꾼이 슬쩍 그룬터의 주머니에 종이를 넣고 지나갔다. 그룬터는 모르는 척하고 있다가 일행이 이야기에 열중하는 동안 빠져나와 종이를 펼쳐 보았다.

백합 별궁 2층으로 오게.

필체는 둥글둥글하니 여성스러움이 돋보인다. 그룬터는 이런 연락을 할 사람이 한 사람밖에 없음을 알고 있었다.

'마리 루이스 카타리나!'

왕비이자 동시에 블레이의 여왕. 검은 기사의 입장에선 소중한 후견인이다. 애초에 그가 수도로 오게 된 이유도 그녀 때문이다. 프리든이 처할 위기를 알려준 것이 그녀이며, 구체적으로 막을 방법을 일러줄 이도 그녀일 것이다. 그룬터는 지체하지 않고 목적지로 향했다.

연회가 진행 중인 건물에서 빠져나온 그룬터는 옛 기억을 되살리며 별관으로 이동했다. 그룬터가 기억하기로 그곳은 주로 외교관들이 머무는 곳인데, 그룬터의 생각이 맞는다면 방의 주인들은 모두 연회장에 가 있을 것이다.

'밀회인가.'

예상은 하고 있었던 바, 그룬터는 담담하게 방을 찾아 문을 두드렸다.

"클라우츠 베이른입니다."

이름을 말하자 안에서 하인이 문을 열고 그룬터를 확인했다. 검은 투구라는 인상적인 특징을 가지고 있는 그룬터를 못 알아볼 사람은 없다. 그룬터는 안으로 들어갔고, 방 안에 있는 낯익은 사람들을 확인했다.

'제이미 스트로?'

프리든의 그 남자다. 그의 동생인 아이나 스트로를 연회장에서 만난 것을 생각하면 이상한 일은 아니지만 장소가 장소다. 그는 왕비가 초대한 곳에 어울리는 남자가 아니었다.

"오래간만이네, 클라우츠 베이른 경."

이 장소의 주인 왕비 카타리나가 그를 불렀다. 나이 서른이 갓 넘은 젊은 왕비다. 14년 전, 국왕은 어린 그녀에게 한눈에 반해 청혼했고, 그녀를 궁으로 불러들였다. 그리고 그녀의 질투심 때문에 왕후가 누명을 뒤집어쓰고 쫓겨나고, 위계가 엉망이 되면서 육왕자가 후계자로 추천되었다. 그리고 그 왕자의 난이 벌어졌던 것이다.

'그 본인이 여기 앞에 계신데 난 아무것도 할 수가 없군.'

그룬터는 그녀 개인에 대한 감정은 잠시 뒤로하고 일단 허리를 굽혀 인사했다. 그리고 이 묘한 자리에 앉아 있는 또 다른 사내를 바라보았다. 친절하게도 왕비는 그를 그룬터에게 소개시켜 주었다.

"이쪽은 마이어 오라클. 검은 기사의 소개는 필요가 없을 것 같군."

그룬터는 시장과 악수했다. 빌헬름. 카타리나. 오래된 원한의 적은 잠시 잊을 필요가 있다. 그래야 눈앞의 이 남자, 프리든을 집어삼키려는 이자에게 집중할 수 있으니까.

마침내 네 명은 각자의 소파에 앉게 되었다. 단순한 애정놀음이 있을 거라 생각한 그룬터로서는 이 협상 자리가 의외였지만, 애초에 그가 상경하게 된 이유는 이것 때문이다. 신분상 모이기 힘든 이 조합을 만들어낸 이 자리는 검은 기사를 배려하는 왕비의 씀씀이 덕이다. 그룬터도 그 사실은 분명히 알고 있었다.

자신에게 호의적인 이 분위기에서 먼저 무리할 필요는 없다. 그룬터는 기다렸고 시장 마이어가 먼저 입을 열었다.

"반갑습니다, 영주님. 며칠 전 왕비님과 이야기를 하던 중 왕비님으로부터 제안을 받았습니다."

"뒤에서 수작 부리지 말고 영주 앞에서 이야길 하란 말이겠지?"

그룬터는 제이미 스트로를 바라보고 있었다. 프리든에선 부호로서 그 자리가 확고한 사람이지만, 이곳은 수도. 왕비의 앞이다. 그는 조금 곤란한 표정으로 눈치를 살피다 결국 고개를 끄덕였다.

"…그렇습니다."

그룬터는 상대, 특히 자신에게 반기를 드러낸 제이미의 기를 꺾고 왕비를 바라보았다. 그녀는 살짝 미소를 짓고 있었다.

"왕비마마의 넓은 아량에 감복하며 여쭙니다. 저들은 무슨 일로 이 먼 수도까지 오게 된 것입니까?"

"마이어, 자네가 직접 말해줄 거라 생각하네."

"기꺼이 그러하겠습니다, 왕비마마. 영주님, 영주님과 저는 이해관계가 상충하고 있기 때문에 어쩌면 이 자리에서 격노하실지도 모르겠군요. 이야기를 계속해도 괜찮겠습니까?"

왕비 앞에서 그룬터가 분노하여 폭력을 휘두를 일은 없지만, 마이어는 그것을 구태여 입에 담았다. 그룬터가 아닌 왕비를 경계하는 것이다.

'자수성가한 인물이라 하더니 과연 왕비 앞인데도 기가 죽질 않는군.'

권위 앞에 서는 일은 익숙함의 문제가 되곤 한다. 그룬터는 마이어가 상대해 온 인물은 항상 그보다 강한 자였음을 알 수 있었다. 그룬터는 고개를 끄덕였고, 상대는 말을 이었다.

"저는 자유를 찾아 도시로 들어온 인간을 보호하는 일을 하고 싶습니다."

"탈주 농노 이야기로군."

"노비가 아닙니다. 그들은 자신의 삶을 스스로 결정하지 못한 채 부여받은 인생을 살고 있습니다."

그룬터는 손을 들어 그의 말을 끊었다. 그의 말이 옳다 생각하기 때문이 아니었다. 저런 말을 왕비 앞에서 하고 있는 자의 정신이 궁금했기 때문이다.

"놀랍군, 시장 마이어. 너는 지금 이 나라 계급 사회를, 전하를 부정하고 있는 말을 하고 있음을 알고 있나?"

"그것과는 다른 이야기입니다."

"궤변을 늘어놓을 셈이라면 훌륭하길 기대하지."

"영주님, 예를 들어보겠습니다. 상어 지느러미는 굉장히 귀한 음식입니다."

"맞는 말이야. 나도 쉽게 먹을 수는 없지."

"한데 그 지느러미는 사실 동전 하나면 구할 수 있는 걸 아십니까?"

"몰랐네. 난 상인이 아니니까. 한데 이 이야기는 왜 하는 건가?"

"중간 상인들이 폭리를 취한다는 이야기를 하고 싶은 것입니다."

그룬터는 그가 말하고자 하는 바를 이해했다. 그는 왕과 귀족, 그리고 그 외의 사람들 사이에 불필요한 존재가 끼어 있음을 말하려는 것이다. 왕비도 어느새 고개를 끄덕이고 있었다. 그룬터는 그것을 그냥 내버려 둘 수 없었다.

"무슨 말을 하려는지 알 것 같군. 하지만 그것은 왕비님의 존재를 부정하는 자네 말에 대한 설명으론 적합하지 않아."

"사람이 모이면 어떤 모임이든 간에 리더가 필요합니다. 나라라고 하는 규모의 사회 집단은 하나의 이익을 좇는 모임으로써는 한계에 가까운 크기일 것입니다. 그러므로 저는 왕족이라는 우두머리 집단을 부정할 생각이 없습니다."

"묘한 말로 피해가려 하는군. 태어나자마자 피지배를 받는 상황의 불합리함을 말하려는 것 아니었나? 왕족을 인정한다면 뭐가 다르지?"

"다시 말하지만 리더는 필요합니다. 나라라고 하는 거대한 크기의 사회 집단을 이끌기 위해선 강제성을 가진 지도자 역시 필요합니다."

"그러나 영지와 귀족은 아니라는 말을 하고 싶은 건가?"

"그렇습니다."

그룬터는 문득 자신의 얼굴에 주먹을 날리려 한 청년을 떠올렸다. 지금 눈앞에 앉아 있는 시장은 그런 과격함은 없었으나, 왕비 앞에서 그런 이야기를 하고 있다는 점에선 어쩌면 더 높은 점수를 주어야 할 것이다. 마이어는 말을 계속했다.

"실제 영지라고 하는 개념은 나라라는 개념이 생기기 전 작은 규모의 사회 집단이 스스로 자신을 보호하기 위해 만든 것입니다. 서로 연합하여 나라를 이루는 과정에서 흡수되어 사라져야 할 것이 기득권의 탐욕 때문에 아직 살아남은 것입니다.

즉, 두 개, 세 개의 사회 집단이 하나로 합쳤는데 우두머리는 여전히 두 명, 세 명인 상황입니다. 이것은 정상적인 상황이 아닙니다. 이런 사회 집단이 건강하다 생각하십니까?"

"그럼 자네는 그 하나의 우두머리, 즉 왕족만을 남기고 그 외의 우두머리인 귀족들은 없애는 것이 나라를 위하는 길이란 말인가?"

"그렇습니다."

그룬터는 그가 교묘하게 논점을 피해가고 있음을 알고 있었다. 하지만 왕족에겐 제 살을 깎아먹는 일이라 해도 피할 수 없는 유혹이기도 하다. 귀족을 없앤다는 말은 세금을 모조리 쓸어 담을 수 있다는 이야기니까.

그러나 지금의 왕족은 귀족을 없앨 수 없다. 어찌할 수 없을 만큼 거대해진 귀족 세력을 견제하기 위해선 외부 세력을 끌어오거나 저들이 자멸하길 바라는 수밖에 없는데, 외부 세력을 끌어오는 것은 스스로 입지를 좁게 만드는 일이니 선택할 수 없는 항목이다.

즉, 귀족 세력이 스스로 자멸하는 상황을 만들어야 하는 것이다. 그런데 지금 저 건방진 평민들은 도시라는 놈을 만들어 달려왔다. 귀족의 재산, 권력의 기반이 되는 영지를 무너뜨리는 일을 하고자 하니 조금만 도와달라고 말하고 있다.

그룬터는 문득 왕비가 자신을 부른 것은 돕기 위해서가 아니라 자신의 입장을 납득시키기 위해서라는 생각이 들었다.

'반박할 거리는 많지만······.'

그룬터는 입을 다물었다. 어차피 이런 비공식 자리에서 결정된 일은 공론화시키는 순간 거품처럼 무너진다. 굳이 심력을 쓸 필요 없이 가만히 앉아 있다가 다른 귀족들에게 정보를 흘리는 쪽이 편할 것이다. 그룬터는 그렇게 생각하며 편하게 사람들을 구경했다.

열정적인 마이어와 중간 중간 끼어드는 제이미, 그리고 경청하는 왕비 카타리나.

'카타리나는 지난 왕자의 난 때 질투심이라는 천박한 치정 때문에 위계를 뒤흔들었다. 그 결과 왕자들은 서로 죽이고 죽였지. 이번엔 이 나라 계급 사회의 역학관계를 뒤집으려 하는군. 뒷일은 생각하지 않고 이 자리에서 저 여자를 죽이는 것이 이 나라를 위하는 일이 아닐까?'

원한은 사건에 들러붙지 않는다. 원수는 사람이어야 하며, 그룬터는 그 대상을 빌헬름과 카타리나로 정했다. 하지만 빌헬름 때도 그랬지만 그룬터는 이 여자를 그냥 죽일 수 없었다.

빌헬름이나 이 여자를 죽이고 대신할 자를 내세울 수 없다면 그의 행위는 그저 나라를 혼란에 빠뜨리는 짓이 되어버리기 때문이다. 그래서는 자신이나 카타리나나 같은 죄인일 뿐이다.

그룬터는 가라앉은 눈빛으로 카타리나를 바라보았다. 왕비는 시장과의 대화에 열중하여 그것을 눈치채지 못했다.

"마이어 시장, 당신의 말은 받아들이기 쉽지 않지만 나라를 위해선 필요하다는 의견엔 동감하네."

"감사합니다. 한데 왕비마마, 여쭐 것이 있습니다만……."

"무엇인가?"

"영주님은 왜 이곳에 부르신 겁니까?"

"그가 믿을 만한 사람이기 때문이야."

"저는 그의 영지에서 사람을 빼앗을 것인데도 말입니까?"

"상관없어. 그는 나의 뜻이라면 무엇이든 따를 테니까."

"아! 그럼… 영주님은 처음부터 우리 편이었단 말씀이군요?"

상황이 좋지 않게 흘러간다. 그룬터는 미간을 찌푸렸다. 빌헬름이 말했듯 그룬터는 이 영주 자리를 줄 마음은 조금도 없었으니까.

"그렇군요. 이런 말 드리기 외람되나… 왕비님이 그의 보증을 서주시는 것은 어떻습니까? 그러니까 그… 혈서라든지 하는 것으로 말입니다."

마이어의 말은 조금 불쾌하게 들리지만, 왕비가 그의 의견에 동조한 이상 합당한 요구이기도 하다. 그룬터는 왕비를 바라보며 거절할 뜻을 내비쳤다. 그러나 왕비는 그를 보고 있지 않았다.

"그런 짓은 필요가 없을 것이야. 대신 그가 나의 사람임을 증명하는 것은 어떻겠나?"

"어떻게 말입니까?"

"여기 클라우츠 베이른 경이 어떤 사람인지는 적이었던 자네들이 잘 알 거야. 그가 누구 앞에서도 투구를 벗지 않는다는 맹세는 유명하지."

그룬터는 그녀의 다음 말을 예상했다. 그룬터는 재빨리 일어나 주의를 자신에게 돌렸으나, 왕비는 그를 보고 있지 않았다.

"그가 내 사람이라는 것을 보여주지. 베이른 경, 투구를 벗게."

이 명령은 극적 장치다. 왕비는 계급사회에 반기를 드는 이 중요한 자리에서 희생자 프리든의 영주를 불렀다. 목적은 뻔하다.

'이 자리가 마음에 들었나 보군.'

엉망이었다면 왕비는 검은 기사의 편을 들었을 것이다. 아니, 처음부터 그녀는 저울질할 목적으로 검은 기사를 수도에 초대했다. 깨닫지 못한 것이 이상할 정도다. 편지에서 사용한 어투가 너무나 다정하여 이 여자의 본질을 잊은 것인지도 모른다.

'애초에 사랑하는… 으로 시작하는 편지 자체가 속내를 감춘 거짓임을 왜 깨닫지 못했는가?'

그렇게 자평하는 동안 왕비는 계속 그룬터에게 눈으로 신호를 주고 있었다. 어서 투구를 벗으라는 그것이다.

"베이른 경?"

기다림을 참지 못한 마이어가 먼저 그룬터를 불렀다. 그러는 동안 그룬터는 제이미를 보고 있었다. 그가 투구를 벗지 못하는 것은 그 때문이다.

"베이른 경!"

왕비가 다시 그를 부른다. 그룬터는 결국 입을 열었다. 대상은 시장이 아니라 왕비였다.

"전하, 이 자리에서 오간 이야기는 중대한 갈림길을 만들 것이며, 그러한 역사의 장소에 초대된 점은 본인과 가문의 영광입니다. 하나 저의 맹세는 경중을 떠나 개인적인 것이며, 보증에 있어 어떤 효과도 장담하진 못할 것입니다. 고전적이나 스스로 몸에 상처를 내어 흘린 귀한 피로써 대체하는 것이 좋겠습니다."

"거절한다, 베이른 경. 나는 그대가 얼굴을 드러냄으로써 내 말에 절대 복종하며, 심지어 그대의 영지를 빼앗는 결과가 되더라도 내 곁을 떠나지 않을 것임을 이 자리에서 증명할 것이다. 그것이 자신이 이룩한 모든 것을 걸겠다는 시장과 상인에 대한 예의 아니겠는가?"

말이야 바른 말이지만 왜 왕비가 아니라 자신이 투구를 벗어야 하는가? 그룬터는 입 밖으로 낼 수 없는 말을 삭이며 시장과 제이미를 바라보았다.

"두 사람도 내가 투구를 벗길 원하나?"

제이미는 그렇다는 듯 고개를 끄덕였지만, 마이어가 내버려 두지 않았다. 마이어는 재빨리 앞으로 나서며 손을 저었다.

"아닙니다. 그것은 영주님의 개인적인 맹세이므로……."

하지만 그의 말은 왕비에 의해 가로막혔다.

"내가 원한다. 벗어라."

그녀는 한 치의 웃음기도 없는 얼굴로 그룬터에게 명령했다. 투구를 벗는 것? 저 여자 앞에선 언젠가 해야 할 일이다. 하지만 지금은 아니다.

그룬터는 침묵했다.

"베이른 경! 내 말이 들리지 않나?"

왕비의 목소리는 크게 울리는 지경에 이르렀다. 그룬터는 그녀에게 합리성이 사라졌음을 깨달았다.

'자존심 싸움이 되었군.'

투구를 벗기 전까지 그녀는 명령을 철회하지 않을 것이다. 결국 그룬터는 자리에서 일어나는 것으로 주의를 환기시켰다.

"전하, 저는 언제든 명에 따라 투구를 벗겠지만, 이 자리에선 그래선 안 된다는 강한 느낌을 받았습니다."

"무슨 말을 하는 거지, 베이른 경?"

"왕족 홀로 수도에서 통치한다면 변방엔 누가 전하의 목소리 전한단 말입니까?"

질문은 왕비에게 했지만 대답은 시장에게서 나왔다. 그는 그룬터가 적임을 인지하고 그룬터가 그러했듯 틈을 비집고 들어왔다.

"그래서 도시가 있는 것입니다. 지금의 영지라는 개념을 도시가 상속할 것입니다."

"영지가 도시로 바뀔 뿐이라면 대체 왜 전하가 이런 번거로움을 감수해야 하는 것이지?"

"도시를 다스리는 자는 시민이 스스로 뽑습니다. 귀족이라는 자들이 없어짐으로 전하는 더욱 많은 이득을 취할 수 있게 됩니다."

"그렇군. 앞에서 말한, 눈을 뜨자마자 영주에게 지배당하는 상황도 없어지겠군."

"그렇습니다."

"전하 같은 경우는 어쩔 수 없으니 예외로 두고 말이야."

"정확합니다."

마이어는 빙긋 웃었다. 설득에 성공했다 생각했기 때문이다. 하지만 그룬터는 어째서 이렇게 쉽게 함정으로 굴러 떨어지는지 이해하지 못할 정도였다.

"왜 전하는 예외인가?"

"네? 말했잖습니까. 모든 사회 집단엔 현명하고 강력한 지도자가 있어야 합니다."

"그 사람도 시민 중에서 뽑으면 되지 않나?"

카타리나는 더 이상 그룬터에게 분노를 보내지 않고 있었다. 그룬터는 시장의 대답을 기다렸다. 그러자 그는 되물었다.

"전하, 제 말에 노여워하는 일이 없길 기원합니다. 이 나라는 이미 미네스텐가가 차지한 것이나 다름없습니다. 하지만 센이르아나 왕가의 왕족이 그 자리를 지키고 있습니다. 어째서입니까?"

가만히 이야기를 듣고 있던 왕비는 놀란 얼굴로 시장을 바라보았다. 그것은 신분상 자유민인 시장이 알 수 있는 일이 아니었기 때문이다. 그런 가운데 시장은 모순이 존재하는 자신의 의견을 보완할 근거를 말했다.

"센이르아나라는 용이 이 수도 지하에서 왕족을 수호하고 있기 때문이잖습니까? 아무리 시민이 왕을 자신의 손으로 뽑고 싶더라도, 용이 있는 이상 그건 불가능하잖습니까? 저는 왕족의 존재를 인정할 수밖에 없습니다."

마침내 왕비는 얼굴이 굳었다. 센이르아나라는 용의 정체는 일종의 전설처럼 사람들에게 떠도는 소문이었다. 그러나 왕족이나 고위 귀족들은 그것이 말 그대로의 진실임을 알고 있었다. 하지만 구태여 그것이 사실이라고 말하고 다니지는 않았는데, 이 나라의 기반이 용에게 지배당하고 있다는 것은 사람들에게 공포를 줄 수도 있었기 때문이다.

몇몇 귀족과 왕족들만이 알고 있는 이 용의 정체를 상대가 알고 있다는 점이 당혹스러웠으나 이내 그녀는 얼굴을 풀었다. 함께 일할 자의 우수함을 부담스러워할 만큼 소인배가 아니었으니까.

"베이른 경, 한 방 먹었군."

왕비는 웃으며 그룬터의 어깨를 툭 쳤다. 그 격의없는 모습에 마이어나 제이미가 당황하는 동안 그룬터는 다른 생각을 하고 있었다.

'여기까지 알고 있다면 최소한 수도 대귀족 이상의 연줄이 있다고 생각해야겠군.'

왕비의 모습을 보면 그녀가 이 사실을 알려준 것은 아니다. 그룬터는 상황이 심각함을 느꼈다.

'아니, 뒷일은 생각하지 않더라도……'

지금 여기가 위험한 자리다. 왕비가 그를 보며 미소 짓고 있기 때문이다.

"베이른 경, 이젠 어쩔 수 없군. 어서 벗게."

그녀도 자신이 아끼는 수하의 영지를 빼앗는 것은 탐탁지 않았다. 그런데 마이어가 훌륭하게 변론해 주니 흡족한 기분이 든 것이다. 그녀가 짓고 있는 미소의 의미를 알고 있는 그룬터는 손을 저으며 시선을 흩뜨렸다.

"전하, 그가 말하는 미래는 지금과 다르지 않습니다. 그들은 언젠가 자신의 편을 대변하는 왕족을 내세워 용의 이목을 피할 것입니다. 반란을 일으키려면 언제든지 할 수 있……."

"그만두어라, 베이른 경! 반대를 위해 반대하는 꼴이 보기 좋지 않구나!"

왕비는 화를 내며 그룬터의 입을 막았다. 그룬터는 얼마든지 마이어의 말을 반론할 수 있었지만, 왕비가 불쾌해한다면 어쩔 수 없다.

더군다나 왕비는 그대로 자리에서 일어나 방을 나가 말을 계속할 이유도 없어졌다. 방 안의 세 남자는 왕비를 붙잡을 생각도 못한 채 가만히 그녀의 퇴장을 지켜보아야 했다. 마침내 일이 틀어졌음을 알게 된 마이어가 그룬터를 노려보며 말했다.

"결국 영주님은 왕비님의 편이 아니었군요?"

"눈 뜨고 자기 영지를 빼앗길 영주는 없다."

"허허, 재물에 관심없는 기사라고 들었는데 아니었나 봅니다?"

"나는 나보다 그대가 영지를 더 잘 다스릴 수 있다고 생각하지 않는다."

"글쎄요……."

마이어는 이야기를 계속할 모양이지만, 그룬터는 더 앉아 있을 필요를 느끼지 못했다. 그는 마이어와 제이미를 노려보왔다. 마이어는 아무것도 아니라는 듯 빙긋 웃었으나 제이미는 고개를 돌리며 그룬터의 눈을 외면했다.

'이 비밀 회담을 들켰으니 이제부턴 더 독하게 공작을 펼칠 것인데…….'

마이어야 그렇다 쳐도 제이미는 이제 목숨을 걸고 덤빌 것이다. 그룬터는 그를 조금 더 지켜보다 자리에서 일어났다. 그리고 말없이 방을 나왔다.

Chapter 05

오필리아

CHAIN MAIL - ARMOR made from linked iron or steel was the main type of armor worn from the Celtic period in the 6th century B.C. (pp. 16-17) until the 13th century, then knights found mail armor not only uncomfortable to wear but also inadequate protection against weapons such as war hammers and two-handed swords. At first, plate armor, which was gradually introduced in the 13th century, was simply added to mail armor. But from the 1400s until the coming of firearms in the 1600s, knights went to war entirely encased in suits of plate armor.

INCENDIARY (FLAMING) ARROWS
Incendiary arrows and bolts were used in warfare until the 1600s. A wad of hemp or flax was soaked in a flammable substance, fixed beneath the arrowhead, and then lit just before the arrow was shot.

Lord of Freedom
프라드의 영주

다음날 그룬터는 묵고 있는 손님방에서 니첸 미네스덴을 맞이했다. 평소 그가 늦잠을 잔다는 것을 알고 있는 그룬터는 용무가 가볍지 않음을 알 수 있었다. 그는 들어오자마자 문을 닫은 다음 다급히 의자에 앉았다.

"이봐. 내 일은 언제 해결해 줄 생각이지?"

"쉬운 일이 아니라는 것은 자네도 알 텐데 왜 그러나?"

"쉬운 일이 아니지만, 하지 않고 있는 것도 사실이잖아!"

어제까지만 해도 사이좋게 연회장에 갔던 것을 생각해 보면 이런 그의 반응은 조금 의아하다. 그룬터는 고개를 갸웃했다.

"왜 그렇게 생각하나?"

"어제 사람들 앞에서 하는 그 연설은 대체 어떻게 한 거지? 아니, 어쨌든 사전 준비를 충분히 했다는 것만큼은 알겠어. 그런데 내 일은 어떻게 되어가고 있는 거냔 말이야!"

"자네 일은……."

잠시 생각한 그룬터는 자신이 플렉스의 방에 들어가 목을 움켜쥐었고, '그녀'의 분노를 폭발시켰다는 것도 알리기로 했다. 그녀 크라시우스의 정체를 밝힐 필요는 없다고 생각하여 말하지 않았지만, 플렉스의 방에서 난리를 친 것만으로도 니첸은 적지 않게 놀랐다.

"그래도 폭력배가 아니라 사기꾼이라는 별명이기에 나보다 괜찮은 방법을 쓸 거라 생각했는데……."

그는 이마에 손을 올리며 길게 한숨을 내쉬었다. 그룬터는 그에게 소감을 요청했다.

"실망인가?"

"아니. 내 귀에 들어오지 않았으니 합격이야. 하지만 예상 밖이고… 난 아무래도 당신의 기술을 배울 수 없을 것 같군. 체질에 맞지 않을 것 같아."

"배울 셈이었나?"

"할 수만 있다면."

그는 어깨를 으쓱하며 대답했다. 황당한 짓을 하긴 했지만, 어쨌든 그룬터가 움직였다는 것에 마음이 풀어진 그는 평소의 여유를 되찾았다. 그룬터도 그것을 알아챘으나 의뢰를 받은 이상 그냥 돌려보낼 수는 없었다.

"일을 저질렀으니 대모님과 다시 자리를 마련해 주게. 플렉스가 없는 자리로 말이야."

"그건 어렵지 않지. 그런데 무슨 이야기를 할 건가?"

"플렉스가 왜 이 가문에 가치가 있는 건지, 그리고 니첸 미네스덴이 왜 그보다 가치가 있는 건지를 이야기해야겠지."

"감동적이군. 나도 들을 수 있을까?"

"미안하지만 자넨 참석하지 않았으면 좋겠어."

"어째서?"

"대모님을 유혹할 생각이거든."

니첸은 얼굴을 굳히고 화를 내려다 곧 그것이 농담임을 알고 어이없는 표정을 지었다. 투구를 쓴 그룬터의 모습과는 어울리지 않았으니까.

"유쾌한 농담은 아니군. 어쨌든 저녁 시간으로 약속을 잡아둘 테니 방에 있으라고."

"그러지."

그는 떠났고, 그룬터는 잠시 뒤 의자에서 일어났다. 그리고 가면의 암살자를 만나러 갔을 때처럼 가방 하나를 들고 저택을 몰래 빠져나왔다.

저택 밖에서 그룬터는 투구를 벗고 길을 걸었다. 목적지는 알고 있었으므로 길을 물을 필요는 없었다. 그곳은 바로 러스티 가문이다.

'초대를 받았으니 가야겠지.'

그룬터는 아이나를 떠올렸다. 상태가 괜찮아지자 제이미의 손에 끌려 여기까지 오게 된 것이리라. 생각해 보면 대단한 발전인데, 골방에서 지내던 그녀가 왕성의 사교장에 나타난 것이다. 일개 병사가 장군이 된 것에 비교할 수가 있을 것이다.

삼십 분 정도를 걷자 러스티 가문의 정문이 나타났다. 미네스덴 가문과 경쟁하듯 지어진 그 저택은 규모만큼은 미네스덴 가문에 뒤지지 않았다. 그런 곳에 사기꾼 그룬터 신분으로 들어가려니 쉽지 않아 보였지만, 정문의 경비원에게 말하자 의외로 쉽게 통과되었다.

'놀랍군. 아이나는 잘해야 시골 부상의 아가씨인데 러스티 가문의 경비원에게 부탁할 수 있게 되었단 말인가?'

미네스덴 가문과 쌍벽을 이루는 곳인 만큼 프리든 상인회의 주인이라는 명함은 이름으로 칠 수도 없을 텐데 말이다.

'스트로 가문이 얼마나 많은 돈을 이곳에 갖다 바쳤는지 알겠군.'

그가 그렇게 생각하는 동안 아이나가 그를 마중 나왔다.

"이렇게 빨리 오시리라곤 생각 못했어요."

정원을 걷는 동안 그녀는 편하게 이야기를 시작했다. 자신의 정체가 밝혀지는 것에 대해 가만히 있을 수 없는 그룬터에게 그 이야기는 일종의 비꿈으로 들릴 수도 있지만 그는 그저 고개를 끄덕일 뿐이었다.

"날 여기에 오게 한 이유는 뭐지?"

"그건 이런 곳에서 말하기 부끄러운 일인 걸요."

그렇게 말하는 그녀의 볼은 붉게 상기되어 있었고, 곁눈질로 그룬터를 계속 쳐다보는 전형적인 아가씨의 모습이다. 그룬터는 더 이상 묻지 않고 그녀가 묵고 있는 손님방으로 향했다.

그녀는 보통 여관방 정도 크기의 작은 방에서 머물고 있었다. 그녀의 방은 손님방답게 수수하여 숙녀의 방이란 느낌은 들지 않았다. 그룬터는 의자에 앉아 그녀의 손님 대접을 지켜보았다.

"집에 있을 때처럼 맛있는 차를 대접하긴 어렵네요."

그룬터가 정문에서 불렀을 때 하인에게 준비를 시킨 듯 테이블 위엔 이미 찻주전자가 놓여 있었다. 그룬터는 말없이 그녀가 따르는 차를 받고 기다렸다.

"세렌스님이 영주님의 몸종이라는 것을 알았을 때, 그룬터님이 영주님이라는 것도 곧바로 깨우쳤어야 하는데 말이에요."

그룬터는 대답하지 않았다. 이 자리에 나타난 것으로도 이 말에 대한 대답으론 충분하다. 그러자 아이나는 입을 내밀며 불만을 표하다 다시 입을 열었다.

"지금이라도 알게 되었으니 프리든으로 돌아가면 꼭 찾아 뵐게요. 아! 혹시 세렌스님도 수도에 올라오셨나요? 영주님의 몸종이라 했으니."

"올라왔다."

"정말이요? 만날 수 있을까요?"

그녀가 원하는 것이 있다면 협상하기에 좋은 조건이 된다. 그룬터는 고개를 끄덕였다. 이제 자신이 주도권을 쥘 차례가 왔다.

"그전에 내가 영주라는 이야기는 누구에게 말했는지, 앞으로 어떻게 할 것인지를 듣고 싶군."

"네? 또 그 이야기예요? 아무에게도 이야기하지 않았어요. 그리고 앞으로도 이야기할 생각이 없어요."

"어째서?"

"어째서라니요?"

그녀가 고개를 갸웃하자 그룬터는 당혹감을 느꼈다. 자신의 정체를 남들이 납득할 증거를 들이대 증명할 수 있는지의 여부와는 무관하게 알고 있다는 사실은 굉장한 무기다. 빌헬름은 그를 포섭하기 위한 미끼로 사용했고, 니쳰도 의뢰를 요청했다. 그런데 이 여자는 아무것도 요청하지 않겠다고 말하는 것이다.

'모든 것을 내 관점에서 볼 생각은 없지만…….'

무기를 쥐고 아무것도 바라지 않는다는 사람을 믿는 것은 쉽지 않다.

"전 친구의 약점을 가지고 어떻게 해볼 생각이 없어요. 그것은 그룬터님도 마찬가지잖아요?"

"뭐라고?"

"그룬터님이 제 병을 상담해 주었을 때를 생각해 봤어요. 그때 그룬터님은 세렌스님을 구하기 위해 나선 것인데, 정작 제 병을 약점 삼아 어떤 행동을 하진 않았어요."

"네 오라비를 협박했다."

"저도 알아요. 하지만 저한테는요? 절 협박해서 제가 세렌스님을 구하게 만든다든지, 절 인질 삼아 일대일의 교환을 한다든지 하진 않았잖아요?"

"그건… 우아한 방법이 아니었기 때문이다."

"오라버니를 때려눕히고 세렌스님을 구해간 것은 우아한 것이고요?"

'얼마 전까지 병이 있던 아이라곤 생각할 수가 없군.'

그룬터는 쓰게 웃었다. 그의 표정이 드러나자 아이나는 다시 입을 내밀며 뭐가 웃기냐고 물었지만, 그룬터는 대답하지 않았다.

좋게 해석한다면 구태여 고칠 필요는 없다. 그룬터는 결국 화제를 돌렸다.

"세렌스의 본명은 헤스티아라고 한다. 나와 함께 수도에

와 있다."

"정말이요? 어디에 묵고 계세요?"

"미네스텐 가문이다. 시간이 나면 만나러 오거라."

그녀는 큰 선물을 받은 듯 입을 크게 벌리며 기뻐했다. 이런 순수한 모습을 보니 자신의 모습을 돌이켜보고 자조하게 된다. 그룬터는 아이나와는 상성이 맞지 않다고 생각했다.

"다른 할 이야기가 없다면⋯ 시장과 만날 자릴 주선해 줄 수 있겠느냐?"

"할 이야기는 있어요!"

그녀는 눈을 부리부리하게 뜨고 화를 냈다. 이런 솔직한 반응은 오래간만이다. 그룬터는 자신도 모르게 신선하다고 느꼈다.

"어젯밤 내내 생각해 봤는데, 중혼이 불법도 아닌 이상 제가 그룬터님과 연애한다고 해서 안 될 건 없는 거 같아요."

"거절한다."

"정말요? 제가 오라버니에게 그룬터님의 정체를 말해도?"

"방금 전 친구의 약점은 이용하지 않는다는 식으로 말하지 않았나?"

"아, 그랬죠."

자신의 말이 발목을 잡으리란 생각은 하지 못한 듯 그녀는 한숨과 함께 깊은 고민에 빠졌다. 그러다 갑자기 생각난 것처럼 그녀는 벌떡 일어났다.

"그럼 어때요? 오늘 하루만 연인이 되어보는 건? 일단 해보고 결정해요."

"난 아직 너와 연애할 수 없는 이유를 말하지 않았다만……."

"어차피 성격 차를 말할 거잖아요? 맞추면서 살다 보면 정이 드는 법이래요."

"너와 나는 피차 바쁜……."

"시장님과 만나게 해드릴게요."

그녀가 불쑥 몸을 내밀며 외치자, 그룬터는 그저 고개를 끄덕이는 수밖에 없었다.

잠시 후, 그룬터는 마이어가 묵고 있는 방에서 그와 만날 수 있었다. 그룬터의 요청으로 아이나는 문밖에서 기다리기로 하여 일종의 독대가 되었는데, 마이어는 처음 보는 이 남자가 자신과 단독으로 대면을 요청하자 의아함을 느끼고 있었다.

"이름이 뭔가?"

"그룬터라고 합니다."

"그룬터? 혹시 제이미가 영주와 협상할 때 도움을 받았다던 그 그룬터인가?"

"그렇습니다."

"끝이 좋지 않았다던데 놀랍군. 다시 나타날 줄이야."

"제 탓 때문에 엉망이 된 건 아니지 않습니까?"

"그렇게 말한다면 할 말이 없긴 하군."

그는 그렇게 말할 뿐 더 이상 따지고 들진 않았다. 제이미의 지인이면 충분히 걸고넘어질 만한 일이다. 그룬터는 그가 자신에겐 별다른 감정이 없음을 알 수 있었다. 하긴 처음 얼굴을 맞대는 사이다.

"어쨌든 여긴 어쩐 일인가? 자네가 나에게 와서 재미 볼 일은 없을 텐데?"

"큰 건이 걸려 있다는 소문을 들었습니다."

"소문이라……. 자네의 소식통은 정말 감탄할 만하군. 자세히는 모르나 제이미 때도 이렇게 하지 않았나?"

"소문이 들리는 것은 어쩔 수 없지요."

그룬터가 발뺌하자 마이어는 더 이상 어쩔 수 없었다. 그는 잠시 의자 팔걸이에 손가락을 두들기다 자세를 고쳐 잡으며 말했다.

"나는 사실 자네가 프리든 영주의 편이라고 생각한다네."

"합리적인 의심입니다만 저는……."

"아, 정정하지. 그와 친분이 있다고 생각하네."

"제이미에게 그렇게 이야기했지요."

"그러니 자네를 전령으로 써도 문제없겠지?"

그는 말이 통하는 남자였다. 그룬터는 결국 빙긋 웃어 보였다.

"아직 제가 무슨 이유로 여기에 온 것인지 듣지 않으셨는데 굳이 편 가르기를 할 필요가 있습니까?"

"보나마나 그 소문에 대한 정보를 얻기 위함 아닌가? 아니면 내 생각을 듣고 싶어하는 것일 수도 있지."

"부정하지 않겠습니다."

"이 일에 대한 내 생각을 말하자면, 나는 내가 이유없이 누군가에게 지배당하는 것을 부정하는 쪽이야. 참을 수가 없네. 그러니 현실적인 범위 내에서 자유를 추구할 것이야."

"나쁜 생각이라곤 할 수 없군요."

"그러니 영주에게 가서 전하게. 왕비님은 우리의 생각에 동감을 표했다고 말이야."

그럴 필요가 없음에도 그는 품에서 양피지를 꺼내 그룬터에게 보여주었다.

문서는 왕비의 이름으로 도시법 강화를 허락하는 내용이었다. 탈주 농노를 영주에게 돌려줘야 하는 의무를 삭제하고, 스스로 무장하며, 그에 따라 철과 가죽을 마음대로 보유할 수 있다는 것들이 적혀 있었다.

단지 그뿐이면 일종의 제안서라고 생각했을 텐데, 불행히도 그곳엔 왕비의 인장이 찍혀 있었다. 또한 입법의 증거로 옥쇄도 찍혀 있었다.

'늦었나?'

그룬터가 걱정하며 명령서를 읽어보니 다행히도 일주일

뒤인 로이센력 23년 7월 3일부터 발효한다고 적혀 있었다. 어째서 일주일 뒤인가? 이해할 수 없다. 어째서 즉시 발효하지 않았단 말인가?

그러나 그것은 둘째 쳐도 이 문서의 등장은 상상을 초월하는 것이었다. 이렇게 빨리 나올 수가 없는 물건인 것이다.

"왕비님이 이리 빠르게 결정하실 거라곤 생각 못했습니다만……."

"나도 조금 당황스러웠네. 아마 지난밤 영주가 보여준 행동 덕분이겠지."

"그가 무슨 짓을 저질렀습니까?"

"본인에게 물어보게. 내 살다 그렇게 연애 못하는 양반은 처음이더군."

'영지를 걸고 벌어진 일을 치정 따위로 치부해 버리겠단 말인가?'

그의 말대로 이번 일은 왕비의 심기를 거슬렀기 때문에 벌어진 일이다. 그녀의 말대로 투구를 벗지 않은 탓이다. 그룬터도 그것을 부정할 생각은 없었지만, 그래도 이 문제를 너무 단순화시킨 감이 있다.

'가만. 그런데 일주일이라는 건… 설마 사과하러 오라고 유예 기간을 준 건가?'

마이어가 저렇게 말하는 것을 보면 틀림없다고 봐도 될 것이다. 그런 그룬터의 생각을 읽었는지 마이어는 쐐기를 박듯 말했다.

"내가 왜 이 이야기를 자네에게 보여주고 그 양반에게 전하라 하는지 알겠지? 왕비 전하의 명령이네."

그룬터는 어이가 없어짐을 느꼈다. 이렇게 인장이 찍힌 문서를 만들어놓고 사과를 받아 어떻게 하겠단 말인가? 인장이 찍힌 문서를 무효로 만들 수는 없다. 철폐는 쉽지 않을 것이다. 그것을 알고 있으니 마이어가 이렇게 말해주고 있는 것이다.

그래서 그룬터가 뭐라 말하려는 순간, 마이어가 그의 입을 막듯 말했다.

"이제 그만 가보게. 들을 말은 다 듣지 않았나?"

"제가 영주의 편이라 말한 적 없습니다. 제가 이곳에 온 이유는……."

"허허, 밖의 아가씨를 기다리게 하고 또 수작질을 부리려 드는군. 자네도 그 영주와 똑같은 부류인가? 자기를 좋아한다는 여자를 화나게 하는 그런 인간 말이야."

그의 의지는 확고하여 그룬터가 어떻게 해볼 여지가 없었다. 그는 어쩔 수 없이 방을 나왔다.

'도시법이 통과될 거라는 애매한 정보만 얻었군.'

그가 조금 불쾌한 기분으로 밖에 나온 것과 대조적으로, 문앞에서 기다리고 있던 아이나는 얼굴을 활짝 펴고 있었다.

"생각보다 빨리 나오셨네요? 어서 가요! 수도에 오면 꼭 들러야 할 가로수 길이 있대요."

그곳은 제법 유명한 연인들의 데이트 코스다. 그룬터는 아이나가 작정을 하고 준비했음을 알 수 있었다. 그는 한숨을 내쉰 다음 앞장선 그녀의 뒤를 따르기 시작했다.

아이나가 말한 가로수 길은 수도에서 국왕의 사냥터로 가는 길을 말한다. 외국의 사절을 대접할 때도 자주 쓰이는 장소라 잘 정비가 되어 있는데, 행사가 없을 땐 약간의 돈을 받고 공개하곤 했다.

둘은 러스티 저택에서 나온 뒤 지나가던 마차를 타고 목적지로 향했다. 마부는 선남선녀인 둘에게 연인이냐며 농담을 던졌고, 아이나는 활짝 웃으며 고개를 끄덕였다. 굳이 그녀의 기분을 망칠 필욘 없다는 생각에 그룬터는 그저 가만히 미소를 지었다.

"그럼 좋은 시간 보내게!"

가로수 길의 입구에 둘을 내려준 마부는 큰 소리로 둘을 축복하고 떠났다. 그룬터는 포장되지 않은 땅 위로 발을 내디디며 앞으로 걷기 시작했다. 아이나는 그 곁에 재빨리 붙으며 말했다.

"생각보다 사람이 많지 않네요."

그녀의 말대로 몇몇 쌍의 남녀가 보일 뿐, 너른 가로수 길은 한산했다.

'그래서 인기있는 거겠지.'

그룬터는 길을 걸으며 나무 너머를 바라보았다. 예상대로 더 깊은 곳으로 향하는 몇몇 남녀의 뒷모습이 보였다. 괜히 그룬터를 바라보기 어려워하던 아이나는 주변을 둘러보고 있었고, 자연스럽게 그 장면을 발견했다.

"어……."

알 것은 다 알고 있다. 그녀는 얼굴을 붉히며 그룬터로부터 떨어져 외쳤다.

"이, 이런 곳인 줄은 몰랐어요!"

"정말로?"

"진짜예요!"

"내가 저 숲 안으로 가자고 해도 거절할 건가?"

"그, 그건… 물론 거절이에요!"

잠시 머뭇거리는 부분을 가지고 좀 더 놀려줄까 하던 그룬터의 눈에 한 쌍의 남녀가 들어왔다. 그들은 모두 그룬터와 낯이 익은 사람이었고, 때문에 투구를 쓰지 않은 그룬터의 얼굴에 표정이 그대로 드러났다. 아이나가 그것을 놓칠 리가 없었다.

"뭐, 뭐예요! 제가 승낙할 거라 생각한 거예요? 그렇게 놀란 표정 지을 필요는 없잖아요!"

깜짝 놀라는 아이나를 제쳐 두고 그룬터는 그 둘에게 다가갔다. 상대편도 놀란 듯 그룬터를 바라보고 있었다.

"그룬터!"

"빌헬름!"

남자 쪽은 그룬터의 이름을 불렀으나, 여자는 고개를 갸웃하고 있었다. 그도 그럴 것이, 그녀는 그룬터의 맨얼굴을 본적이 없는 청지기장 세이린이었기 때문이다.

"누구시죠? 누군데 왕자님의 이름을……."

"네가 알 바가 아닐 것이다. 빌헬름, 어째서 너희… 아니, 네가 여기 있는 거지?"

"그건 내가 할 말이군, 그룬터. 저 여자는 누구인가?"

"다시 묻지. 왜 이 여자가 너와 함께 있는 거냐?"

그렇게 두 남자가 분위기를 험악하게 하는 동안, 세이린과 아이나는 겁먹은 얼굴로 서 있었다. 그런 광경이 주변에 알려지지 않을 리가 없어 몇몇 정의로운 사내들이 근처로 다가왔다. 애인을 옆에 끼고 한껏 호기를 부린 사내들은 둘 사이에 끼어들었다.

"이봐요! 말로 하시오! 왜 이런 곳에서 난동을 피우는 거요?"

밀리듯 떨어진 그룬터와 빌헬름은 금방 흥분을 가라앉히고 사내들을 돌려보냈다. 그들이 돌아가 자신의 애인에게 사내다움을 과시하는 동안, 그룬터는 빌헬름을 바라보았다. 분명 그도 놀란 기색이다, 그룬터가 이곳에 여자를 데리고 나타난 것에.

결국 그들은 함께 걷기 시작했다. 앞서서 그룬터와 빌헬름이 걷고, 뒤에서 세이린과 아이나가 걷는 형태로 말이다. 그룬터는 걸음을 조금 빠르게 하여 여자들로부터 떨어진 다음 빌헬름에게 물었다.

"이게 무슨 수작이지? 남의 청지기장을 데리고 이런 곳에 오다니?"

"적의 약한 부분부터 함락시키는 것은 병법의 정석 아닌가?"

그룬터는 한숨을 내쉬었다. 그는 적이라고 이야기하지만 진짜 빌헬름이 그룬터를 적으로 인식했다면 왕자라는 권력으로 그룬터를 뭉개려 했을 것이다. 이런 행동은 그저 장난이다. 진지함이 없는 장난일 뿐이다.

"정면에서 승부하는 방법을 까먹었나?"

"그럴 리가. 그저 궁금했을 뿐이야. 동생이 영지 관리를 어떻게 하는지……."

"빌헬름! 까불지 마라! 정말 내가 과격한 방법을 쓰길 원하는 건가!"

그룬터는 빌헬름의 멱살을 붙잡고 끌어당기며 위협했다. 이것이 그가 원하는 반응임을 알지만 어쩔 수 없었다. 빌헬름이 하는 짓이 그룬터를 괴롭힐 수 있는 가장 효율적인 방법이기 때문이다.

그룬터는 빌헬름에게 원한을 가지고 있다. 그러나 그룬터는 앞뒤 가리지 않고 빌헬름에게 상해를 가할 수 없다. 그를 죽이는 것으로 모든 것이 끝나지는 않기 때문이다. 이런 곳에서 빌헬름에게 주먹질을 하는 것은 순간적인 화풀이나 될 뿐이다.

"이봐요! 지금 당신이 누구에게 무슨 짓을 하고 있는지는 알고 있어요?"

아주 잠깐 거친 행동을 했을 뿐인데, 뒤에서 세이린이 헐레벌떡 뛰어와 둘 사이에 끼어들었다. 그녀는 눈썹 끝을 올리며 화를 내고 있었다.

"지금 당신이……."

세이린은 검지로 그룬터의 가슴을 누르고 왕자의 권위를 설명하려 하는데, 이번엔 아이나가 달려와 둘 사이에 끼어들었다.

"세이린 언니, 지금 누구에게 무슨 짓을 하고 있는지 알고 있어요?"

아주 어릴 적 세이린을 만난 기억이 있는 아이나는 그녀의 이름을 부르며 비난했다. 하지만 결코 알리고 싶지 않은 정체를 말할 기세라 그룬터는 아이나를 뒤로 보냈다. 그 모습을 보자 빌헬름은 빙긋 웃으며 그룬터의 어깨 너머로 고갤 내밀었다.

"이제 생각나는군. 마이어라는 시장과 함께 연회에 참석한 그 아가씨가 아닌가?"

"당신은 누구신데요?"

"이것 참, 시골 출신이라는 이야기는 들었지만 이런 질문을 받을 줄은 몰랐군. 나는 빌헬름이라오."

그가 자신을 소개하자 세이린이 재빨리 설명을 덧붙였다.

"왕자님이셔."

빌헬름과 세이린은 당연히 아이나가 예를 갖출 거라 생각했지만 그녀는 오히려 그룬터를 선망의 눈으로 바라보았다.

"왕자님과도 친분이 있으셨던 거예요?"

"악연이다. 친분이 아니야."

어느 쪽이든 시골 아가씨로서는 놀라운 일이다. 결국 이 자리는 아이나가 다시 한 번 그룬터에게 감탄하는 것으로 격하되어 마무리되었다.

빌헬름은 그룬터를 놀리는 일이 어느 정도 성과를 이루었다 생각하자 곧 세이린을 데리고 가버렸던 것이다. 그룬터로서는 그것을 막을 수 없었는데, 지금 자신은 투구를 쓰고 있지 않기 때문이다.

"저 두 분은 무슨 일로 여기에 오신 걸까요? 그룬터님도 모르고 계셨던 거죠?"

"그래."

"그렇군요. 왕자님이 청지기장님과 제대로 연애를 할 생각은 아닐 것 같은데……. 아참! 청지기장님이 그룬터님의 정체를 알았다면 누구 편을 들었을까요?"

"글쎄……."

그룬터는 대답하지 않았지만 정답은 알고 있었다. 세이린의 사고는 단순한 편이니까. 왕자가 영주보다 높은 지위에 있는 이상 그녀는 왕자의 편을 들 것이다. 그것이 그녀가 가진 가치관에 어울리는 행동이기 때문이다.

그 뒤 둘은 가로수 길을 평범하게 걷다가 돌아왔다. 아이나는 돌아오는 길에 미네스덴 가문에도 들리려 했지만, 그룬터가 다음으로 기회를 미루었다. 투정부리는 아이나가 마차 안에서 난동을 피우는 것이 마음에 들지 않았던 그룬터는 그녀의 뺨에 키스하는 것으로 사태를 진정시켰다.

그녀를 러스티 가문 정문에서 내려준 뒤, 그룬터는 한숨과 함께 미네스덴 가문으로 향했다.

'오늘 일은 이제부터 시작인데 벌써 힘을 다 쓴 것 같군.'

그는 도착할 때까지 잠시 눈을 붙이며 앞으로의 일을 정리했다.

돌아온 그룬터는 투구를 쓰고 세이린을 방으로 불렀다. 그룬터의 명령을 받은 하인이 세이린의 방문 앞에서 기다리다 곧장 명령을 전했고, 그녀는 외출복 그대로 그룬터의 방에 찾아왔다.

"무슨 일이십니까?"

"오늘 저하와 함께 외출했단 이야기를 들었다."

처음부터 강한 펀치를 맞은 세이린은 얼굴을 붉히며 자리에 앉았다. 그룬터는 그녀의 모습을 찬찬히 살피며 대답을 기다렸다.

'어떻게 아신 거지?'

상대가 라이든이었다면 어떻게 알았느냐고 묻는 것으로 시작했겠지만, 불행히도 질문자는 영주다. 세이린은 말을 고르며 대답했다.

"실은 오늘 낮에 사람이 왔습니다. 영주님께 보고하고 싶었으나 자리에 계시질 않아……."

러스티 가문으로 간 직후에 빌헬름이 도착한 모양이다. 그룬터는 고개를 끄덕였다. 쪽지라도 남겼다면 완벽했겠지만 세이린은 경험이 부족한 이십대 초반의 시골 청지기장일 뿐이다. 왕자에게 초대받았다는 것만으로도 넋이 나갔을 것이다. 그룬터를 찾았다는 것만으로도 점수를 줘야 할 판이다.

"알았다. 무슨 이야기를 했느냐?"

"영주님에 대해 주로 이야기했습니다. 그분은 개인적으로 영주님에게 호의를 가진 듯합니다. 굉장히 개인적인 일까지 물으셨습니다."

"개인적인 일?"

"침실을 드나드는 여자는 몇 명인지……. 아, 전 대답하지 않았습니다. 어째서 이런 것을 물었는지는 잘 모르겠습니다만……."

세이린은 곤란한 질문이었다는 듯 시선을 피했다.

'네 입으로 이 질문을 고스란히 듣게 될 테니까.'

그저 빌헬름이 그룬터를 놀리기 위해 한 말일 뿐이다. 그 뒤 그룬터는 왕자와 만나 무슨 일이 있었는지 물었다. 세이린은 굉장히 세세한 부분까지 이야기를 했는데, 마차에서 내릴 때 귀부인을 대하듯 손을 잡아주었다든지, 가로수 길에서 그늘 때문에 싸늘한 곳에 도착하자 외투를 벗어주었다든지 하는 것들이다. 물론 그룬터가 원한 대답은 아니다.

"저하가 다른 것은 묻지 않더냐?"

"네, 아무것도. 아, 니첸과 영주님 사이가 어떤지 물어보긴 했습니다만……."

"뭐라 대답했느냐?"

"사실대로 대답했습니다. 니첸은 프리든에서 쫓겨난 몸이라고. 영주님이 미네스텐 가문에 묵고 있는 것은 어디까지나 전 영주님과의 인연 때문이라고 대답했습니다."

그 뒤 이어진 세이린의 말은 별 영양가가 없었다. 그룬터는 고개를 끄덕이며 대충 흘려듣다 그녀가 가로수 길에서 벌어진 이야기를 시작하자 실소했다. 그룬터의 이야기를 시작했기 때문이다.

"아주 난폭한 자였습니다. 저하 앞에서 그렇게 무례한 태도를 취하다니! 혹시 영주님은 그가 누구인지 아십니까? 아이나가 그런 반응을 보인 것을 보면 대단한 지위에 있는 자같은데, 겉으로 보기엔 그렇지 않았거든요."

"아이나?"

이미 아이나가 세이린의 이름을 부른 적이 있지만 그룬터는 짐짓 모르는 척 둘의 관계를 물었다. 그것이 자연스럽기 때문이다. 세이린도 그럴 줄 알았다는 듯 짧게 둘의 관계를 설명했다.

"라이든의 여동생입니다. 병이 있어 집 밖으로 나오지 못한다는 소문을 들었는데 최근 치료한 모양입니다."

"라이든의 여동생이라……. 제이미의 여동생이기도 하지?"

"네? 그렇습니다만……."

"그녀에 대해 다른 것은 알지 못하나?"

"무슨 말씀을 하시는 건지 잘 모르겠습니다."

"제이미와의 관계도 개선시켜야 할 것 같으니 말이야. 내가 개인적으로 그녀의 여동생과 친분을 가진다면 편리하지 않겠나?"

아이나에게 관심을 가지는 타당한 이유다. 세이린은 그룬터가 좀 성급하단 생각을 했으나 납득 가는 이유인지라 고개를 끄덕였다.

'정략결혼을 생각하고 계신 건가.'

타지인인 검은 기사가 빠르게 기반을 다지기 위해선 토착 호족과 인연을 맺는 것이 좋을 것이다. 세이린은 이해는 하면

서도 거부감을 느꼈다. 그녀가 왈가왈부할 수 있는 부분은 아니지만.

"본래 성격이 밝은 착한 아이였습니다. 하지만 오랫동안 만나지 못하여……."

"왜 못 만난 건가?"

"제이미님이 면회를 거절했기 때문입니다."

그런 일이 있었다. 그룬터는 제이미가 아이나를 과보호하고 있었음을 알고 있다. 그렇다면 그녀로부터 얻을 수 있는 아이나의 정보는 한정되어 있다. 그녀가 수도로 가기 전 아주 오래된 이야기니까.

"어쨌든 그 남자는 저하께 반말을 하고 난폭하게 행동했습니다만, 저하는 그저 웃어 넘기셨습니다. 저는 그에게 기품이라는 것을 느낄 수 없었는데, 어느 귀족 집안의 자식일까요? 러스티 가문?"

"왕족일 수도 있지 않느냐."

"제가 알기로 옛날 왕자의 난 때 빌헬름 저하를 제외한 왕자는……."

그녀는 말끝을 흐렸다. 그룬터도 그녀가 무슨 말을 하려는지 알고 있었으므로 그저 고개를 끄덕였다. 그날 이후 왕자는 자취를 감추었다. 그 뒤로도 그녀는 '그룬터'의 이야기를 계속하려 했는데, 꽤 강한 기억을 남긴 모양이었다.

그 같은 상황에서 그룬터가 더 얻을 것은 없었다. 그는 그녀에게 쉬라 말하며 내보낸 다음 자리에 앉아 쉬었다. 아직 하루는 끝나지 않았다. 그는 하인을 시켜 양피지를 구해오도록 했다.

저녁 무렵이 되자 니첸이 찾아왔다. 그룬터는 쓰고 있던 문서의 초안을 뒤집어 두고 자리에서 일어나 그의 안내를 받았다.

"이봐! 낮에 괜찮은 여자를 꼬셨다며?"

복도를 걸으며 그가 사담을 꺼냈다. 집안에서 밀려나 소외된 상태이니 그 기분을 모르진 않지만, 그룬터는 지금 영주 노릇을 하고 있다. 그는 빠르게 이야기를 끊기 위해 잘라 말했다.

"아이나였어."

"뭐라고?"

니첸은 입을 딱 벌리더니 그 자리에서 멈추어 섰다. 사실 니첸은 세이린이 외출했단 이야기를 듣자 거머리처럼 달라붙어 겨우겨우 이야기를 들을 수 있었다. 그 과정에서 세이린은 그룬터라는 남자가 여자를 데리고 왔다고 말했지만, 그것은 어디까지나 수도의 귀족인 니첸이 그룬터의 정체를 알지도 모른다는 기대에서 한 말이었다.

때문에 그룬터 곁에 있던 여자의 정체를 알게 된 그는 믿을 수 없다는 표정으로 뒤처져 있다가 재빨리 따라붙었다.

"말도 안 돼! 이몸에게도 안 넘어온 여자가 너에게 붙었다고?"

"무슨 말을 하는 건지 모르겠군."

"아니, 애초에 병이 있는 여자 아니었나? 어, 어! 잠깐만! 그여자가 어떻게 수도에 와 있는 거지? 혹시 날 못 잊어 따라온건가?"

그룬터는 그의 말을 무시한 채 서둘러 걸음을 옮겼다. 그렇게 먼저 앞장서다 보니 목적지를 지나칠 뻔했지만, 문 앞의 하인들이 그를 알아봐 니첸에게 놀림 받는 일은 없었다.

"프리든 영주님, 오필리아님이 기다리십니다."

그룬터는 고개를 끄덕이고 문 앞에서 옷매무시를 가다듬었다. 그러는 사이 하인 한 명이 안으로 허락을 구했고, 문이 열렸다.

"어, 어이! 잠깐!"

뒤에서 니첸이 뛰어와 그룬터 곁에 섰다. 그룬터는 그에게 들어오지 않기로 약속했음을 상기시켰고, 니첸은 고개를 끄덕였다.

"오늘 낮 동안 당신이 무슨 이야기로 대모님의 마음을 돌릴지 아무리 생각해 봐도 알 수가 없더군. 대모님이 이런 자리를 마련한 것도 그것에 대한 궁금증 때문일 거야."

그룬터는 고개를 끄덕였다.

"기대에 보답해야겠군."

"물론이야. 그런데… 정말인가?"

"정말이냐니?"

"대모님을 유혹하겠다고 하는 것 말이야."

목소리가 컸다. 안에서는 기침 소리가 들리고 하인들은 못 들은 척 눈을 감았다. 하지만 니첸은 개의치 않고 말을 계속했다.

"아침에 그 말 들었을 땐 정말 질 나쁜 농담이라고 생각했거든. 그런데 아이나를 데리고 다닌다는 말을 들으니… 어쩌면 가능할지도 모르겠어. 자네는 내가 모르는 어떤 매력이 있는지도 모르겠……."

더 이상 나불거리게 내버려 두면 일을 망치게 될 것이다. 그룬터는 기침으로 그의 말을 막고 문 안으로 들어갔다. 니첸은 그를 따라가며 계속 입을 놀렸으나, 약속에 없다는 이유로 하인들이 막아섰다. 결국 니첸은 눈앞에서 문이 닫히는 것을 지켜보다 큰 소리로 외쳤다.

"어쨌든 이건 잘 알아두라고! 난 절대 자네를 할아버지라고 부르지 않을 거야!"

하인이 나가고 문이 닫혔다. 그룬터는 그 앞에서 방 안을 둘러보았다. 나이 예순이 넘어가는 노인의 방이라고 생각할 수 없을 정도로 화려하다. 면은 붉은색으로, 선은 황금색으로 치장한 가구들이 자리를 잡고 있었다.

오필리아 카즈번 미네스덴은 그 붉은 침실에 앉아 그룬터를 기다리고 있었다. 그녀는 주름이 가득한 얼굴로 웃고 있었다.

"마지막으로 유혹 받은 때가 언제인지 기억도 나지 않는 몸인데, 오늘 호강 좀 하겠군."

"…그의 말은 질 나쁜 농담입니다."

"저 망나니는 자네가 지지하고 있는 자가 아닌가? 그런데 자네의 품위를 먼저 생각한 모양이군."

"사실을 말했을 뿐입니다."

그룬터는 침대 옆에 놓인 의자로 다가갔다. 그녀는 앉는 것을 허락했다. 그룬터는 앉은 다음 먼저 정중하게 감사를 표했다.

"이런 독대를 허락해 주신 것에 대해 감사를 표합니다."

"어려운 일은 아니야. 난 인기인이지만 이런 밤중에 내 침실에 들어오겠다는 자는 많지 않거든. 잡아먹힐까 겁나지는 않나?"

"그런 짓을 했다간 왕비마마께 혼날 겁니다."

그룬터의 대답에 오필리아는 가볍게 웃었다. 그녀도 검은 기사와 왕비의 소문을 잘 알고 있기 때문이다.

그렇게 그룬터의 의사가 유혹과는 거리가 멀다는 것을 확인한 오필리아는 기다리는 동안 읽던 책을 덮으며 말했다.

"난 살날이 얼마 남지 않았네. 내 시간을 아껴줬으면 좋겠군. 그래, 날 찾은 이유가 뭔가?"

"후계자 건에 대한 이야기입니다."

"당연한 말은 할 필요 없네. 그래, 니첸 놈이 플렉스보다 나은 점을 대보게."

"플렉스에 대해 이야기하는 편이 좋을 것 같습니다. 저는 프리든의 영주로서 그가 프리든에서 어떤 일을 하고 다녔는지 잘 알고 있습니다. 그는 살인을 제외한 대부분의 악행을 저질러 친부에게 쫓겨난 몸입니다. 그런 자를 이 가문의 후계자로 삼는 것은 가문에, 나아가선 이 국가에 불행한 일이 될 것입니다."

"그러한 죄는 오렐리의 이름으로 한 것이지. 미네스덴이라는 이름을 받는 순간 그는 그에 걸맞은 사람이 된 것이야."

얼마 전이었다면 니첸에 대한 실망이 플렉스에 대한 맹목적인 애정으로 바뀌었다고 생각했을 것이다. 죽을 날이 얼마 남지 않은 이 노인은 니첸을 변화시키기보다 사람을 교체하는 빠른 방법을 택했다고 생각했을 것이다. 그러나 그룬터가 이렇게 자리를 마련한 것은 그것이 아님을 알게 되었기 때문이다.

"아닐 겁니다. 플렉스 미네스덴이 망나니짓을 저지르더라도 부인은 용서할 것입니다. 아니, 그런 각오를 하고 계실 겁니다."

"알고 있으니 말하기 편하군. 그래선 안 될 게 뭐가 있나?

느지막하니 얻은 손자인데 좀 편애해도 되지 않겠나?"

그녀는 별것 아니라는 듯 말했다. 또한 실망한 표정을 짓기도 했다. 이런 식으로 이야기하는 것은 그녀가 원하는 방향이 아니었기 때문이다.

'결국 니첸 녀석이 그래도 플렉스보다 낫다는 식으로 이야기할 모양이군. 예의상 몇 마디 더 들어보고 쫓아내야겠어.'

그녀는 이 전장에서 살아온 남자가 말로써 남을 설득하는 이 진귀한 광경에 흥미가 있을 뿐, 그가 대단한 것을 보여주리란 기대는 않기로 했다. 물론 그룬터는 입으로 일을 해결한 경우가 훨씬 많은 삶을 살아왔지만.

"그러실 거라 생각했습니다. 하지만 문득 의문이 생기더군요."

그룬터는 자리에서 일어났다. 그의 말과 행동이 모두 반전하는 형태인지라 오필리아는 자신도 모르게 그에게 집중했다.

"단순히 니첸이 밖으로 나돌기 때문에 플렉스라는 또 다른 불안 요소를 안는다? 실례합니다. 부인이 눈을 감기 전에 안정된 가문을 보기 위함이 아닌가? 저는 한때 이렇게 생각했습니다만……."

"지금은 아닌가?"

"아닙니다. 단언할 수 있습니다."

그제야 부인은 무릎 위의 책을 침대 옆 빈 의자에 놓았다.

그룬터는 그녀의 행동이 끝나길 기다린 다음 입을 열었다.

"용 때문이 아닙니까?"

그룬터는 말을 마치고 부인의 반응을 지켜보았다. 사교계에서 닳고 닳도록 굴러먹은 노인이다. 어떤 말을 하던 얼굴에 반응이 나타나진 않을 것이다. 실제로 그녀는 담담하게 그룬터를 바라보고 있었다. 어서 이야기를 더 해보라는 듯이.

"플렉스 오렐리가 어떻게 프리든 옆의 자리를 차지하고 있는 크라시우스라는 용을 데리고 다니게 되었는지는 알 수 없습니다. 하지만 한 가지 확실한 것은 그는 어떻게든 용과 함께 미네스덴 가문에 나타났단 것이고, 부인은 놀랍게도 그녀의 정체를 한눈에 파악한 것입니다. 이 저택의 누구도 눈치채지 못한 그녀의 정체를 말입니다."

"왜 그녀가 용이라고 생각하나?"

그룬터는 그녀라고 말한 적이 없다. 하지만 부인은 정확하게 누구인지 집어냈다. 대화에 참여하고 있는 이 부인의 집중을 그룬터는 놓칠 생각이 없었다. 그는 질문을 시작했다.

"대귀족 가문의 영식이 놀랍게도 동거와 비슷한 생활을 하고 있더군요. 정체도 모르는 여자와 말입니다. 다른 사람들이 뭐라고 하지 않았습니까?"

"내가 내버려 두라고 이야기하니 다들 남자니까 괜찮다, 아름다우니 가문에 복이 될 거라며 맞장구치더군. 헛소리에 고개를 끄덕여 주었네."

"어이가 없는 일입니다. 예의범절에 목을 매달지 않는 평민이라도 자기 집안엔 정체 모르는 이를 들이지 않는 법입니다. 그런데 대귀족 가문에서 아들의 방에 이름도 밝히지 않는 여자를 집어넣는다? 있을 수 없는 이야기입니다. 그래서 생각한 겁니다. 그녀의 정체가 부인의 마음에 꼭 들었다고 말입니다. 아니, 어쩌면 플렉스라는 자보다 그 여자의 가치가 더 대단한 것 아닐까? 이렇게 생각한 것이지요."

"그래서 용이라고 의심하는 건가? 추측일 뿐이지. 타국의 왕족이라거나 그런 것일 수도 있지 않나?"

"다른 귀족 가문에서 벌어진 일이라면 그리 생각했을 것입니다. 하지만 다른 곳도 아닌 미네스덴 가문입니다. 그 가문에서 후계자를 교체하면서까지, 그것도 적통이 아닌 플렉스를 말입니다. 그렇게 교체하면서까지 원하는 인물이란 누구일까? 대체 어떤 자이기에 미네스덴 가문이 자존심을 꺾은 것일까?"

"자존심을 꺾었다는 표현은 조금 불쾌하군, 베이른 경."

말과 달리 부인의 얼굴엔 어느새 미소가 떠올라 있었다. 어서 빨리 정답을 맞혀보라는 듯한 표정이다.

"저는 프리튼의 영주입니다. 얼마 전 프리튼 근처의 용을 모시는 마을에서 용이 사라졌다 하여 반란이 일어난 적이 있지요. 혹시 들어보셨습니까?"

"그런 소식은 듣기 싫어도 귀에 들어오더군."

"사실 그때 저는 그 마을에 제물로 팔려갔습니다."

"제물로?"

"사라진 용을 부르기 위함이었지요. 저는 그러한 의식 속에서 크라시우스라는 용을 만났습니다. 그리고……."

"여기서 다시 만났다는 말이로군."

그녀는 마무리를 하며 고개를 끄덕였다. 확실히 이런 이야기를 한다면 그녀는 인정할 수밖에 없다, '플렉스의 그녀'가 용이라고 생각할 이유가 있다는 것을. 하지만 달리 이야기하면 이것은 그룬터에겐 최악의 상황이다.

"그런데 왜 이 이야기를 하는 거지? 지금 자네의 말 덕분에 나는 그녀를 이 가문에 반드시 붙들어둬야겠단 확신이 생겼어. 그런 복덩이를 데리고 온 플렉스라는 아이도 아껴야겠단 다짐을 하게 되었지. 그럼 다시 묻겠네. 왜 내가 니첸을 후계자로 되돌려야 하지?"

"저는 니첸을 후계자로 되돌려 달라고 온 것이 아닙니다."

"그럼 왜 이 야심한 밤에 날 찾아온 건가?"

"니첸에게 그 칼을 달라고 하기 위해 온 것입니다."

"그 칼은 이 가문의 가보야. 그런데 달라고? 무슨 이야기를 하는 건가?"

오필리아는 고개를 갸웃했다. 그러자 그룬터는 다시 말했다.

"그렇지 않으면 제가 플렉스와 그녀를 죽이는 수밖에 없기 때문입니다."

"뭐라고?"

그녀는 격노하여 소리쳤다. 그녀의 분노를 그대로 받으며 그룬터는 설명했다.

"여쭙고 싶은 것은 저입니다. 이 나라가 미네스텐 가문에게 지배당하지 않고 있는 이유는 왕족에게 용이 있기 때문입니다. 그런데 다른 용을 소유하려 하시다니요? 아니, 물을 필요도 없겠지요. 새로운 왕조를 탄생시키고자 함인데 이 나라의 영주로서 어찌 가만히 있겠습니까?"

오필리아는 입을 다물었다. 어쩔 수 없을 것이다, 그룬터의 말은 정곡을 찌른 것이니까. 그룬터는 그녀에게 더 이상 압박을 줘선 안 됨을 알고 있었다. 그런 배려 때문인지, 아니면 그동안 누구에게도 말하지 않았던 것에 대한 답답함인지 그녀는 마침내 입을 열었다.

"한 장이야. 딱 한 장만 있으면 이 판을 내 것으로 할 수 있어. 눈앞에 산더미처럼 쌓인 모든 것을 다 가질 수 있단 말이네. 어찌 그 카드를 집어 들지 않을 수 있겠는가?"

"한 판에 한 장만 있어야 하는 카드입니다. 왜 그런 짓을 하시는 겁니까?"

"이미 앞에서 말했네."

다시 둘은 침묵했다. 그룬터는 여전히 그녀가 말을 하길 기다렸다. 나가라고 말하지 않는 것을 보면 그녀도 이야기를 계속하고 싶어하는 것 같으니까. 잠시 후 그녀는 그룬터를 바라보았다.

"어쨌든 자네의 말은 알았네. 그녀가 용이라는 것을 빌미로 날 협박하려는 것이지? 비밀을 지키는 대가로 니첸에게 윌인을 주고 말이야."

"그렇습니다만……."

"부족하지 않은가? 어차피 그녀가 용이라는 것은 언젠가 밝혀질 일이야."

"지금 당장은 아닐 것입니다. 부인이 반역을 꾀하는 동안만큼은 비밀이어야 할 필요가 있지요. 그렇지 않으면 사방에서 견제를 받게 될 것입니다."

"그게 어쨌다는 건가? 여기는 미네스텐 가문이야!"

그룬터는 자신이 잘못하고 있음을 깨달았다. 그녀가 나가라고 하지 않는 것은 분명 할 말이 있기 때문이다. 하지만 지금 그룬터가 하고 있는 방식은 아님이 분명했다. 그것이 무엇인지 모르는 그룬터는 물러날 수밖에 없다. 그것이 부인의 기분을 더 나쁘게 하지 않는 방법이다.

"알겠습니다. 부인이 그렇게 자신만만하시다면 제가 더 이상 어쩔 수는 없겠지요."

"재미있는 대화였네."

그녀는 다시 책을 집어 들며 대화의 끝을 허락했다. 그룬터는 자리에서 일어나 문으로 걸어갔다. 슬쩍 곁눈질로 그룬터의 뒷모습을 보던 오필리아는 문득 생각난 듯 말했다.

"오늘 자네의 모습은 기사라기보다는 변사 같더군."

"영주가 되다 보니 한 가지만 할 수는 없더군요."

"난 다재다능한 사람을 좋아하지. 니첸을 잘 부탁하네."

그녀는 더 이상 말하지 않겠다는 듯 책을 읽기 시작했고, 그룬터는 밖으로 나왔다.

'그녀의 호감은 산 모양이군.'

하지만 그뿐이다. 그 호감은 후계자를 정하는 데는 어떠한 영향도 끼치지 못할 것이다. 그룬터는 다른 방법을 찾아야 함을 깨달았다.

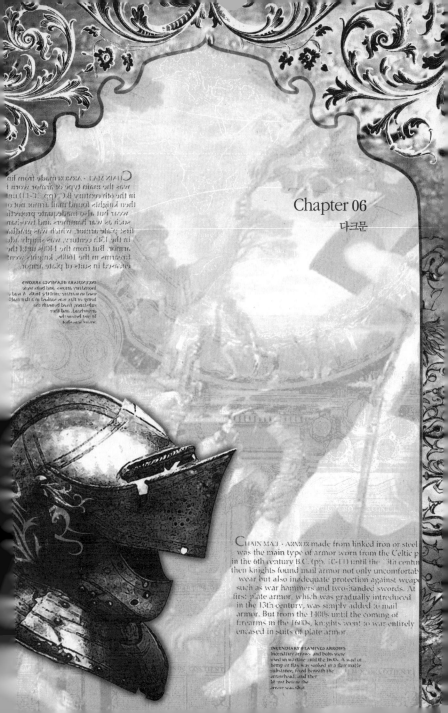

Chapter 06

다크문

CHAIN MAIL - ARMOR made from linked iron or steel was the main type of armor worn from the Celtic p in the 6th century B.C. (pp. 1C-11) until the 13th centur then knights found mail armor not only uncomfortab wear but also inadequate protection against weap such as war hammers and two-handed swords. At first, plate armor, which was gradually introduced in the 13th century, was simply added to mail armor. But from the 1400s until the coming of firearms in the 1600s, knights went to war entirely encased in suits of plate armor.

INCENDIARY (FLAMING) ARROWS
Incendiary arrows and bolts were used in warfare until the 1600s. A wad of hemp or flax was soaked in a flammable substance, fixed beneath the arrowhead, and then lit just before the arrow was shot.

Lord of Freedon
프라든의 영주

다음날 그룬터는 의외의 인물을 방에서 맞이했다. 왕자 빌헬름이 바로 그다. 그는 수행원 한 명을 데리고 프리든 영주의 손님방을 찾아왔다.

　그룬터가 문을 여니 그는 얼굴이 화사한 웃음을 띤 채 성큼 발을 내밀어 방에 들어왔다. 그룬터가 어떻게 막을 틈도 주지 않고 말이다.

　"잠시 밖에 있도록."

　그는 수행원에게 말한 다음 곧바로 문을 닫았다.

　"내가 너의 목에 칼을 꽂아야만 이런 행동을 그만둘 건가?"

그룬터는 곧바로 불쾌감을 드러냈다. 그러나 빌헬름은 그 것을 무시하고 권하지도 않은 의자에 앉았다.

"너는 그럴 수가 없잖느냐? 네가 미쳐서 날 죽이고 평생 감옥에서 살 생각이 아니라면 말이다. 내가 가면을 쓰고 암살자로서 네 앞에 나타난다면 지난번처럼 짐승이 될지도 모르지만."

얼굴을 계속 마주 보다 보면 원한이 희석될지도 모른다. 빌헬름은 그렇게 믿고 있었다. 비록 빌헬름은 그의 형제를 살해했지만, 어릴 적 그룬터가 가장 따랐던 형이기도 하다. 그는 자신의 생각을 믿으며 평소처럼 여유롭게 행동했다.

"차 한 잔도 안 줄 모양이군."

"난 지금 나갈 생각이니까."

결국 그룬터는 그 자리를 벗어나는 방법으로 이 피곤한 상황을 피하려 했다. 하지만 빌헬름이 그의 팔을 붙잡았다.

"내가 네 형이긴 하다만 이 나라의 하나뿐인 왕자이기도 하다. 아무렴 할 일도 없이 찾아왔겠느냐?"

그룬터는 한숨과 함께 자리에 앉았다. 왕자가 프리든의 영주를 찾아온 것이라면 어쩔 수가 없으니까.

"네 몸종 헤스티아를 만나봐야겠다. 어제 네놈이 청지기장 만나는 데도 난리를 피웠으니 양해를 구하는 것이다."

왕자가 하기엔 지나칠 정도로 과한 예다. 비록 몸종은 영주의 소유물이지만 다른 이유가 없다면 왕자가 언제 어느 때에 만나든 누가 간섭할 수 있겠는가?

"당신이 누굴 만나든 내가 왜 궁금해할 거라 생각하지?"

구태여 그가 이렇게 양해를 구하는 것은 그룬터의 관심을 끌기 위함이다. 빌헬름도 부정하지 않았다.

"너도 들으면 흥미를 가질 이야기일 것이다. 그 아이는 다크문의 암살자였다면서?"

그룬터는 침묵으로 긍정을 표현했다. 그러자 빌헬름은 그것 보라는 듯 웃으며 말했다.

"널 죽이려 한 암살자를 곁에 두고 있는 너나, 날 죽이겠다는 놈과 이렇게 이야기하는 나나 서로 닮은꼴이지 않으냐?"

"그런 역겨운 이야기를 하러 친히 방문하셨다니 영광이로군요, 빌헬름 저하. 당장 나가주시겠습니까?"

그룬터는 일어나 문고리를 잡는 행동을 취했다. 빌헬름은 한숨을 내쉬며 자신이 이곳에 온 목적을 말했다.

"너도 내 취미를 알고 있을 것이다."

"가면을 쓰고 사람을 죽이는 것 말인가?"

"쓰레기를 청소하는 것일 뿐이다."

"사람들이 들으면 기절할 말을 하시는군."

"너는 모를 것이다. 인간의 가치가 보이는 것이 얼마나 괴로운 것인지를 말이다."

그 눈에 대한 이야기다. 그룬터는 코웃음을 쳤다.

"그래서 형제들을 그리 죽여댔나? 어울리지 않는 자가 왕좌에 앉는 것을 납득할 수 없다는 이유로?"

"부정하지 않겠다."

"하!"

빌헬름은 모든 이야기가 옛이야기로 가고 있음을 알고 쓴 웃음을 지었다. 그룬터가 상대인 이상 이것은 어쩔 수 없을 것이다. 빌헬름은 재빨리 이야기의 흐름을 돌렸다.

"그 녀석들이 수도에 나타나 세력을 차지하려 하는 바람에 치안이 엉망이 된 것은 설명할 필요가 없을 것이다. 나는 녀석들을 처단할 의무가 있다. 하지만 본거지가 드러난 다른 녀석들과 달리 놈들은 이방인이라 정보를 얻기가 쉽지 않더군."

"그래서 헤스티아를 빌려 달라는 것인가?"

"이런 국익을 위한 일엔 프리든의 영주도 협력할 의무가 있지. 그렇지 않나?"

틀린 말이라곤 할 수 없어 그룬터는 고개를 끄덕였다. 그는 밖으로 나가 지나가는 하인을 시켜 헤스티아를 오도록 했다.

그룬터 주변에서 일을 하고 있던 헤스티아는 소식을 듣자 금방 달려왔다. 방 안에 들어선 그녀는 그룬터에게 인사하다 왕자를 발견하고 깜짝 놀라 굳었다. 왕자와 만났을 때 어떤 식으로 인사해야 하는지 알지 못했기 때문이다.

"그 모습을 보니 내가 누구인지는 알고 있는 듯하구나. 그리 긴장할 것 없다."

"네……."

"네가 다크문이라는 암살자 길드의 일원이라는 이야기를 들었다."

헤스티아의 얼굴이 해쓱해졌다. 그녀는 그룬터를 흘깃 바라보며 어찌 된 일인지 눈으로 물었다. 평소의 그녀라면 감히 하지 못할 행동이나, 지금의 모양새는 마치 그룬터가 그녀를 판 것처럼 되었다. 어쩔 수 없을 것이다.

어쩌면 빌헬름은 이런 상황도 예상했을지도 모른다. 그룬터는 일단 손을 들어 빌헬름의 입을 막고 해명을 시작했다.

"헤스티아, 저하가 어디서 네 이야기를 들은 것인지는 알 수 없다. 그러나 저하는 네 과거를 가지고 널 괴롭히진 않으실 것이다."

"영주의 말은 사실이다, 헤스티아. 나는 이제 네가 과거에서 자유로운 사람이라고 생각하고 말하겠다. 다크문에 대해 알고 있느냐?"

"네? 네에……."

"그들이 이 수도에 와 있다는 것도 알고 있겠지?"

헤스티아는 망설이다 고개를 끄덕였다. 이쯤 되면 아무리 바보라도 빌헬름의 다음 말을 예상할 수 있기 때문이다.

"그 이야기를 나에게 해줄 수 없겠느냐?"

"…그들을 잡을 생각이신가요?"

"그렇다."

"저는……."

헤스티아는 말하기를 주저하며 계속해서 그룬터에게 눈으로 신호를 보내고 있었다. 보통 같으면 그룬터는 깔끔히 그 시선을 무시하고 목적을 이루려 했겠지만 이번엔 상대가 빌헬름이다. 그룬터는 슬쩍 헤스티아 앞에 나서며 말했다.

"아무것도 모른다고 하는군요."

"모른다고?"

누가 봐도 숨기는 것임이 분명한데도 빌헬름은 더 이상 어찌하지 못했다. 주인인 그룬터가 자신의 편을 들어주고 있음을 확인한 순간, 헤스티아의 얼굴에서 망설임이 사라졌기 때문이다. 그녀는 자신이 고개를 끄덕인 것을 잊은 듯 '아무것도 모른다'는 표정을 하기 시작했다. 빌헬름은 미간을 찌푸렸다.

"날 귀찮게 할 생각이냐?"

"모른다는데 어쩌겠습니까? 시간이 지나면 생각날지도 모르겠습니다만. 설마 고문이라도 하실 생각이십니까?"

"필요하다면. 그녀도 옛날 살인을 저질렀을 것이다. 그냥 넘어갈 수 있단 말이냐?"

"그녀가 이전에 암살자였음을 무엇으로 증명하시겠습니까?"

"말장난을 할 셈인가, 프리든의 영주?"

"저는 그저 제 재산을 보호하려는 것입니다."

빌헬름은 결국 한숨을 내쉬더니 자리에서 일어나 나가 버렸다. 헤스티아가 깜짝 놀라 말하려는 기색이 보이자 그룬터는 재빨리 그녀의 손을 붙잡았다.

쾅!

문이 세차게 닫혔다. 헤스티아는 어쩔 줄 몰라 하며 그룬터를 올려다보다 겨우 입을 열었다.

"감사합니다, 영주님."

그녀는 복잡한 표정을 하고 있었다. 영주가 한낱 몸종을 위해 왕자에게 저항한 상황이 연출되었으니 말이다. 그룬터는 그저 빌헬름이 싫어할 만한 일을 했을 뿐이지만.

그렇다고 해도 왕자가 요청한 일을 무작정 거절할 수만은 없다. 그룬터도 알고 있고 헤스티아도 알고 있는 사실이다. 헤스티아는 머뭇거리다 마침내 입을 열었다.

"영주님, 왕자님께 사과하러 가실 거죠?"

"그래야겠지. 하지만 네가 곤란하다면 나는 좀 더……."

'빌헬름을 괴롭히는 방향으로 일을 할 것이다'라고 그룬터는 말하려다 그만두었다. 헤스티아에게 그와의 관계를 설명하고 싶진 않았으니까.

한편 헤스티아의 심정은 복잡했다. 비록 그녀는 다크문의 길드장을 죽였지만, 그렇다 해서 단번에 길드원들과 인연을 끊을 만큼 모질지는 못했다. 때문에 자신이 배신을 하면 길드원들이 목숨을 잃을 것이란 것도 알고 있었다.

'하지만 내가 가만히 있으면 영주님이 불이익을 받게 돼.'

마침내 헤스티아는 그룬터를 바라보고 용기를 내었다.

"영주님, 사실 수도에 아는 사람이 있어 오늘 오후에 외출을 할 것 같습니다."

그뿐이었다. 말을 마친 그녀는 재빨리 뒤로 돌아 문을 열었다. 놀랍게도 문밖엔 빌헬름이 그 자리를 지키고 있었다.

"어이쿠!"

그는 재빨리 헤스티아가 갈 수 있도록 길을 터주었다. 헤스티아는 그에게 인사한 후 총총걸음으로 사라졌다. 그녀의 뒷모습을 보며 빌헬름은 다시 방 안으로 들어와 문을 닫았다.

"어땠나? 좋은 왕자, 나쁜 왕자 작전은?"

"어차피 내가 물어봤으면 다 대답했을 거야, 저 아이는."

"아, 그러시겠지. 하지만 점수를 따진 못했을 거 아냐?"

빌헬름은 그가 시간이 지나면 생각날지도 모르겠다고 한 말을 기억했다. 그 순간 빌헬름은 그룬터가 어떤 의도로 그 말을 했는지 깨닫고 더욱 공격적으로 위협했고, 헤스티아의 불안을 만들어낼 수 있었던 것이다.

"그래서, 뭐라고 하던가?"

"오늘 외출하겠다고 하더군. 저 아이가 해줄 수 있는 최선의 행동이겠지."

"고맙군."

빌헬름은 바람처럼 밖으로 나갔다. 헤스티아를 뒤따라가기 위함이다. 그룬터는 그의 뒷모습을 보다 천천히 문을 닫고 자리에 앉았다.

몸종을 팔았다는 생각이 들었으나 그룬터는 금방 그 생각을 떨쳐냈다. 어차피 다크문은 제거해야 할 놈들이다. 그것을 빌헬름이 해주겠다고 나타났는데 망설이는 것이 어리석은 일이다. 그는 작성한 초안을 양피지에 옮기는 작업을 재개했다.

저택을 나온 헤스티아는 생각보다 왕자의 미행 솜씨가 좋다는 것에 감탄했다. 그가 따라올 것임을 알고 있지 않았다면 깨달을 수 없었을 것이다. 헤스티아는 이제 자신이 할 행동은 그저 자연스러운 행동일 뿐이라는 것을 상기시켰다.

'왕자님이 미행에 성공한다면 어쩔 수 없겠지요. 하지만……'

그녀는 인파가 많은 길과 골목길을 번갈아 이동하며 약속 장소로 이동했다. 미네스덴가의 집안일에 익숙하지 않은 헤스티아는 그녀의 고집(그룬터의 근처에 배속되는)과는 달리 번번이 시장 짐꾼으로 밖을 나가곤 했다. 그녀는 그때의 기억을 되살리며 시장의 좁은 골목으로 이동했다.

그렇게 수십 분을 이동하며 마침내 헤스티아는 자신이 왕자를 따돌렸음을 확신했다. 그제야 그녀는 목적지인 까페로 향했다.

도착한 헤스티아는 지정된 야외 좌석에 앉아 사람을 기다렸다. 곧 가게 안에서 약속했던 인물이 나와 그녀의 맞은편에 앉았다. 상대는 약관의 평범한 청년으로 보였으나 헤스티아는 잘 알고 있었다. 전 길드장 퀘이사 델피언이 죽은 지금 하인장 다르막 델피언이 길드장이 되었을 것이고, 눈앞의 이 남자가 자연스럽게 부길드장이 되었으리란 것을.

헤스티아는 그 남자, 개러지 델피언에게 인사했다.

"오래간만이야."

"꼬리는? 달고 나오지 않은 거야? 아쉬운데, 이거?"

달고 나왔다. 헤스티아가 떨어뜨렸을 뿐. 하지만 구태여 이야기할 필요는 없단 생각에 헤스티아는 아무 말도 하지 않았다. 그녀는 개러지가 음료수를 주문하는 것이 끝나길 기다렸다 말했다.

"왜 날 만나자고 한 거야?"

"어쩌자고라니? 오래간만이잖아. 더군다나 넌 아직 제명되지도 않았고."

"제명되지 않았다고?"

"넌 마지막 명령을 충실히 수행하고 있잖아. 영주의 곁에 있으면서 그를 죽일 기회를 노릴 것, 그 명령 말이야."

헤스티아는 얼굴을 굳혔다. 그의 말이 맞다. 그녀에게 주어진 마지막 명령은 그것이었으며, 헤스티아는 충실히 영주의 곁을 지키고 있다. 만약 다르막 델피언에게 임무 실패를 보고하지 않았다면 헤스티아는 고민할 필요도 없이 자신의 소속을 다크문이라고 말했을 것이다.

"거짓말하지 마. 부길드장님이 그냥 내버려 둘 리가 없잖아."

"아버지는 그 일을 후회하고 계셔. 만약 네가 배신했다면 좀 더 효과적인 형태로 포위가 이루어졌을 것임을 깨달으셨거든. 프리든에서 그리 쉽게 나오지 못했을 거라 말이야."

"거짓말."

"뭐 좀 넘어가는 시늉이라도 해주면 안 되나?"

비록 애매한 관계이지만, 이런 농담은 헤스티아에게도 정겨운 것이었다. 그녀의 얼굴엔 그룬터의 몸종일 땐 보지 못한 미소가 떠올랐다. 개러지는 그 모습을 보고 마주 웃더니 기습적으로 그녀를 이곳에 부른 용건을 말했다.

"헤스티아, 넌 배신자야."

순식간에 헤스티아의 얼굴에서 웃음기가 사라졌다. 그녀는 싸한 기분을 맛보며 그를 바라보았다. 그녀와 달리 그의 얼굴엔 여전히 미소가 떠올라 있었다.

"만일 네가 이 자리에 나오지 않았다면 그건 사실이 되었겠지. 하지만 난 네가 일급 암살자로서 길드에 많은 공헌을 했다는 것을 알고 있어. 너 정도의 여자 암살자는 드물거든. 뿐만 아니라 이렇게 약속에 홀로 나왔다는 것은 너도 마음이 있다는 말이겠지?"

"그, 그건⋯⋯."

"나는 너의 복귀를 추진할 생각이야."

그는 마침 도착한 음료수 잔을 종업원에게 받아 헤스티아에게 내밀었다. 종업원은 일급 암살자라는 이야기를 들었는지 어이없는 표정으로 둘을 바라보고 있었으나 금방 실없는 이야기, 혹은 연인들끼리의 암호로 생각하고 돌아갔다.

그동안 헤스티아는 음료수 잔을 만지며 생각하고 있었다. 그녀가 이 자리에 나온 것은 다크문과의 관계가 애매하게 끝났기 때문이다. 때문에 그녀는 이 자리에 나올지, 그렇게 하지 않을지 망설이고 있었다. 그래서 그룬터에게 다크문 사람을 만났다고 했을 때 다시 만날 거란 이야기는 하지 않았던 것이다.

하지만 오늘 일이 벌어졌다. 빌헬름이 찾아왔고, 그룬터가 자신의 편을 들어주었다. 그녀는 결심을 굳혔다. 그룬터의 편을 들어 빌헬름을 돕겠다고.

그러나 개러지의 말에 그녀는 흔들리고야 말았다. 어떤 취급을 받았던 그녀는 암살단에서 컸고, 암살단원들을 가족처럼 여기고 자랐다.

가족들이 돌아오라고 하고 있는 것이다. 반면에 그룬터의 믿음은 고맙지만 결국 그는 주인일 뿐 친구가 아닌 것이다.

"왜 그래? 고민할 정도로 어려운 문제인가?"

헤스티아는 고개를 끄덕였다. 그러자 개러지도 잠시 기다려 주기로 했다. 헤스티아는 잠시 고민하다가 마침내 마음속에 깊게 묻어두려 했던 이야기를 꺼냈다.

"개러지."

"왜?"

"암살자는 대상에게 원한을 갖지 않는 법이잖아?"

"슬로건이지. 죄책감을 덜어주고 평정심을 가지게 해주니까. 갑자기 왜 이 이야기를 꺼내는 거야?"

"만약에 대상이 처음부터 암살자를 죽일 생각을 하고 있었다면? 그래도 원한을 가질 필요가 없는 거야?"

"무슨 말을 하는 거야?"

개러지는 고개를 갸웃했으나 그냥 넘어가진 않았다. 헤스티아는 쓸데없는 소리를 하는 여자가 아니었다. 그녀의 말엔 모두 이유가 있었으며, 그것은 지금도 마찬가질 것이다.

'내가 돌아오라 했더니 암살자와 대상의 이야기를 한다?'

짚이는 것이 있었다. 그는 재빨리 그녀의 뜻을 집어냈다.

'설마 영주는 처음부터 다크문을 박살 낼 생각을 하고 부임했던 건가?'

개러지가 놀라는 동안 헤스티아는 자신의 말을 스스로 부정했다.

"아니야. 말이 잘못 나왔어. 나도 왜 이런 이야길 너한테

한 건지 모르겠어."

"헤스티아?"

지난날의 결정을 곱씹고 있던 그녀는 개러지의 부름에 고개를 들었다. 그리고 그의 얼굴을 보았지만 여전히 결정을 내리긴 쉽지 않았다. 그저 시작일 뿐인 것이다. 그룬터인지 다크문인지 저울질을 말이다.

"으응… 그보다 대답, 지금 바로 해야 할까?"

"뭐야, 싼 여자가 아니라는 건가? 한번 튕기는 것 정도는 뭐, 양보할까?"

개러지가 여유있게 농담하는 것은 확신이 있기 때문이다. 그녀가 다크문으로 돌아오리라는 것, 그녀가 다크문의 사람들을 가족이라고 생각하고 있다는 것.

헤스티아도 그런 믿음을 느끼고 자신도 모르게 미소 지었다. 비록 다르막에게 버림받았을 때의 충격이 가벼운 것은 아니었지만 그렇다고 다른 사람들까지 싫어진 것은 아니었으니까. 그녀는 결국 그의 제안을 거절은 하지 않은 채 자리에서 일어났다.

헤스티아를 보낸 개러지는 평소의 그답지 않게 곧장 본거지로 향했다. 헤스티아가 그를 만나 혼란을 일으킨 것만큼 그도 흥분한 상태였다.

'수도에서 헤스티아를 다시 만난 것은 행운이다.'

여자 암살자는 구하기 쉽지 않다. 쓸 만한 사람은 더욱 찾기 어렵다. 그녀를 데려온다면 길드에 큰 도움이 될 수 있을 것이다.

그가 이 기쁜 소식을 동료들에게 전하기 위해 수도 외곽의 건물에 들어서자 마침 사람들이 다 모여 있었다. 고작 아홉 명이지만.

건물은 어떤 방도 없이 그저 커다란 홀처럼 만들어져 있었다. 그런 곳을 아홉 명의 사내들이 공유하고 있으니 황량하기 그지없었으나 어쩔 수 없었다. 다크문이 도주하며 가지고 있던 돈으로 구할 수 있었던 가장 큰 건물이 바로 이것이니까.

의자에 앉아 무기를 손질하던 다르막 델피언이 먼저 그를 불렀다. 아직 그들은 수도에서 자릴 잡지 못하여 청부를 받지 못하고 있었다. 그저 세력 다툼에 밀리지 않기 위해 애쓰는 것이 전부인 불쌍한 암살단이다. 때문에 각자의 행동에 신경을 곤두세우고 있었고, 다르막은 아들인 개러지의 행동을 캐물을 수밖에 없었다.

"어딜 갔다 왔느냐?"

"헤스티아를 만나고 왔습니다."

"뭐라고?"

개러지의 대답에 다르막뿐만 아니라 다른 이들도 깜짝 놀라 하던 행동을 멈추었다.

"무슨 말을 하는 거냐? 헤스티아라면 프리든에 있을 터인데?"

"수도에 와 있더군요. 프리든의 영주와 함께 온 모양입니다."

"수도에? 어디서 만났느냐?"

"미네스덴 가문에서 잠입하고 있을 때 만났습니다."

그때 이야길 하자 사람들의 표정이 어두워졌다. 그레민이 죽었다는 보고를 들었을 때의 충격이 되살아났기 때문이다. 그러나 다르막은 곧 회복하여 뒷이야기를 물었다.

"그래서 죽였느냐?"

"아니요. 그녀더러 돌아오라고 말했습니다."

"뭐라고?"

깜짝 놀란 다르막은 곧 분노한 얼굴로 외쳤다.

"내가 말했잖느냐! 그년은 배신자라고! 대체 무슨 짓을 하려는 게냐!"

"헤스티아는 드문 여자 암살자입니다. 실력도 좋고요. 지금 저희는 당장 세를 불리는 것이 급선무인데 어떻게 그냥 지나치겠습니까?"

"그 아이는 나에게 죽을 뻔했다. 원한을 가지고 있을 것이야! 그런 아이에게 그런 제안을 하다니 제정신이냐?"

"제가 만나본 헤스티아는 결코 그렇지 않았습니다. 저의 제안을 진지하게 받아들였다고요."

"이 녀석아! 그 정도 연기는 충분히 할 수 있는 아이라는 것을 모르느냐?"

"걱정하지 않아도 될 겁니다. 헤스티아는 영주를 의심하고 있는 것 같으니까요."

"영주를?"

다르막이 묻자 개러지는 헤스티아와의 대화 내용을 자세히 이야기했다. 이야기를 들은 다르막은 믿을 수 없다고 생각하면서도 한편으론 생각나는 것이 있어 고개를 끄덕였다.

'생각해 보면 식당에서든 침실에서든 내가 암살자라는 것을 알고 이야기를 하는 듯했었지.'

문득 다르막은 헤스티아가 영주의 침실에서 나온 다음날을 기억해 냈다. 그녀는 이빨을 빼앗겼다고 말했다. 그 위치를 알고 있어야만 빼앗을 수 있는 물건을 빼앗겼다고 했다. 그것은 달리 말하면 무엇이겠는가? 영주가 처음부터 그것을 알고 있었다는 말 아닌가?

'내가 그때 조금만 침착했더라면 충분히 알 수 있었던 일인데…….'

생각해 보니 허탈하기까지 하다. 다르막은 헛웃음만 짓다 갑자기 얼굴을 굳혔다.

"그런데 정말 헤스티아가 긍정적인 태도를 취하더냐?"

"네. 고민해 보겠다고 했지만 틀림없습니다."

"고민해 보겠다고? 그 자리에서 결정하지 않고?"

"네. 아무리 그 아이라도 고민할 수밖에 없지 않겠습니까? 영주의 몸종 생활이 편했을 수도 있… 아버지?"

개러지는 말을 하다 다르막의 행동을 보고 놀라 그를 불렀다. 다르막은 험악한 얼굴을 한 채로 자리에서 일어나 문을 노려보고 있었다.

"그렇군. 그렇다면 저 문밖에서 느껴지는 인기척은 착각이 아니군. 헤스티아 년이 너에게 꼬리를 달았구나."

"네?"

개러지는 영문을 몰라 눈을 깜박였다. 하지만 밖에선 다르막의 이야기를 들은 모양이다. 문이 벌컥 열리며 두 명이 들어왔다.

흰색 가면을 쓰고 온몸을 새카만 망토로 감싼 두 사람은 입구를 막아섰다. 다크문의 암살자들은 재빨리 일어나 무기를 챙겼고, 그들이 무기를 들 수 있도록 허락한 또 다른 암살자 일호 빌헬름은 한 발자국 앞으로 나서며 말했다.

"죽기 전에 누구에게 죽는지 기억해 둬라. 나는 어둠의 집행자. 너희 같은 쓰레기들을 이 땅에서 말소시키는 자다."

"월로스파를 괴멸시켰다는 광대가 네놈들이었나 보군."

이런 자들의 소문은 빠르게 퍼진다. 더군다나 수도에서 자리 잡으려고 촉각을 세우고 있는 다크문이 듣지 못할 리가 없다. 다르막은 동료가 주는 칼을 받아 든 다음 말했다.

"정말 신사적인 놈들이군. 이렇게 무장하길 기다려 주다니 말이야."

"저승길 선물이다."

빌헬름은 공격을 시작하려 했다. 그들이 누구에게 죽을지 알게 되었으니까. 하지만 그전에 아무런 무장도 하지 않은 개러지가 앞에 나오자 잠시 더 기다리기로 했다. 개러지가 말했다.

"당신들, 헤스티아가 보낸 건가?"

"그녀가 보냈든 말든 그게 뭐가 중요한 거지?"

"중요하고 말고는 내가 결정……."

개러지가 말하고 있는 가운데 다르막이 칼을 그의 앞에 내밀었다. 개러지는 잠시 머뭇거렸으나, 그 모습을 본 다르막은 그에게 칼을 쥐어주며 못 박듯 말했다.

"그녀라고 했다. 그게 무슨 의미인지는 너도 잘 알 거다. 멍청한 짓 그만두어라."

그들은 헤스티아를 알고 있었단 말이다. 개러지는 고개를 몇 번 저었으나, 당장 급한 문제는 그것이 아니었다. 아주 신사적으로, 그리고 오만하게 서 있는 저 암살자 놈들부터 처리해야 하는 것이다.

"둘인가?"

"이 친구는 다쳐서 도움이 안 돼. 그러니 나 혼자다."

빌헬름은 그리 말하며 망토 속에서 검은 칼을 밖으로 꺼냈다. 그 새카만 도신을 본 다르막은 그 광택이 마치 영주의 투구와 비슷하다고 생각했으나 이내 잊었다. 그게 뭐가 중요하단 말인가?

"정말 네놈들이 윌로스파를 괴멸시킨 그놈들이 맞나?"

"우리 말고 누가 또 그런 일을 한단 말인가? 아니, 다른 누가 있다면 왜 내가 나섰겠는가?"

다르막은 실소했다. 이런 미치광이들에게 박살 난 윌로스파 때문에 수도에 정착하지 못하고 있었다고 생각하니 어이가 없는 것이다. 그는 강한 의지를 담아 부하들에게 명령했다.

"저놈을 죽이고 부상당했다는 놈을 생포한다."

그리고 싸움이 시작되었다. 다크문의 사내들은 빌헬름에게 달려갔다. 오랜 세월 함께 지낸 그들은 서로 눈짓으로 작전을 짰다. 한 명이 적의 칼을 막으면 나머지는 찌른다. 간단하지만 절대적인 신뢰가 없으면 불가능한 그들의 장기다.

빌헬름이 큰 움직임으로 칼을 들었다. 그러자 예전 그룬터를 미행했던 그 남자가 검을 치켜들었다.

'막았다!'

저 위치에선 이 궤도로 움직일 수밖에 없다. 그 궤도의 한복판에 기둥을 세우듯 막는 것이니 자신의 임무는 다했다. 이제 동료들이 저 가면 쓴 자의 목을 날려 버리는 것만 구경하면 되는 것이다. 그렇게 생각했다.

그것이 그의 마지막 생각이었다.

빌헬름이 휘두른 검은 반원을 그리며 움직여 상대의 칼과 팔, 몸통을 차례대로 베었다. 다크문의 일원은 동시에 환청을, 피가 뿜어지는 소리를 들었다.

"괴, 괴물이다!"

반 토막이 된 시체가 쓰러지며 흩뿌리는 피 안개를 뚫고 빌헬름이 돌진했다. 공중에서 그가 몸을 회전시키자 그를 찌르기 위해 칼을 내지르던 사내들의 팔이 두 동강 났다.

"으악!"

눈앞에서 팔이 멋대로 날아가는 것을 본 그들은 비명을 질렀으나 오래가지 못했다. 착지한 빌헬름이 수평으로 칼을 휘두르자 검은색 궤적이 그들의 목을 가르고 지나갔기 때문이다. 그들의 목은 먼저 잘린 팔과 거의 동시에 땅에 떨어져 나뒹굴었다. 빌헬름은 사방으로 흩어지는 피를 뒤집어쓴 채 착지하느라 굽혔던 몸을 천천히 일으켰다.

"너희들은 프리든에서 나오지 말았어야 했다."

벌써 세 명이 죽었다. 다크문의 일원은 그의 소름 끼치는 말을 들으면서도 감히 대꾸하지 못했다. 그제야 그들은 부상당했다던 자가 왜 여기까지 따라왔는지 알 수 있었다. 저자는 이 학살에 참여하러 온 것이 아니다. 그저 몸으로 출구를 막는 일을 하기 위해 온 것이다.

"네놈들이 수도에 자리 잡기 위해 한 짓들 때문에 내가 얼마나 고통을 느꼈는지 아느냐?"

"대, 대체 우리가 무슨 짓을 했다고 그러는 거요? 우리는 이곳에서 그저 연줄을 잡기 위해 정보 탐색만 했을 뿐인데, 대체 무슨 짓을 했다고……."

다르막은 억울함을 강조했다. 이미 전세는 기울었다. 빌헬름이 보여준 단 몇 번의 동작만으로도 격의 차이를 느꼈다. 이젠 저자의 동정심에 호소하는 수밖에 없었다. 하지만 말하는 다르막도 잘 알고 있었다.

동정심에 넘어갈 사람은 사람을 반으로 잘라 죽이지 않는다는 것을.

"네놈들은 존재 자체가 해악이 된다."

"그런 억지가……."

빌헬름은 사시나무 떨 듯 떨고 있는 다크문의 일원을 훑어보았다. 그저 가증스러울 뿐이다. 저 살인자 집단이 수도에 나타나자 윌로스파와 파라모파는 싸움을 재개했다. 그 과정에서 무고한 시민들이 다치고 죽었다.

하지만 이 과정에서 수도의 치안대는 그들의 싸움을 묵과했다. 그들이 있음으로 인해 얻는 자정작용이 더 크다는 판단 때문이었다. 뒷골목의 세력은 죽여도 다시 자라나는 것이기에, 차라리 관리하에 둘 수 있는 세력을 유지시키는 것이 낫다고 실무자란 자들은 말했다.

빌헬름도 머리로는 그들의 말에 동조했다. 다만 가슴이, 마차를 타고 지나가다 맞닥뜨린 시민의 시체가 그에게 명령했을 뿐이다.

사람을 죽이고 다니는 놈들을 묵과하지 말라고.

"걱정 마라. 파라모 놈들도 찾는 즉시 없애 버릴 테니까. 지옥에서 사이좋게 땅따먹기를 하면 될 것이다."

빌헬름은 왕가의 비보 광아(光牙)를 움켜쥐었다. 미네스덴 가문의 월인처럼 사용자의 육체 능력을 비약적으로 강화시키는 이 마법검이 있는 이상 그가 이런 조무래기 암살단에게 당할 리는 없었다.

그가 그룬터에게 말한 것처럼, 이것은 취미, 유희일 수밖에 없다. 그는 절대로 패배하지 않을 것이므로.

그는 걸음을 내디뎠다. 그러자 여섯의 다크문 일당이 한 발자국 물러났다. 다시 빌헬름이 한 발자국 앞으로 나갔다. 그러나 다크문 일당은 물러나지 못했다. 그들의 뒤엔 벽이 있었기 때문이다.

"눈을 감고 숫자를 세어라. 열을 세기 전에 편안하게 될 것이다."

빌헬름은 말을 마치고 움직였다. 그는 자신의 말을 실천하기 위해 빠르게 돌진했다. 그런 그의 앞을 막아선 것은 부길드장 개러지였다.

그는 자신이 부길드장으로서 두려움에 떨고만 있을 수 없다는 책임감에 때문에, 그리고 자신이 이들을 안내했다는 죄책감 때문에 떠밀리듯 빌헬름의 앞에 선 것이다.

"개러지!"

놀란 다르막이 앞으로 뛰어나왔다. 그 자신도 빌헬름에게 공포를 느끼고 있었으나 아들이 죽으러 나가는데 어떻게 가만히 있을 수 있겠는가? 하지만 그는 가만히 있느니만 못한 무력감을 느꼈다.

그는 눈앞에서 개러지의 칼과 팔과 목이 본체와 분리되는 과정을 봐야 했던 것이다.

"으아아아아아아아!"

다르막은 분노와 절망으로 가득 찬 고함을 내지르며 빌헬름에게 칼을 휘둘렀다. 그런 눈먼 칼에 맞을 생각이 전혀 없는 빌헬름은 무덤덤하게 다시 칼을 휘둘러 그를 베려 했다. 그러나 여기에서 기적이 일어났다.

눈앞에서 아들을 잃은 비극 때문에 자신의 몸을 아낄 생각을 않은 다르막은 빌헬름의 칼을 맨손으로 쳐낸 것이다. 비록 그의 손은 팔뚝까지 길게 베였으나, 빌헬름의 칼은 궤도가 어긋나 바닥을 향했다.

그리고 극도로 예리한 그의 검은 바닥 자체를 베고 박혔다.

"이런!"

빌헬름은 놀라서 재빨리 칼을 뽑았으나 늦었다. 다르막의 칼이 빌헬름의 복부를 관통한 뒤였다.

"빌!"

입구를 지키던 자가 재빨리 뛰어와 다르막을 걷어찼다. 그가 재빠르게 움직이지 않았다면 다르막은 빌헬름의 목을 쳤을 것이다.

"젠장, 방심했나 봐."

빌헬름은 자존심을 세우기 위해 별것 아닌 것처럼 변명했지만 그는 대꾸도 하지 않았다. 빌헬름의 농담에 대답해 주는 것보다 더 중요한 일이 있기 때문이다. 그는 그룬터에게 당했던 팔로 빌헬름을 둘러멨다.

"어딜 가려는 게냐!"

삼호에게 공격당해 바닥에 너부러진 다르막이 피를 토하듯 울부짖으며 다시 달려들었다. 하지만 삼호는 숨을 크게 들이쉬고 망토에서 꺼낸 작은 폭탄을 바닥에 던졌다.

펑!

섬광과 매연, 그리고 강한 최루 성분이 섞인 가스가 폭탄에서 튀어나와 방 안을 메웠다. 다크문의 일당은 눈물을 흘리며 창가로 뛰어갔고, 한참이 지나도록 기침만을 반복했다. 방금 전까지 목숨이 위험했다는 사실을 잊은 것처럼 말이다.

몇 분 후, 방 안의 공기가 창밖으로 모두 빠져나가 겨우 암살단원들은 기침을 멈출 수 있었다. 그들은 따가운 눈을 비비며 겨우 눈을 떴고, 거짓말처럼 그 '어둠의 집행자' 라는 놈들이 사라졌음을 발견했다.

"으아아아아아아!"

다르막은 손으로 바닥을 내려쳤다. 그렇게 자신에게 벌을 주지 않고서는 도저히 맨 정신을 유지할 수 없었기 때문이다. 그렇게 제정신을 차린 그는 지혈도 잊고 건물을 나왔다. 핏자국. 빌헬름의 핏자국이 생각났기 때문이다.

하지만 핏자국은 도로 한복판에서 끊겨 사라졌다. 마차 같은 것에 태워졌을 것이다.

"기, 길드장님!"

다크문의 일원은 허겁지겁 그의 뒤를 따라와 서둘러 그의 팔을 지혈했다. 아들은 죽고, 그 원수는 눈앞에서 놓쳤다. 그러니 그가 평정을 잃은 것은 이상한 일이 아니다.

마침내 그는 다크문을 사라지게 할지도 모르는 명령을 내리고야 말았다.

"헤스티아다."

"네?"

"그년이다! 그년을 잡아야 해!"

"헤스티아는 영주의 몸종인데다 지금 미네스텐 가문에 있다고 하지 않았습니까? 섣불리 건드릴 수는……."

그나마 냉정한 단원이 합리적인 이유를 들었으나, 다르막의 핏발 선 눈동자와 마주치자 입을 다물었다. 그뿐만이 아니었다. 다르막의 그 이성을 잃은 두 눈을 마주한 단원들은 모두 자신의 미래가 결정되었음을 깨달았다.

그들은, 다크문 일원 전체는 헤스티아를 잡기 위해 미네스덴 가문에 쳐들어갈 것이다. 그리고 그곳에서 죽게 될 것이다. 그것이 그들의 운명이었다.

Chapter 07

징벌

CHAIN MAIL · ARMOR made from linked iron or steel
was the main type of armor worn from the Celtic p
in the 6th century B.C. (pp. *C-D*) until the *8th centur*
then knights found mail armor not only uncomfortab
wear but also inadequate protection against weapo
such as war hammers and two-handed swords. At
first, plate armor, which was gradually introduced
in the 13th century, was simply added to mail
armor. But from the 1400s until the coming of
firearms in the 1600s, knights went to war entirely
encased in suits of plate armor.

INCENDIARY (FLAMING) ARROWS
Incendiary arrows and bolts were
used in warfare until the 1600s. A wad of
hemp or flax was soaked in a flammable
substance, fixed beneath the
arrowhead, and then
lit just before the
arrow was shot.

Lord of Freedom
프라든의 영주

그날 저녁, 그룬터는 또 다른 손님을 맞이했다. 지난번 왕성에서 인사를 나눈 검은 기사의 전 부관 쇼 제이운이다. 그룬터는 그의 방문에 놀라지 않았다.

전 부관이라면 슬슬 인사 차 찾아올 때가 되었다고 생각했으니 말이다. 그러나 그가 들고 온 소식은 그룬터도 예상하지 못한 것이었다.

"베이른님, 저하가 습격당하여 위중한 상태라고 합니다."

"습격?"

이 무슨 좋은 소식인가? 그룬터는 살짝 고개를 숙이는 것만으로도 자신의 표정을 가려주는 투구에게 감사했다.

'다크문인가.'

다크문을 추적하기 위해 헤스티아를 미행하겠다고 한 뒤 벌어진 일이다. 그렇게 생각하는 것이 합리적이다.

'빌헬름이 다칠 정도라면 다크문은 거의 괴멸했다고 생각해야겠군. 아니, 괴멸하지 않았다 해도 빌헬름이나 그 측근이 다크문을 가만 내버려 두진 않겠지.'

헤스티아에겐 미안한 일이지만, 이제 다크문과 관련된 이야기는 그의 귀에 들리지 않게 될 것이다. 그는 그렇게 생각했다.

쇼는 그룬터가 고개를 숙이자 그가 낙심하였다고 짐작하곤 한동안 침묵했다. 하지만 그대로 영원할 수는 없는 노릇이다. 쇼는 참지 못하고 입을 열었다.

"어쩌실 겁니까?"

"어쩌다니? 안정되지도 않은 분에게 병문안을 갈 수도 없지 않은가?"

"병문안… 이라곤 할 수 없으나 많은 신하들이 왕성에서 대기하고 있습니다. 정말 저하께 안 좋은 일이 생긴다면 후사를 준비해야 하니까요. 베이른님도 가시는 것이 좋지 않겠습니까?"

그는 회의보단 병문안에 무게를 두고 그룬터에게 왕성 행을 권했다. 그룬터는 잠깐 생각하다가 고개를 끄덕였다.

"그러지. 자네 말대로 해야겠어."

"감사합니다. 역시 베이른님을 찾아온 보람이 있습니다."

비록 그는 지난번에 왕자에게 특명을 받아 왕성 연회에 참석하였으나, 실은 신분이 미천하여 함부로 왕성에 들어갈 수는 없었다. 나라를 생각하는 이 순수한 애국 청년은 왕자가 쓰러졌단 소식에 큰 걱정을 하고 있었고, 그룬터를 떠올렸던 것이다.

"서둘러라. 늦으면 마차가 모자랄 것이다."

그룬터는 자리에서 일어나 미네스텐 가문 내의 마차 대여소로 향했다.

다행히도 몇 대 남지 않은 마차 중 하나를 빌린 그룬터는 왕성으로 편하게 갈 수 있었다. 마차 안에서 쇼는 열정적으로 나라의 앞날을 걱정하는 말을 하여 그룬터를 곤란하게 했다. 지난날 전장에서 구른 이 부관은 지금은 왕자 휘하의 '나라를 걱정하는 젊은이들의 모임'이라는 조직에서 활동하고 있었다.

"저하는 신분과 관계없이 젊은이들을 모집하여 훗날 왕위에 오르셨을 때 부서를 만들 생각을 하고 계십니다. 각 분야의 실무자들로 하여금 계급에 구애받지 않고 애국할 수 있도록 말입니다."

"잘 알겠네."

"그러므로 저하는 지금 쓰러지셔선 안 됩니다. 아니, 쓰러지는 것이 허락되지 않은 몸이며, 여기서 쓰러질 분도 아닙니다!"

"동감하네."

고역이다. 빌헬름이 죽어가는 것을 보여주러 온 이 사내가 처음엔 맘에 들었지만 시간이 갈수록 처음의 생각을 수정해야 했다. 이 부관은 열정적이고 말이 많으며 왕자의 편이었다.

때문에 왕성에 도착한 그룬터는 이 부관이 자신의 동료와 인사를 나누는 동안 슬며시 다른 귀족과 합류했다. 미네스텐 가문에서 함께 차를 마셨던 사람들의 남편들이다.

그룬터 일행은 곧 귀족들을 위해 마련된 장소로 이동했고, 연회장에 임시로 마련된 대기실에서 왕자의 차도를 기원했다.

그동안 그룬터는 기다렸다. 당연한 일이지만, 빌헬름이 깨어나길 기대하는 것은 아니다. 그렇다고 비보가 날아오길 기다리는 것도 아니다.

"뭘 기다리는 건가?"

늙은 여자의 목소리였다. 그룬터가 고개를 들어보니 오필리아 카즈번 미네스텐이 서 있었다. 그룬터는 그녀를 위해 의자 하나를 가져다주었다.

그룬터는 이미 동행한 귀족들과도 거리를 두고 구석진 벽에 자리를 잡고 있었다. 미네스텐 가문의 안주인에게 승냥이 같은 무리가 다가올 법도 하건만, 위치 때문인지 그런 일은 벌어지지 않았다.

"잡소리가 나오길 기다리고 있습니다."

그룬터가 답하자 오필리아는 조금씩 잠음이 번지기 시작한 회장을 둘러보며 말했다.

"잡소리라……. 귀족들이 모이는 곳을 원한 모양이군. 그러고 보니 미네스덴 가문에 온 것은 이유가 있어서였지? 관련 있나?"

그녀는 그룬터가 미네스덴 가문을 찾은 것이 니첸 때문이 아니었음을 생각해 낸 모양이다. 곁에 플렉스가 없으니 말을 아낄 필요가 없다. 그룬터는 오라클의 도시법에 대해 이야기했다.

"프리든 근처에 도시가 있는데, 도시법을 개정하여 탈주 농노를 그대로 흡수할 생각이더군요."

"그런 것이 가능한가?"

"전하가 허락한다면 불가능할 것도 없지요."

"기우야. 일개 시장이 왕족에게 힘이 미칠 리가 없잖나. 벌어지지 않은 일을 너무 걱정하는 것이 보기 좋지 않군."

"시장은 수도에 왔고, 왕비 전하와 만났습니다."

"왕비 전하와?"

"네. 그리고 그분은 윤허를 내렸습니다."

"그럴 리가? 전하는 자네의 정인 아니었나?"

그런 관계를 인정해서 좋을 것은 없으나 그룬터는 담담히 고개를 끄덕였다. 상대가 오필리아이기 때문이다. 그녀가 모르는 사교계 뒷이야기는 없을 테니까.

"제가 그녀를 화나게 했기 때문일 것입니다."

"허, 그럼 수도까지 찾아온 것은 그걸 막아달라는 말을 하기 위함인가?"

"그렇다고 할 수 있습니다. 도와주시겠습니까?"

"자네가 여기서 어떻게 하는지 두고 보고 결정하도록 하지."

그녀는 어서 무대 인사를 하라는 듯 부채로 앞을 가리켰다. 그룬터는 옷매무시를 가다듬고 앞으로 나갔다.

귀족들은 삼삼오오 모여 현 시국에 대해 이야기하고 있었다. 주로 지금 왕자가 죽으면 누구를 후계자로 할 것이냐 하는 문제였는데, 왕비의 동생을 이야기하는 쪽과 공주 루이제를 거론하는 이들이 있었다.

"왕비 전하는 어떻습니까?"

그러는 가운데 그룬터는 전령이 나올 문 앞에서 그리 말했다. 그렇지 않아도 사람들이 힐끔힐끔 쳐다보는 장소에서 검은 투구를 뒤집어쓴 자가 엉뚱한 말을 하니 이목이 집중될 수밖에 없다. 사람들은 토론하던 것을 멈추고 어이없다는 표정을 지었다.

"무슨 말을 하는 건가, 베이른 경?"

늙은 귀족이 어이없다는 듯 자리에서 일어났다. 그룬터는 그 남자의 이름을 알고 있었다. 재상이자 러스티 가문의 가주인 우르바론이다. 그는 그룬터의 행동을 즉시 비난했다.

그룬터는 비록 영주이긴 하나 수도에서의 영향력은 거의 영에 수렴하는 인물로, 이 자리의 누구보다도 감히 지위가 높다고 할 수는 없었다. 왕자가 죽었단 이야기도 공식적으로 나오지 않았거늘 감히 그가 나서서 누구를 다음 후계자로 삼자고 말할 수는 없는 것이다.

귀족들은 그의 천둥벌거숭이 같은 행동을 비웃었고, 그러한 광경은 당연히 그룬터의 눈에 들어왔다. 하지만 그룬터에게 중요한 것은 그들이 아니었다. 그는 오필리아를 바라보았다. 그와 눈이 마주친 그녀는, 오필리아는 빙긋 웃었다.

"초강수를 두었군."

이목의 집중엔 성공했다. 이제부턴 합당한 변론이 있어야 할 것이다. 그룬터는 수십 쌍의 눈이 자신에게 쏠렸으나 전혀 위축됨 없이 말을 시작했다.

"저하가 이대로 운명을 달리하고, 국왕 전하가… 실례, 붕어하신다면 다음 왕좌는 물론 여왕 전하가 이어받으셔야 합니다. 그분은 블레이의 여왕이시기도 하며, 대국 도우로부터 고귀하며 영원히 지지 않을 별이라는 칭호를 받아 황제 폐하와의 친분을 증명하였습니다."

그는 저녁 만찬에 소개된 광대처럼 천천히 우르바론에게

다가갔다. 이 자리에서 가장 높은 지위를 가지고 있는 자와 단번에 일대일의 상황을 만드는 데 성공했다. 오필리아는 그 광경을 흥미진진하게 지켜보고 있었다.

우르바론은 자신의 앞에 도착한 이 검은 투구를 쓴 자를 진심으로 대해야 할지 웃어 넘겨야 할지 고민했다. 고작 저 변방의 영주 자리를 차지했을 뿐인 애송이를 당대의 재상인 자신이 이렇게 '대화'한다는 것 자체가 우스운 일이다. 그러나 지금은 수십 쌍의 눈이 그에게도 향하고 있다. 그는 그룬터가 아닌, 이 자리 모든 사람들에게 경고하는 말을 하기로 결정했다.

"왕비 전하는 왕위 계승자로서의 순위가 4위이나 결코 왕이 될 수는 없다. 그녀는 지난날 육왕자를 왕위에 올리는 데 가장 앞장서 이 나라를 혼란에 빠뜨린 자다. 폐위당해 목이 베여도 시원찮을 것을 전하의 은혜를 입어 목숨을 보존하였는데 이젠 계승권을 옳는단 말이냐! 이놈! 네놈이 누구의 기둥서방이라는 말이 들리는 것을 내 믿지 않았거늘 이제 보니 사실이었구나!"

이제 그룬터가 반론을 할 차례다. 하지만 이런 이권을 주장하는 이야기에는 지저분한 일이 생기게 마련이다. 자규 가의 차기 가주인 아라마난 공이 벌떡 일어나 끼어들었다.

"어르신, 왕비 전하에게 폭언을 서슴지 않으시는군요. 지금 숨이 넘어가는 자는 저하이지 왕비 전하가 아닙니다! 방금 그 말씀을 왕비 전하 앞에서도 할 수 있으십니까? 당장 그 불경한 말을 취소하지 않으면, 여기 계신 모두가 증인이 되어 어르신을 공격할 것입니다!'

"오냐! 해보거라! 누가 감히 러스티 가문에 적대적인 증언을 하겠느냐! 뒤에서 지껄이지 말고 앞에 나서보아라!'

이렇게 되자 갑자기 왕비파와 비왕비파가 격론을 시작하고, 비왕비파는 다시 공주파와 공작파로 나뉘어 논쟁을 시작했다. 그룬터가 던진 불씨는 귀족들의 체면을 날려 버리고 이 경건했던 자리를 시장통처럼 소란스럽게 만들었다. 그룬터는 슬쩍 저 멀리 고고하게 앉아 있는 오필리아를 바라보았다. 그녀는 부채로 얼굴을 가리고 있었다.

'이 정도 했으면 합격점이겠지.'

그녀가 즐거워하고 있다는 것을 확인했으니 이젠 일을 정리해야 할 시간이다. 그룬터는 탁자 위로 올라가 크게 휘파람을 불었다.

삐익—

날카로운 소리는 대번에 사람들의 귀를 파고들었고, 아주 잠시 소란을 잠재웠다. 그 순간 그룬터는 품에서 양피지를 한 장 꺼냈다. 러스티 가문에서 돌아온 뒤로 계속 작성했던 바로 그 문서다.

이 장소를 이렇게 만든 장본인이 품에서 양피지를 꺼내니 다들 기대하는 눈으로 그룬터를 바라보고 있었다. 그는 포고

꾼처럼 양피지를 읽기 시작했다.

"나 셴이르아나의 왕비 마리 루이스 카타리나는 시장 마이어 오라클의 청원을 받아들여 아래 조항을 허한다. 하나, 도시 오라클은 탈주농을 영주에게 돌려주는 의무에서 면제된다. 하나, 도시 오라클은 침략에 대항하여 스스로 무장할 권리를 가진다. 하나, 도시 오라클은 무장을 위하여 철의 보유량을 현재의 두 배로 늘린다. 하나……."

"클라우츠 베이른! 무슨 뚱딴지같은 소리인가!"

다른 이들과의 격론 때문에 흥분한 상태였던 우르바론은 사람들이 궁금해하는 것을 물었다. 그러자 그룬터는 탁자 위에서 뛰어내려 우르바론에게 양피지를 전했다.

그 글씨엔 인장 하나 찍혀 있지 않았으나, 문체가 왕비의 것과 흡사하여 우르바론이 감히 얕볼 수는 없었다.

"이게 무엇인가?"

"제가 다스리는 프리든 옆의 도시인 오라클에게 특권을 부여하는 왕비 전하의 명령서입니다."

"이제 보니 네놈은 이 자리를 네놈의 불만을 고발하는 자리로 만들 셈이로구나!"

우르바론은 어이가 없어 웃음을 터뜨렸다. 그리고 자신이 읽던 문서를 주변의 귀족에게 넘겨주었다. 명령서는 사람들의 손을 타고 돌기 시작하고 미처 그 문서를 보지 못한 낮은 계급의 귀족들은 다른 이들의 입을 통해 내용을 들었다.

그들은 문서의 심각함을 깨달았다. 여기 수도에서 머무는 귀족들은 영지를 대리자에게 맡겨두고 정치를 하는 영주들이다. 때문에 이런 특권이 생기면 자신들의 영지에도 문제가 생길 것임을 직감할 수 있었다. 본래 이런 일은 처음이 어려운 일이니까.

하지만 그룬터의 명령서엔 문제가 있었다. 인장이 없다. 위조된 것일 수도 있는 것이다. 때문에 왕비를 지지하던 자규 가문의 아라마난 공이 그룬터에게 삿대질을 하며 언성을 높였다.

"이 가면을 쓴 광대가 못하는 짓이 없구나! 왕비 전하를 모함하는 문서를 돌리다니, 제정신이냐? 이딴 가죽 한 장으로 수작을 부리면 누가 믿어줄 것 같으냐!"

"시장 마이어 오라클이 원본을 가지고 있습니다. 그는 러스티 가문에서 묵고 있으니 그를 잡아들이면 곧바로 그 원본을 얻을 수 있을 것입니다."

그룬터는 우르바론을 바라보았다. 다른 이들도 마찬가지다. 그룬터가 웃음거리가 될지 아니면 상황을 반전시킬지는 그에게 달렸다.

"우르바론님, 그의 구속을 허락해 주십시오."

"허허, 내 그가 누구인지는 모르겠으나, 그가 우리 집 손님으로 와 있다면 나는 그를 보호할 의무가 있다. 어떠한 확증도 없이 그의 짐을 뒤지고 신변을 구속할 수는 없다!"

그는 말을 마치고 자리에 앉았다. 그룬터의 이야기에 증거가 없으므로 여왕을 모함한다는 아라마난 공의 편을 든 것이다.

그룬터는 이렇게 되리라는 것을 잘 알고 있었다. 수도에 연줄이라곤 왕비밖에 없는 검은 기사가 왕비에게 버림받으면 이리되는 것이 당연한 것이다. 그래서 그룬터는 오필리아에게 고개를 돌렸다.

그녀는 어느새 연회장 중심까지 걸어와 있었다.

"우르바론 경, 어떻습니까? 속는 셈 치고 베이른의 부탁을 들어주는 것은?"

"오필리아, 당신도 당신의 손님을 내놓으라 하면 곱게 내어주겠소? 자신의 손님조차 보호하지 못하는 가주가 될 생각이오?"

"저 젊은 영주의 말이 사실이라면 이것은 우리에게 큰 시련이 될 것입니다. 미연에 방지하자는 것이니 양보해 주십시오."

"증거가 있다면 나 역시 그리하리다. 하지만 아무것도 없잖소!"

지위가 낮은 이들은 우르바론의 말에 작게 투덜거렸지만, 나머지 사람들은 모두 고개를 끄덕였다. 그의 심정에 동감했기 때문이다. 자신을 믿고 찾아온 손님을 어찌 남에게 함부로 내주겠는가?

그런 분위기를 업고 아라마난 공이 그룬터를 왕실모욕죄로 고발하려 일어선 그때, 오필리아가 낮은 목소리로 강한 의지를 담아 말했다.

"미네스덴의 오필리아 카즈번이 보증을 서지요. 어떻습니까? 여기 이 검은 기사 셴이르이나의 영웅 클라우츠 베이른은 허언을 하지 않을 사람입니다."

이걸로 족하다. 그룬터는 고개를 끄덕였다. 이 말을 듣기 위해 프리든에서 보물을 싸 들고 여기까지 왔다.

오필리아는 우르바론이 망설이자 다시 말했다.

"미네스덴 가문이 보증합니다."

우르바론은 일어날 수밖에 없었다. 그는 밖에서 사람을 불러 가문에서 묵고 있는 마이어 오라클과 그의 짐, 그리고 그의 동행인을 모두 붙잡아 올 것을 명했다. 증거 인멸을 할 수 있으니 감시할 사람을 붙이는 것도 덧붙임으로써 그룬터가 불만을 표할 수 없게 했다.

"이제 만족하나?"

자리에 앉은 우르바론은 오필리아와 그룬터에게 물었다. 물론 그 둘은 고개를 끄덕일 수밖에 없었다.

"아주 짓궂은 녀석이 되었군. 영주가 되기 전엔 이런 수작을 부리는 녀석이 아니었는데 말이야."

우르바론은 못마땅한 듯 투덜거렸으나 더 이상 그를 욕할 수는 없게 되었다. 전령이 들어오기로 한 문이 열렸기 때문이다. 무슨 소식을 가지고 올지 기대하던 사람들의 눈으로 가마가 들어왔다. 네 명의 장정이 들고 있는 가마 위에 누워 있는 자는 놀랍게도 왕자 빌헬름 본인이었다. 그는 풍성한 옷을 입은 채로 등장하여 말했다.

"우르바론 경도 계시군. 어이쿠야! 오필리아 아주머님도. 예의는 아니지만 환자이니 봐주십시오. 이렇게 왕자는 죽지 않고 살아 있습니다. 자, 그래서 어떻게 되었습니까? 누가 제 뒤를 잇기로 되었지요?"

그는 준비한 대사를 읊조렸다. 병상에서 깨어난 그는 귀족들이 한자리에 모여 있다는 이야기를 듣고 자신의 후사를 준비하기 위함임을 깨달았다. 그리하여 직접 자신이 건재하다는 것을 증명하기 위해 극적인 연출을 한 것인데 그는 아직 모르고 있었다. 그룬터 때문에 엉뚱한 이야기가 진행되고 있었음을 말이다.

"정해지지 않았습니다. 다른 이야기를 하고 있었거든요."

"무슨 말씀이십니까, 우르바론 경?"

"여기 클라우츠 베이른 경이 재미있는 이야기를 가지고 왔더군요."

자신에게 돌아올 스포트라이트가 그룬터에게 가 있다는 것을 안 빌헬름은 살짝 인상을 찌푸렸으나 이내 웃었다. 그는 손짓하여 그룬터가 오도록 했다.

"어떤 재미있는 이야기길래 왕자가 사경을 헤매는 것보다 더 대단한지 직접 이야기해 주겠나, 클라우츠 베이른 경?"

그룬터는 재빨리 예의를 갖춘 다음 입을 열었다.

"프리든 옆에 오라클이라는……."

"아참! 클라우츠 베이른 경, 내가 무사해서 기쁘지? 그렇지 아니한가?"

그룬터는 고개를 들어 빌헬름을 올려다보고 있었다. 그는 과장된 몸짓으로 자신의 건재함을 알리고 있었지만 자세히 보면 고통 때문에 식은땀을 흘리고 있었다. 그렇게 하면서까지 그는 듣고 싶은 것이다, 동생의 입으로.

"저하가 무사하셔서 다행이라고 생각하고 있습니다."

이 말을.

그룬터는 억지로 내는 말임을 드러내지 않기 위해 심호흡을 몇 번 하고 나서야 그 말을 입에 담을 수 있었다. 그러자 빌헬름은 웃음을 터뜨리다가 다시 배를 잡고 드러누웠다. 너무 웃어서 상처가 터진 것처럼 아팠기 때문이다.

"경이 지금 웃기는 말을 하면 날 죽일 수 있을 것이야."

빌헬름은 그룬터가 무시 못할 제안을 해왔다. 그렇다고 그룬터가 빌헬름을 웃기려는 노력을 하진 않았지만.

"프리든 옆에 오라클이라는 도시가 있습니다. 이 도시는 탈주 농민을 영주에게 돌려주지 않는 특권을 가지고자……."

이후는 귀족들에게 한 말과 동일했다. 그룬터는 예의 양피지 사본을 왕자에게 전했고, 왕자는 훑어보고 난 뒤 그룬터에게 돌려주었다. 그리고 그룬터와 주위 사람들에게 말했다.

"이딴 종이 한 장 달랑 들고 와서 왕비를 탄핵해 달라고 말하는 건가? 어이가 없군! 당장 베이른 경은 내 방으로 따라오도록!"

사경을 헤매다 이제 막 정신을 차린 병자다. 초인적인 인내력으로 호방한 왕자를 연기하고 있지만 오래 할 수는 없는 노릇이다. 그는 퇴장을 선언했고, 그룬터는 그 뒤를 따랐다.

왕자의 방, 취향에 따라 온갖 병장기로 장식된 방에 들어서 가마에서 침대로 누울 장소를 변경한 빌헬름은 사람들을 물리고 그룬터와 단둘이 독대했다. 그는 문서를 다시 달라고 말한 뒤 가지고 있던 종이칼로 양피지를 조각 냈다. 그룬터는 그 광경을 지켜보았다. 이 문서는 이미 모든 귀족들이 한 번씩 보았으니 왕자가 어떻게 처분하든 상관이 없다.

다만 한마디 하고 싶게 만드는 행동이긴 하다. 그룬터는 먼저 입을 열었다.

"기분이 나쁜가?"

"왕족이 모욕 받는 것을 기분 좋게 받아들일 왕자가 어디 있나?"

"의외로군. 이제 왕비와 화해했나 보지?"

"그럴 리가. 그저 기분이 나빴을 뿐이다."

둘은 그렇게 대화를 나누고 침묵했다. 그룬터가 빌헬름과 카타리나를 증오하는 것처럼 빌헬름도 카타리나를 증오한다. 당연하다. 십여 년 전 벌어진 일의 원인을 카타리나가 제공했으니까.

수 분이 흘렀을 때, 빌헬름이 먼저 입을 열었다.

"군터, 수도엔 날 죽이러 온 거냐?"

"앞서 말한 도시법 문제 때문에 카타리나에게 연락이 왔다. 너희 둘을 죽이는 것도 가능하다면 해볼 생각이었지만… 너나 그녀나 죽이고 난 뒤가 문제더군. 대체할 사람이 없다. 잠시 미뤄둘 생각이다."

그러자 빌헬름은 놀란 듯 입을 벌렸다.

'너는 원한만큼이나 냉정하게 그 뒷날까지 생각하는구나. 어쩌면 너는 복수보다 날 징벌하려는 것인지도 모르겠다. 참으로 너답다고 해야 할지……'

빌헬름은 그런 그를 보며 더 이상 그룬터에게 얼굴을 들이밀어도 그 분노는 희석되지 않을 것임을 알게 되었다.

어쩌면 그룬터는 여전히 빌헬름을 좋아하고 있을지도 모른다. 하지만 형제를 죽이고 왕좌를 차지한 그에게 합당한 처벌이 내려지지 않는 이상 그룬터는 그를 용서할 수 없을 것이다. 문득 빌헬름은 가슴 한쪽이 텅 비는 것을 느꼈다.

저 동생은 형이 잘못한 것을 가지고 기분이 나빠 고집 피우는 어리광쟁이가 아니었다. 그것이 빌헬름을 괴롭게 했다. 저하라는 자리에서 누구에게도 지탄받을 수 없는 그는 그룬터와 함께 걸을 수 없음을 깨달았다.

"네가 그 투구를 뒤집어쓰고 영주로 나타났을 땐 이게 무슨 장난인가 싶었다. 그런데 이제 보니 그게 아니구나. 너는 영주라는 자리로 자신의 자질을 시험해 보는 것이냐? 어쩌면 나를 대신할 수 있을지를 시험해 보는 것인지도 모르겠구나."

그룬터는 대답하지 않았다. 부정하지 않는다. 그걸로 충분하다. 빌헬름은 한숨과 함께 눈을 감았다.

잠시 뒤 사람이 찾아와 그룬터를 찾았다. 러스티 가문에서 마이어 오라클을 잡아왔으니 와보라는 이야기다.

그룬터는 자리에서 일어나 연회장으로 돌아왔다.

연회장으로 돌아와 보니 탁자들이 구석으로 치워져 있고 가운데에 다섯 명이 겁에 질려 서 있었다. 하인 복장을 하고 있는 두 명과 제이미, 아이나, 그리고 마이어 오라클 이렇게 다섯이다.

그룬터는 왕자의 방에 있었던 시간이 생각보다 길었다고 생각하다가 아이나와 눈이 마주쳤다. 그녀는 소리없이 말했다.

—그룬터님!

저 여자가 육성으로 그 이름을 말하면 곤란한 일이 생긴다. 그렇게 그룬터가 생각하는 동안 그들의 짐이 하나씩 연회장의 한가운데에서 펼쳐졌다. 우르바론와 오필리아가 그룬터의 곁으로 다가왔다.

"저들이 묵고 있던 방의 짐을 모두 가져왔네. 만족하는가?"

그들이 펼치고 있는 짐엔 아이나의 속옷도 섞여 있었다. 속옷이 외간남자의 손에 들려 사람들에게 공개되고 있는 상황이 되자 아이나는 마침내 울음을 터뜨렸다. 대귀족 오필리아조차도 살짝 인상을 찌푸리는 상황인데 일행인 제이미나 마이어는 어떻겠는가?

마이어는 큰 소리로 그룬터를 지탄했다.

"이것이 대체 무슨 짓입니까, 프리든의 영주! 죄없는 사람을 잡아다 이렇게 창피를 주다니요!"

"너는 내 부하에게 왕비 전하의 명령서를 자랑하듯 보여주었다. 이제 와서 그것을 숨길 필요가 있느냐? 이렇게 숨길 것이라면 뭣 하러 그런 짓을 했느냐?"

"제가 언제 그런 짓을 했단 말입니까? 그리고 설혹 그런 문서가 있다 한들 이렇게 공개적으로 망신을 당해야 할 이유가 어디 있습니까?"

그는 당당하게 자신의 권리를 요구했다. 비록 그는 평민이고 이곳에 있는 자들은 모두 귀족이지만, 대부분이 그의 말에 고개를 끄덕이고 있었다. 우르바론은 그런 분위기를 읽고 그룬터에게 말했다.

"자네가 저하의 방에 있을 때부터 이렇게 사람들 앞에서 저 숙녀의 속옷까지 공개하며 자네가 보여준 그 문서를 찾았네. 하지만 없어! 이제 속이 시원한가?"

"정말 모든 부분을 다 찾아보셨습니까?"

"지금 저기 널려 있는 저들의 가방과 옷가지들을 보면 모르겠나?"

"저들의 알몸까지 보셨냐는 말입니다."

그의 말에 우르바론이라는 노인은 얼굴이 시뻘게졌다. 비록 그는 미네스덴 가문의 보증을 믿고 이렇게 저들에게 창피를 주고 있었지만, 저들이 자신의 손님이라는 것을 잊지 않았다. 특히 저 제이미라는 상인은 멀리 프리든에서 가문 대대로 많은 현금을 보내오는 자라 했다.

그런데 이 애송이는 저들을 이 많은 사람 앞에서 벗기라고 말하고 있는 것이다.

"영주! 클라우츠 베이른! 프리든으로 돌아가면 반드시 이 이야기를 사람들에게 할 것이오!"

제이미 스트로였다. 그는 왕성이라는 곳에서 죄인처럼 취급받는 동안 계속 움츠려 있다가 마침내 폭발하여 프리든 상인 길드의 길드장으로서의 본모습을 찾았다. 억눌리고 억눌리다 마침내 튀어 오른 것이다.

그는 옆에 있던 왕성경비대가 어찌할 틈도 없이 바지를 벗어젖혔다.

"꺄악!"

연회장에는 남자만 있는 것이 아니었다. 여성들은 비명을 지르며 고개를 돌렸고, 남자들도 얼굴을 붉히며 그룬터를 노려보았다. 너무하는 것이 아니냐는 표정이었다. 마침내 오필리아는 참지 못하여 손을 들었다.

"당장 저분들을 모시고 돌아가게! 여기 바닥에 있는 것들도 다 싸 들고!"

"부인! 아직 문서를 발견하지 못……."

"저기 저 아가씨까지 벗길 셈인가?"

오필리아의 얼굴은 굳어 있었다. 아무리 미네스덴 가문이 보증하고 있고, 그래서 증거를 찾지 못하면 오늘의 모든 오명은 그녀가 뒤집어써야 하지만 차마 그런 짓은 하지 못하겠다고 말하고 있는 것이다.

"이런 짓까지 하면서 자네를 도울 수는 없네."

아이나의 옷을 벗겨서 그 문서가 나온다 한들 미네스덴 가문은 필요하다면 사람들 앞에서 여자를 벗기는 그런 가문이라는 말을 듣게 될 것이다. 오필리아는 그룬터보다 가문의 체면에 손을 들었다.

그룬터는 귀족으로서 기득권을 포기할 셈이냐고 물을 셈이었지만 아이나와 다시 눈이 마주쳐 입을 다물었다. 그는 좀더 부드러운 말로 오필리아를 설득하려 했다.

"하지만 이 사안의 중요성을 모르지는 않으실 것 아닙니까. 일주일 후 효력이 발효되면 그다음부턴 왕비 전하와의 싸움이……."

"알고 있네. 알고 있으니 다른 방법을 찾아오란 말이네."

오필리아는 냉랭하게 상황을 마무리 지었다. 그룬터는 그녀로부터 고개를 돌리고 주변을 둘러보았다. 모든 귀족들이 그를 노려보고 있었다.

불확실한 정보를 바탕으로 일을 벌인 무책임한 사람을 보는 눈빛이다. 그룬터는 그들로부터 눈을 돌려 마이어를 바라보았다. 그는 웃고 있었다.

'그의 손에 문서가 있다. 틀림없다.'

그룬터는 그의 그 승리감에 도취된 표정을 보고 확신을 얻었지만, 지금은 놓아줄 수밖에 없다는 것도 알고 있었다.

하지만 놓아주면? 이제 두 번 다시 그에게 문서를 얻을 수는 없을 것이다. 오필리아나 우르바론도 더 이상 그에게 협조하지 않을 것이다. 결국 그가 할 수 있는 것은 카타리나에게 사과하러 가는 것 정도일 텐데, 그렇게 한다고 일이 무조건 해결될 가능성이 있는 것은 아니었다.

'지금 이 자리에 있는 귀족들이 문서를 가지고 카타리나에게 쳐들어가 무효를 주장하는 방법이 가장 강력한데…….'

그렇게 고민하는 사이, 낯선 시종이 그룬터의 곁에 다가왔다. 그는 몰래 종이쪽지를 쥐어주고 떠났고, 그룬터는 재빨리 받아 그 내용을 읽었다.

'이건……?'

그룬터는 쪽지를 읽은 다음 주머니에 넣었다. 그리고 앞으로 걸어가는데 오필리아가 그를 불렀다.

"솔직히 자네에겐 조금 실망했네."

"무슨 말씀이십니까?"

"이런 일이 생길 수 있다는 것은 충분히 예상하지 않았나? 저자가 다른 곳에 물건을 숨겨두었다면? 이미 그 문서를 수도 밖으로 빼돌렸다면? 그땐 어떻게 하려 했었나?"

"그는 이런 극단적인 일은 예상하지 못했을 것이므로 그런 여유는 가지지 못했을 것입니다. 그렇게 확신했습니다."

"러스티 가문의 손님으로서 보호받고 있었으니 그들이 이런 일은 예상하지 못할 거라는 자네의 생각이 완전히 틀렸다곤 하지 않겠네. 하지만 결과는 이 모양이야. 이번 일은 미네스텐 가문의 이름으로 책임을 지겠지만, 다음부터 자네는 나에게 도움을 청할 수 없을 것이네."

그녀는 그룬터로부터 등을 돌렸다. 그룬터는 그녀에게 매달리지 않고 바로 걸음을 옮겼다. 오필리아가 한소리 하고 나자 다음엔 우르바론이 험악한 얼굴로 다가오고 있었기 때문이다. 그룬터는 그를 피하듯 걸음을 빨리하여 마이어에게 다가갔다.

"영주님, 다음엔 신중하게 행동하는 것이 좋을 겁니다. 그냥 왕비님께 가셨다면 서로 좋지 않았겠습니까?"

그룬터는 그의 말을 무시하고 그를 지나쳤다. 제이미는 여전히 아랫도리를 드러낸 채 그룬터에게 한 발자국 다가섰다.

"영주, 난 오늘 모욕을 결코 잊지 않을 것입니다. 당신이 우리 가문의 서류를 위조하여 협상 자리에서 날 창피하게 한 것은 이해하겠습니다. 당신 나름대로 그 일을 무효화하기 위해 필사적으로 머릴 짜낸 결과일 테니까. 하지만 이런 보복성의 공개 처형은 모든 이들로부터 비난받을 것입니다! 각오하는 것이 좋을 거요!"

그룬터는 그를 무시했다. 다행히도 아이나는 제이미의 눈치를 보는지 그룬터에게 말을 붙이지 않았다. 그룬터는 이제 방해없이 걸음을 옮겨 막 왕성경비대가 집어 든 가방을 낚아챘다.

"마이어 시장! 이번 일에 대해 나는 그대에게 공개적으로 사과하는 바요!"

그가 큰 소리로 외치자 모든 이들이 그에게 주목했다. 그러자 우르바론은 그룬터에게 오려다 오필리아 쪽으로 걸어갔다. 잘못을 인정했으니 보증을 선 이에게 대가를 받으려 하는 것이다. 오필리아는 그의 사과가 너무 빠르다는 생각에 살짝 인상을 찌푸렸다. 이런 건 나중에 조용히 서신으로 처리해도 될 문제인데 말이다.

'미네스덴 가문을 공개적으로 망신 줄 생각인가 보군.'

그녀가 그렇게 생각하고 있는데 시장 마이어의 표정이 이상했다. 그는 그룬터가 들고 있는 가방에서 시선을 떼지 못하고 있었다.

그룬터는 가방 안에서 모든 짐을 다 쏟아낸 다음 바닥을 몇 번 들여다보다 경비대의 칼을 빌려 가방을 반으로 잘라 버렸다. 그러자 찢어진 양피지가 안에서 튀어나왔다.

"이런……."

그룬터는 어깨를 으쓱해 보이며 양피지를 집어 들고 말했다.

"하지만 가지고 있는 물건을 없다고 한 시장에게도 잘못이 있다는 걸 알아줬으면 좋겠습니다."

놀란 시장은 재빨리 그룬터에게 달려와 그 양피지를 빼앗으려 했다.

"당신에겐 나의 물건을 수색하여 그런 것을 빼앗을 권리가 없소! 여러분! 제가 이 물건을 숨기는 것은 당연한 일이란 말입니다!"

"전하라 해도 멋대로 법률을 제정하여 문서화할 수는 없는 법이다. 신하들은 전하가 정한 명령을 검토하고 항의할 권리가 있다."

그는 문서를 재상인 우르바론에게 넘겼다. 문서는 그룬터의 칼질로 인해 찢어져 있었지만 그룬터가 만든 사본과 달리 틀림없는 인장이 찍혀 있었고, 법적 효율을 가질 수 있는 형식으로 구성되어 있었다.

"어이가 없군. 이런 문서를 아무도 모르게 독단적으로 만드셨단 말인가?"

우르바론은 얼굴을 굳히고 사람들을 불렀다. 이 일은 이제 그룬터의 손을 벗어났다. 귀족들이 상소할 것이며, 신하들과 상의 없이 독단적으로 일을 처리하려 한 것 때문에 왕비는 곤혹을 겪을 것이다. 그룬터는 한 발자국 물러났다.

"미네스덴 가문에서 대기하게. 필요하면 자네를 부를 테니까."

우르바론은 명령하듯 그룬터에게 말하고 십여 명의 귀족들과 서둘러 걸음을 옮겨 사라졌다.

"이런 연출을 준비했을 줄은 몰랐네."

어느새 곁에 다가온 오필리아가 웃으며 말했다. 방금 전의 태도와는 완전히 다르지만 그룬터는 구태여 그것을 지적할 필요를 느끼지 못했다. 그녀의 보증이 아니었다면 관직에 있는 콧대 높은 귀족들을 움직일 수 없었을 테니까.

"연출이라니, 당치도 않습니다."

"오늘은 재미있었네. 하지만 다음엔 결말은 이야기해 줬으면 하는군. 이런 일은 심장에 좋지 않거든."

그녀는 부채로 그룬터의 투구를 살짝 치고 연회장을 나갔다. 그룬터는 그녀의 뒷모습을 보다 시선을 느껴 그쪽으로 고갤 돌렸다. 마이어야 군은 얼굴로 그저 서 있었지만 아이나와 제이미가 사시나무 떨 듯 떨고 있었다. 왕성에서, 귀족들 사이에서 물건을 숨기다 들통 난 것이다. 평민인 그들은 평생 겪어보지 못한 두려움을 느끼고 있을 터였다.

"쇼 제이운!"

그룬터는 전 부관을 불렀다. 직급이 낮아 감히 끼어들지 못하고 구석진 곳에서 이 광경을 보고만 있던 그는 그룬터의 부름에 쏜살같이 달려왔다.

"베이른님, 멋졌습니다. 전 끝까지 베이른님을 믿었지만 사람들은 모두 다 베이른님을 비난하더군요. 녀석들에게 베이른님을 믿으라고 말하는 것이 얼마나 힘들었는지……."

"쓸모없는 이야기는 그만둬라, 쇼. 내 부탁을 들어줄 수 있겠나?"

"부탁? 베이른님이 말입니까? 목숨을 다해서라도……."

"저기 숙녀가 떨고 있는 것이 보이지?"

그룬터는 아이나를 가리켰다. 그녀는 제이미와 부둥켜안은 상태로 눈을 꼭 감고 있었다.

"네? 아… 네."

"우르바론님에게 허락을 구하고 쉴 곳을 마련해 드려라."

"네? 그분은 지금 고위 관리 분들과 회의를 하고 계실 텐데……."

"회의장 문을 박차고 들어가도 내 이름을 대면 상관없을 거다. 난 이미 건방진 놈으로 찍혔을 테니까."

이렇게까지 말하는데 더 내뺄 수는 없는 노릇이다. 쇼는 너

털웃음을 치더니 곧장 우르바론이 나간 곳으로 달려갔다. 그룬터는 그의 뒷모습과 아이나를 본 뒤 곧장 연회장을 빠져나왔다. 그리고 공주 루이제의 방을 찾았다.

야심한 밤이다. 검은 기사가 공주의 방을 찾은 것은 분명 소문이 날 일이다. 하지만 공주는 그의 알현을 허락했다.

그룬터는 공주의 침실을 방문하면서도 조금도 기다리지 않고 방 안에 들어갈 수 있었는데, 이미 공주는 옷을 차려입고 그가 찾아오길 기다리고 있었기 때문이다. 그룬터는 방 안에 그윽한 향수 냄새를 맡고 추억에 잠기었다.

정작 공주는 그럴 기회를 주지 않았지만.

"늦었어."

"공주 마마를 뵙습니다."

"뭐, 어차피 오늘 밤 안으로만 날 찾아오면 만나주려고 했으니까 상관은 없지만."

그룬터는 살짝 웃었다. 그녀가 쑥스러워하는 모습이 옛 기억을 되살리게 만들었으니까. 하지만 그룬터는 검은 기사의 투구를 쓰고 있었고, 덕분에 그런 모습은 루이제에게 들키지 않았다.

"그건 그렇고, 정말 날 찾아낼 거라곤 생각 못했는데, 어디 설명을 해보실까? 그 답을 듣고 나서 당신이 날 겁탈했단 소문을 낼지 아니면 조용히 넘어갈지 결정할 거니까."

이번엔 어이가 없어서 웃음이 나왔다. 공주가 겁탈당했다는 소문이 나면 그룬터나 공주 둘 다에게 손해가 아닌가. 협박을 해도 저렇게 최악의 수를 써야 하나?

"왜 제가 설명을 해야 합니까?"

"그거야… 내가 당신을 믿을 수 있을지 없을지 결정해야 하니까."

그녀는 그리 말하며 미간을 찡그렸다. 빨리 대답하지 않으면 짜증낼 기세다. 루이제의 성격을 잘 알고 있는 그룬터는 한숨을 한 번 내쉬고 대답을 시작했다.

"얼마 전 마이어와 이야기를 한 적이 있습니다. 그는 왕족과 용의 관계에 대해 알고 있더군요."

"센이르이나 녀석과의 관계를 말이야? 어, 가만? 당신도 알고 있는 거야?"

그룬터는 이 질문엔 답을 할 필요가 없다고 생각하여 은근슬쩍 무시했다.

"그러한 것을 알려면 왕족이나 고위 귀족과 연이 닿아 있어야 하지요. 저는 마이어를 돕는 왕족이 있다고 생각했습니다. 물론 왕비님은 제외했지요."

"어째서?"

"왕비님은 마이어가 그 사실을 알고 있다는 것에 놀라워했으니까요. 그러니까 마이어에게 감히 왕비님과 대면하여 도시법을 강화시킬 수 있다는 허황된 꿈을 불어넣으면서도 현실적인 근거를 주입할 수 있는 사람이 있다는 가정을 할 수밖에 없었습니다."

루이제는 고개를 끄덕였다. 하지만 모자라다. 이걸로는 이 쪽지를 누가 보냈는지 알아낼 수가 없으니까. 때문에 그룬터는 말을 이었다.

"단지 그뿐이었다면 영영 알아낼 수 없었지만 오늘 제가 곤란을 겪고 있을 때 쪽지를 받는 순간 깨닫게 되더군요. 이 사람은 왕비에게 원한이 있고, 왕비의 명성을 깎아 그 입지를 줄이려 하고 있다는 것을. 하지만 전면적으로 나설 수는 없는 사람이라는 것을 말입니다."

"그건 틀렸어."

그룬터는 말을 멈추었다. 그러자 공주가 어깨를 으쓱하며 그룬터의 잘못된 점을 지적했다.

"왕비의 탄핵을 주도했어야 할 사람은 있었어. 오늘 사경을 헤매는 바람에 계획이 틀어진 것뿐이야."

그제야 그룬터는 마이어의 일이 빌헬름, 루이제 남매의 계획이라는 것을 알게 되었다. 문득 그룬터는 루이제조차 빌헬름의 일에 동참하고 있다는 사실에 마음이 아파옴이 느꼈다.

'아니. 그 가면 쓰고 살인하고 다니는 놀이에도 동참하고 있으니……'

눈앞의 루이제는 어릴 적 자신에게 편지를 쓰던 그 귀여운 아이가 아닌 것이다. 그룬터는 자신도 모르게 한숨을 내쉬었다.

루이제가 그 한숨을 눈치채지 못할 리가 없다. 무엇 때문에 한숨을 쉬었는지는 중요하지 않다. 그 때문에 루이제가 기분 나빠졌다는 것이 중요하다. 그녀는 손으로 문을 가리켰다. 나가라는 말이다.

"나가. 절반은 맞혔으니 소문은 내지 않을게."

그녀가 나가라고 하는 이유는 한숨이 절반, 오답이 절반이다. 애초에 정답을 맞힐 수 있는 사람이 존재할 수 없는 광범위한 질문이긴 했지만, 루이제에게 그런 변론은 통하지 않을 것이다. 그룬터는 순순히 자리에서 일어났다. 그리고 주머니에서 쪽지를 꺼낸 다음 근처 테이블에 놓고 문으로 걸어갔다.

하지만 그 순간 루이제가 그를 불러 세웠다.

"가만. 그런데 그런 사람이라고 해서 콕 짚어서 나라는 걸 알 수는 없잖아?"

"그건… 제가 공주님의 필체를 기억하고 있기 때문입니다."

"뭐라고? 남의 필체를 외우고 있단 말이야? 설마 날 사모하고 있었단 말을 할 생각은 아니겠지? 당장 나가!"

그룬터는 문고리를 잡고 돌렸다. 이렇게 말하고 물러나는 편이 깔끔하다는 것을 그룬터 자신도 잘 알고 있었다.

하지만 그 왕자의 난 때 루이제는 그저 숨어서 목숨을 부지하는 것이 전부였던 약자다. 누구의 편에도 들지 않았기 때문에 빌헬름으로부터 보호받은 아이다.

그 생각이 떠오르자 그룬터는 저도 모르게 입을 열었다.

"공주님, 그리고 빌헬름 저하와 함께 가면을 쓰고 하는 놀이는 그만두었으면 합니다. 저는 이 이야기를 무덤까지 가지고 들어갈 것입니다. 하지만 공주님에게 어울리지 않는다는 사실만큼은 꼭 말하고 싶습니다."

"뭐라고? 네까짓 게 뭔데 감히 나에게 이래라저래라 하는 거지?"

당장 베개라도 날아올 것처럼 억양이 올라간다. 지금 당장은 흥분해서 저렇게 말하지만, 그것이 가라앉으면 어떻게 네가 알고 있느냐는 질문이 나올 것이다. 그룬터는 재빨리 방을 빠져나왔다. 그리고 뒤도 돌아보지 않고 왕성을 빠져나왔다.

Chapter 08

군터

CHAIN MAIL - ARMOR made from linked iron or steel was the main type of armor worn from the Celtic period in the 6th century B.C. (pp. 40-41) until the 13th century, then knights found mail armor not only uncomfortable to wear but also inadequate protection against weapons such as war hammers and two-handed swords. At first, plate armor, which was gradually introduced in the 13th century, was simply added to mail armor. But from the 1400s until the coming of firearms in the 1600s, knights went to war entirely encased in suits of plate armor.

INCENDIARY FLAMING ARROWS
Incendiary arrows and bolts were used in warfare until the 1600s. A wad of hemp or flax was soaked in a flammable substance, fixed beneath the arrowhead, and then lit just before the arrow was shot.

Lord of Freedon
프라든의 영주

다음날 그룬터는 급사의 전령을 받았다. 왕성으로 출두하라는 우르바론의 명령이다. 그룬터는 옷을 챙겨 입고 마차 대여소로 향했다. 그런데 이 소식을 어떻게 알았는지 그룬터는 기다리고 있던 니첸과 만났다.

"어떻게 된 거야?"

"어떻게 되다니?"

"대모님이 오늘 아침에 친히 날 불러서 당신과 친하게 지내라고 했단 말이야!"

그룬터도 그런 말을 들은 적이 있다. 니첸을 잘 부탁한다는 말을 말이다. 어제 오필리아에게 제법 후한 점수를 딴 모양이다. 단지 그뿐이라면 니첸이 이렇게 찾아오지 않았을 것이다. 어제 그 일을 소문으로 듣고 이야기를 하려는 것일 터.

그룬터는 소문이 빠르게 퍼졌다고 생각하며 마차에 올랐다. 그리고 문을 닫으려는데 니첸이 그걸 막더니 재빨리 뛰어올랐다. 그와 함께 왕성에 갈 이유가 없는 그룬터는 나중에 보자고 말한 뒤 그에게 내릴 것을 권했다.

"왕성에 가는 마차야."

"아니. 이건 우리 집 마차야. 당신은 나더러 내리라고 말할 자격이 없어. 어이! 출발해!"

그렇게 일단 마차를 출발시키자 그룬터로서는 할 말이 없었다. 그저 이 귀찮은 동행인을 데리고 이동하는 수밖에. 어차피 우르바론이 기다리고 있는 방 앞에서 떨어질 수밖에 없을 것이다. 그렇게 간단히 생각하고 있었는데, 니첸은 엉뚱한 말을 꺼내왔다.

"역시 제자가 되는 것이 좋겠어."

"뭐라고?"

그룬터는 며칠 전 기억을 떠올렸다. 플렉스에게 과격한 방법을 썼다고 말하자 그는 체질과 맞지 않는다며 그룬터의 방식을 부정했다. 그런데 지금 그 말을 번복하고 있는 것이다. 그룬터는 그때의 기억을 상기시킴으로써 이 귀찮은 상황을 벗어나고자 했다.

"지난번에 나와는 체질적으로 맞지 않아 배울 생각이 없다고 하지 않았나?"

자기가 했던 말을 듣고 그대로 부정하는 것은 니첸 같은 귀족에겐 쉬운 일이 아닐 것이다. 그룬터는 이걸로 끝이라고 생각했다. 하지만 그것이 아니었다. 니첸은 진지한 얼굴로 그룬터를 바라보았다.

"아니. 그 이야기가 아니야."

"아니라고?"

"인정해야겠어. 당신이 나보다 여자 후리는 솜씨가 한 수위라는 것을 말이야."

"뭐라고?"

"그렇다고 오해하지는 마. 나는 네가 대모님의 애인이 된다고 해서 할아버지라고 인정할 생각은 조금도 없으니까. 아니, 날 노려봐도 소용없어. 투구를 쓰고 있으니까 조금도 위협적이지 않다고."

"무슨 말을……."

이제 보니 이자는 지난밤에 있었던 일은 전혀 모르는 모양이다. 그저 오필리아가 불러서 그룬터를 칭찬했다. 그 말은 오필리아가 그룬터에게 호감을 가지고 있다. 즉, 그룬터가 장담한 대로 그는 오필리아를 꾀는 데 성공한 것이다. 이런 단순한 생각을 한 것이다.

결국 그룬터는 고개를 설레설레 저었다. 그 모습을 다른 뜻으로 생각한 니첸은 재빨리 말을 덧붙였다.

"걱정은 그마안! 방법만 전수를 잘해주면 대장군인 아버지는 아무것도 모를 거야. 전장에서 돌아오셔도 아무것도 모르실 거라고."

니첸은 자신이 굉장한 양보를 하고 있다는 듯 분하다는 표정을 짓고 있었다. 그룬터가 그런 상대의 장단에 맞춰줄 이유는 없었다. 마침내 그는 한숨을 길게 내쉬고 창밖으로 고개를 돌렸다. 그리고 니첸이 옆에서 뭐라고 하든 깔끔하게 무시했다.

하지만 왕성에 들어설 때쯤엔 결국 그룬터도 어쩔 수 없이 지난밤 이야기를 해줄 수밖에 없었다. 니첸은 오필리아가 자신에게 한 말이 그저 어젯밤에 생긴 일임을 알고 가슴을 쓸어내리며 안도의 숨을 내쉬었다.

"아, 뭐야. 난 정말로 대모님이랑 같이 잔 줄 알았잖아."

"내가 그런 짓을 할 사람으로 보이나?"

"뭐, 그 투구의 주인은 출세를 위해 왕비와도 잠을 잔 사람이잖아?"

"갑자기 무슨 이야기를 하는 거지? 그자와 내가 다른 사람이라는 것은 너도 잘 알 텐데."

"어쩌면 그 투구는 저주받은 투구라서 할망구들에게 반하는 그런 마법이 걸려 있을지도 모른다고. 난 그렇게 생각했는데."

"다시 말하지. 나는 자네 할머니와 같이 자지 않았네. 그리고 카타리나 왕비는 그렇게 늙지 않았어."

그러자 니첸은 자신보다 나이가 많은 사람은 모두 할망구라는 말을 하며 취향을 늘어놓기 시작했다. 차라리 그렇게 그가 떠들게 내버려 두는 것이 입을 움직여 말하는 상황보단 낫단 생각에 그룬터는 아무 말도 하지 않았다. 그리고 마차가 멈추자 바람처럼 문을 열고 뛰어내렸다.

"어이, 이봐!"

니첸이 그를 부른 것을 무시하고 그룬터는 안내받아 왕성 안으로 걸어갔다. 여기서부터는 초대받지 않고서 들어갈 수 없다는 것을 알고 있는 니첸은 투덜거리며 마차 문을 닫았다.

잠시 뒤 그룬터는 신하들이 사무실로 쓰는 방에 들어갈 수 있었다. 재상의 개인적인 사무 공간으로 쓰고 있는 방이었는데, 건물 자체가 어제 들어간 연회장과는 별개의 건물이라 엄숙한 분위기가 깔려 있었다.

이 건물은 그룬터가 왕자일 때도 몇 번 들르지 못한 곳이다. 그룬터는 신선한 기분을 느끼며 우르바론의 사무실에 들어갔다. 하지만 사무실에 들어선 그룬터는 의아함을 느꼈다. 그를 기다리는 사람은 우르바론 단 한 사람이었기 때문이다.

"어찌 된 일입니까?"

증언을 하는 것이라면 좀 더 많은 사람들이 증인의 역할을 하며 서기도 있어야 한다. 그런데 이것은 마치 비공식적인 자리임을 암시하는 그런 광경이 아닌가.

"앉게."

우르바론도 그런 그룬터의 생각을 읽었는지 인사 따위 씹어 먹은 그룬터의 행동을 그냥 넘어갔다.

"먼저 내가 잠 없는 노인이라는 것에 감사하게. 지난밤 동안 해당 문제를 사람들과 의논하였고, 전하께 상소를 올렸네. 아주 빠른 일 처리였지."

"감사합니다."

일단 그룬터는 그의 말대로 감사했다. 하지만 속으론 그의 다음 말을 예측하고 있었다.

'그러나로 시작하겠지.'

"그러나… 받아들여지지 않았네."

그룬터는 기다렸다, 그가 설명을 계속해 주길. 우르바론이 말을 잠시 멈춘 것은 그룬터가 충격을 받았는지, 받았다면 그걸 회복할 시간을 줘야 할지 결정하기 위함이었다. 하지만 투구 때문에 그런 것은 확인할 수 없었고, 그는 말을 계속했다.

"가장 큰 이유는 왕비마마가 전하에게 허락을 구하고 만든 문서였다는 것이야. 전하는 이미 그 문서의 존재를 알고 계시더군. 즉, 왕비마마의 월권행위가 아니었네."

왕비의 인장이 법적 효력을 발휘하는 시점에서 이미 월권행위다. 그룬터는 그리 항변하고 싶었지만, '전하'가 카타리나를 얼마나 아끼는지 잘 알고 있기에 굳이 따지지는 않았다.

그저 자신이 떠나기 전엔 총애하는 정도였다면, 지금은 권력이 나눠져 왕비에게 갔음을 확인했을 뿐이다.

하지만 그렇다고 '네, 알겠습니다' 하고 일어날 수는 없다.

"그럼에도 많은 분들은 이 내용 자체에 반대를 하셨을 것 같습니다만."

"물론이야. 하지만 전하는 딱 잘라 말했네. 나는 변방 영지에서 벌어지는 일에 관심을 두고 싶지 않다. 특히 국경과도 마주하지 않은 그곳에서 무슨 일이 벌어지든 무슨 상관이냐고."

"그렇다고 물러나셨단 말입니까?"

"아직도 모르겠나?"

그룬터가 어이없어하자 우르바론은 딱하다는 듯 혀를 찼다. 난제다. 그룬터는 이런 비상식적인 상황이 벌어진 이유를 알 수 없었다. 그러자 우르바론이 답을 말해주었다.

"전하가 자넬 프리든이라는 변방으로 보내 버린 것은 수도에서, 왕비마마로부터 멀어지게 하기 위함이 아니었는가? 그 와중에 자네에게 불운이 닥쳤는데 전하가 무슨 이유로 자넬 돕겠나?"

온전한 답은 아니었다. 하지만 그룬터에겐 충분했다.

"전하가 저에게 질투심을 가지고 있는지 여부와는 상관없이 이것은 귀족과 왕족, 그리고 도시의 문제입니다. 이번에 오라클이 도시권의 강화에 성공하면 다른 도시들도 마찬가지 요구를 할 것입니다."

"그건 아니네. 감히 왕비와 내통하는 영주가 자네 말고 또 있겠나?"

"제가 왕비님과 간통한다는 증거가 있습니까?"

"없으니까 폐하가 자네 목을 베지 못하고 쫓아내 말려 죽이는 방법을 취하고 있잖은가!"

우르바론은 버럭 고함을 지르며 그룬터를 경멸하는 눈으로 쳐다보았다. 이 노인은 왕비를 싫어한다. 왕비와 내통하는 검은 기사 역시 싫어한다.

귀족의 특권이 위협받을까 두려워 왕을 찾아간 우르바론은 왕의 이야기를 듣는다. 젊은 영주가 자신의 아내와 내통하고 있다는 늙은 사내의 이야기를.

그 결과 우르바론은 왕에게 설득당하고 온 것이다. 같이 늙어가는 처지의 사내들로서 아내를 젊은 놈에게 빼앗겼다는 공분을 느낀 것이다. 당연하지만 왕은 그에게 이번 일만이 특별하며 앞으로는 이런 일이 없을 것임을 단단히 약속했다. 그 결과 우르바론이 그룬터를 비난하는 지금의 그림이 완성되었다.

'설득하라고 보낸 늙은이가 설득당해서 돌아오다니……'

결국 그룬터는 자리에서 일어났다. 우르바론은 마치 파리를 내쫓듯 손을 휘휘 저으며 나가란 신호를 내보냈다. 하루아침 만에 태도가 싹 바뀐 이 나라 재상에게 그룬터는 실망을 금치 못했다.

'역시 내 일은 내가 해야 하는 거지.'

남에게 맡겨두니 이 꼴이다. 그룬터는 인사 없이 방을 나왔다.

방을 나온 그룬터는 곧장 카타리나의 별궁으로 향했다. 담판을 짓는다. 그럴 생각이었다. 하지만 그룬터는 정원을 가로지르다 저지당했다. 그룬터가 왕성에 들어왔음을 알게 된 루이제가 그를 부른 것이다.

신하 된 입장으로 공주가 부르면 가는 수밖에 없다. 카타리나와 선약이 있는 것도 아니니 핑계를 댈 수도 없다. 결국 그룬터는 데리러 온 시녀를 따라 걸음을 옮겼다.

놀랍게도 그룬터가 도착한 곳은 루이제의 서재였다. 그뿐만 아니라 루이제는 안에 있던 시녀들을 모조리 내쫓아 일종의 독대하는 자리로 만들어 버렸는데, 그룬터는 의아함을 느꼈다.

'루이제의 평판에 이롭지 않을 텐데.'

왕비와 정을 통한다는 소문이 있는 검은 기사다. 루이제와 함께 있어 좋을 것이 없다. 그는 그렇게 생각했으나 루이제는 책을 읽고 있다가 힐끔 그룬터를 보더니 말을 툭 내뱉을 뿐이었다.

"뭐해? 왔으면 앉아."

그룬터는 그녀가 시키는 대로 할 수밖에 없었다. 그래서 그는 의자에 앉았고, 그가 앉는 것을 본 루이제는 책을 소리 나게 덮었다.

"어제 내 글자체를 구분할 수 있다고 했지?"

그룬터는 고개를 끄덕였다. 그러자 그녀는 미리 준비한 다섯 장의 종이를 그룬터에게 내밀었다. 유행하는 소설의 한 페이지를 필사한 종이였다. 한데 그 글자의 형태가 모두 달라 그룬터는 그녀가 자신을 시험할 생각임을 알 수 있었다.

"이 중에서 내가 쓴 것이 어떤 것인지 맞혀봐."

그녀의 글자체를 알아보는 것은 어렵지 않았다. 그녀는 자의식이 강하여 '나'라는 글자를 힘있게 쓰며, 단어의 첫 글자를 크게 쓰곤 했다. 굳이 그것이 아니더라도 그녀가 쓰는 잉크는 최고급의 것이므로 단순히 번짐 정도만 확인해도 알 수 있었다.

다행히도 이 종이들은 잉크도 제각각이며 펜도 다 달랐다. 그룬터는 간단히 그녀가 쓴 종이를 고를 수 있었다.

"정말이네."

그룬터가 가리킨 종이를 본 루이제는 감탄한 듯 고개를 끄덕였다. 그러다 이내 기분 나쁜 표정을 지었다.

"날 사모하고 있었던 거야?"

어째 요즘 이런 사람들을 많이 만나게 되는 것 같다. 그룬터는 속으로 한숨을 내쉬었다. 그리고 그녀가 이것에 대해 물을 것을 대비한 대사를 읊었다.

"지난날 경매 행사에 내놓은 공주님의 시가 매우 감동적이라 그 자리에 서서 몇 번이고 본 적이 있습니다."

"흐음, 그랬구나."

그녀는 고개를 끄덕이더니 테이블 위에 놓인 종이를 집어 정리했다. 그리고 다시 편안한 자세로 앉아 말했다.

"나랑 오라버니가 왜 프리든을, 그리고 오라클을 목표로 지정했는지 알아?"

"오라클의 시장에게 정열적인 힘이 있기 때문입니다. 그는 자유라는 것에 대해 고민하며……."

"땡! 틀렸네요. 어차피 쓰다 버릴 장기 말인데 어떤 사상을 가지고 있는지 무슨 상관이람. 난 그저 당신이 싫었기 때문에 프리든을 공격하자고 했고, 근처의 오라클을 선정한 거야. 이 격동의 시대에 어느 시장이든 누가 정열적이지 않겠어?"

가벼워 보이는 그녀의 말과 다르게 그녀의 말은 정곡이었다. 그룬터는 그녀가 이런 말을 할 줄은 몰랐는지라 그녀를 다시 바라보았다.

'못 본 사이 모르는 사람이 되었구나.'

그룬터는 씁쓸하게 웃었다. 그런 그룬터의 생각을 알 리가 없는 그녀는 다시 말을 이었다.

"자, 그럼 다시 질문. 내가 왜 너를 싫어할까?"

그룬터는 귀부인들과 차를 나누며 들었던 공주와 검은 기사 사이에 있었던 사건을 떠올렸다. 공주가 일반 병사와 착각하여 투구를 벗으라고 명령했고, 그에 불복하여 시작부터 삐딱했다 했던가. 그룬터는 그 사실을 그대로 말했다.

그러자 루이제는 부정했다.

"이번에도 틀렸어. 그때는 그냥 뭐 이런 별종이 다 있지 하고 잊었단 말씀이야. 네가 싫어진 건 그 여자와 정을 통했다는 것을 알게 된 뒤거든."

검은 기사와 왕비의 관계는 국왕을 제외하곤 모두 다 알고 있었던 모양이다. 아니면 소문을 사실로 받아들였거나. 수도에서 만난 모든 귀족들이 하나같이 하는 말 아닌가.

'이 정도면 목이 달아나지 않은 것이 이상할 정도군.'

달리 말하면 카타리나가 그만큼 국왕을 잘 구워삶고 있단 말이기도 하다. 그룬터는 그 현실에 회의감을 느끼고 있었는데, 루이제는 갑자기 그룬터의 간담이 서늘해지는 발언으로 그를 공격했다.

"그래서 난 지금 아주 혼란스러워. 정말 군터 오라버니가 카타리나 왕비와 동침했느냐 하는 것 말이야. 그러니까 빠르게 답해줘."

그룬터는 대답할 수 없었다. 그녀가 그의 이름을 말한 것이 놀라웠지만, 그가 그녀의 요청대로 변명할 겨를도 없이 그녀의 입이 열렸기 때문이다.

"첫째, 그날 경매에 제출했던 시는 내 시녀가 대필한 것이었어. 그러니 그것으로는 절대로 내 필체를 알 수 없지. 그런데 넌 그날 냈던 시가 아니라 진짜 내 글자를 알아봤어. 그거 알아? 밖에 나도는 내 글은 모두 내 시녀가 쓴 거야. 그러니까 평소 내 글을 본 시녀나 왕족을 제외하면 내 글씨체를 알아볼 수 있는 사람은 없어."

그녀는 말을 하다 말고 으스댔는데, 그룬터가 '그게 자랑이냐!' 라고 외치고 싶을 정도였다. 그리고 그룬터는 자신이 실수했음을 인정했다. 이 아이가 시를 쓰는 여성스러운 행동을 스스로 할 리가 없는데 말이다.

"둘째, 넌 어제 어둠의 집행자 놀이에 대해 충고했지. 그런데 생각해 보니 이걸 알 수 있는 사람은 없어. 그래서 오늘 아침 오라버니에게 가서 슬쩍 떠봤지. 혹시 군터 오라버니를 그 뒤에 만났냐고."

"만났다고 말하던가?"

"아니. 그러니까 확신했지. 그때의 일을 후회하고 있던 오라버니가 군터 오라버니를 만나지 않을 리가 없거든. 그래서 알게 된 거지. 아! 이 사람들, 만났구나! 만나서 내 이야기를 했구나! 정말 입이 싼 남자구나! 뭐 이런 생각도 했고."

그녀는 말을 마치고 한숨을 푹 내쉬었다. 그리고 다시 그룬터를 바라보았다.

"그러니 대답해 줘. 군터 오라버니는 카타리나와 동침한 거야?"

이 정도로 확신을 가지고 있으면 여기서 부정해 봐야 빌헬름에게 가서 물어보고 답을 얻어내고야 말 것이다. 그룬터와 달리 빌헬름은 시달리면 결국 토해내는 타입이니까. 그룬터는 고개를 끄덕였다.

"투구만 그 사람 것이다."

"정말? 그럼 내용물이 바뀐 거야?"

그룬터는 고개를 끄덕였다. 그러자 그녀는 안도의 숨을 내쉬며 의자에서 주르륵 미끄러졌다.

"아ㅡ! 긴장했어! 정말! 엄청 긴장했어, 나! 오라버니가 카타리나의 편인가 해서 미치는 줄 알았다고!"

"그럴 리가 있겠느냐."

"그럴 줄 알았어! 그럼 이제 오라버니와 함께 카타리나를 몰아내는 거지?"

그녀는 활짝 웃었다. 그룬터가 할 말은 하나밖에 없다고 생각하기 때문이다. 하지만 그룬터는 고개를 저었다.

"나는 빌헬름과 인연을 끊었다."

"뭐? 어째서?"

그녀는 이해할 수 없다는 표정을 지었다. 지난날 가장 가까운 사이였던 둘이기에 더욱 그러했다.

"빌헬름이 누구를 죽이고 후계자 자리에 올랐는지는 너도 잘 알고 있잖느냐."

"빌 오라버니도 괴로워하고 있어! 그거로는 안 되는 거야?"

그것으로 충분하지 않다. 그러니 그룬터가 그에게 적개심을 가지는 것이다. 하지만 그룬터는 그 말을 루이제 앞에서 직접 하진 않았다.

그는 자리에서 일어나 밖으로 나갔다. 그것이 그의 대답임을 안 루이제는 길게 한숨을 내쉬며 등받이에 몸을 파묻었다.

그룬터는 그 직후 왕비의 별궁으로 향했다. 하지만 그는 문앞에서 그대로 내쫓겼다. 안으로 전갈을 보내는 시도조차 하지 못했다는 뜻이다.

"클라우츠 베이른 경은 성안에 발도 못 디디도록 하라 하셨습니다!"

성문을 지키는 경비병은 그리 말했다. 근처로 가기도 전에 사람들더러 들으라는 듯 크게 외쳐 그룬터의 발을 잡았다. 성을 지나가던 시녀들이나 귀족들은 그룬터를 보고 서로 이야기하며 비웃었다.

'보고 있겠지?'

그녀는 그룬터가 왔음을 알고 있을 것이다. 경비병이 이리 큰 소리로 외쳤는데 그걸 모를 리가 없다. 아니, 애초에 이렇게 큰 목소리로 외치라 시킨 것이 그녀 자신일 것이다.

그룬터는 그녀의 방이라 기억하는 2층을 잠시 노려보다 뒤로 돌았다. 만나주지 않는다면 지금으로선 방법이 없다. 다른 수단을 써야 할 것이다.

그날 저녁은 다시 미네스덴 가문의 연회로 정신이 없었다. 당연히 그룬터에게 참가 요청이 들어왔고, 미네스덴 가문의 덕을 입은 몸으로 무시할 수는 없었다. 그룬터는 세이린을 불렀다.

연회가 있다는 소식이 들리고 그룬터가 자신의 방으로 호출하자 세이린은 전에 받았던 옷을 다시 입고 그의 방으로 찾아갔다. 그의 목적이 무엇인지 뻔하기 때문이다.

"영주님."

그녀가 들어서자 그룬터는 책을 읽다 덮으며 고개를 끄덕였다. 그녀가 이렇게 알아서 준비해 올 거라는 생각은 하지 못했던지라 아직 연회장에 가기 전까진 시간이 있었다. 그룬터는 어서 말해보라는 듯 그녀를 바라보았다.

"이번에도 전 미끼인가요?"

"나 대신 일이 어떻게 돌아가고 있는지 설명해 주게."

"역시나."

사람 상대하는 일이다. 세이린은 한숨을 내쉬었다. 그러다 갑자기 생기가 도는 눈으로 물었다.

"어제, 대단했다고 소문이 쫙 퍼졌어요. 그 많은 대신들 앞에서 젊은 영주가 당당하게 의견을 피력했다고 오늘 귀부인들이 난리던 걸요. 어쨌든 다행이에요. 수도에 온 일이 해결되어서."

"아쉽게도 끝난 일이 아니다. 왕비가 단독으로 만든 문서가 왕의 칙명에 의해 그 효력이 유지되고 있다. 사람들이 물으면 이렇게 말해주게."

"네? 일이 해결된 것 아니었어요?"

세이린은 깜짝 놀라며 물었다. 세이린이 알아야 자신에게 물으러 오는 사람이 줄어들 것이다. 그룬터는 오늘 낮에 있었던 이야기를 해주었다. 심지어 그는 자신이 왕에게 미움받고 있다는 이야기까지 했는데, 이것은 이야기를 들은 사람들이 그룬터에게 동정심을 가지도록 하기 위함이었다.

그러나 문제는 세이린이다. 그녀는 왕에게 미움받는 이유를 물었고, 그룬터는 간단히 불륜이라는 단어로 설명했다. 그러자 그녀는 영주의 앞에서 미간을 찌푸렸다.

"영주님이 잘못하신 것을 그대로 이야기해도 되나요?"

"공식적으로, 나와 왕비마마 사이에선 어떤 불미스러운 일도 없었다."

"네……."

그룬터는 그녀가 이 일을 꺼리고 있음을 알 수 있었다. 하지만 거역할 수는 없을 것이다. 잠시 뒤, 그룬터는 하인으로부터 시간이 되었음을 전달받았고, 세이린과 함께 나갔다.

그날 저녁 연회는 역시나 그룬터가 중심이었다. 수도에 온 지 며칠 만에 이슈(그것도 왕족과 관련된)를 만들어냈다는 것만으로도 충분했지만, 클라이맥스라고 부를 일이 있었다는 점 때문에 더욱 구설수에 올랐다.

재상의 앞에서 당당하게 자신의 생각을 관철하는 젊은 영주라는 그림을 그려낸 그룬터는 전보다 더 많은 귀부인들에게 둘러싸여 있었다. 그룬터로부터 이런 사태의 방지를 명령받은 세이린은 전날처럼 '그룬터가 등장하자마자 몰린 귀부인들에 의해 튕겨 나가는' 상황을 겪음으로써 아무런 도움도 되지 못했다.

'어쩌면 이게 다행일지도.'

불륜이라는 행동으로 전하에게 미움받고 있다면 그 나름대로 대가를 치러야 하는 것 아닌가? 세이린은 그렇게 생각하고 있었다. 물론 상대가 자신의 영주이니만큼 공개적으로 비난할 수는 없지만 말이다.

세이린이 여자들에게 둘러싸인 그룬터를 그리 보고 있는 동안, 니첸이 다가왔다.

"무슨 생각을 그리하시나?"

"제발, 이젠 가까이 오지 않았으면 좋겠어."

그녀는 니첸을 용서하기로 한 것이 아니었다. 이곳에 도착하여 여러 상황에 놓이다 보니 니첸과 함께 움직이곤 했지만, 결코 그녀가 원하는 것이 아니었다. 그녀는 그렇게 말하며 총총걸음으로 그의 곁을 떠나려 했다.

물론 니첸은 더욱 빨리 걸어 그녀의 곁에 따라붙었지만.

"뭐야? 화났나? 영주 양반을 저 부인들에게 빼앗겨서?"

"말도 안 되는 소리 하지 마."

니첸은 그저 농담으로 말했을 뿐이다. 하지만 세이린은 민감하게 반응했다. 그녀는 스스로 그 사실을 깨닫고 자신의 표정을 숨겼지만 니첸이라는 남자가 그것을 놓칠 리는 없었다. 일단 그는 그녀와 연애라는 것을 한 사이니까.

"맙소사. 진짜냐?"

"진짜고 뭐고, 그런 게 아니야!"

"아닌데 왜 그렇게 화를 내는 거야?"

니첸이 그리 묻자 세이린은 마침내 왜 모르냐는 듯한 얼굴로 니첸을 쏘아붙였다.

"너나 영주님이나 어떻게 그러실 수가 있지? 매번 여자를 끼고 다니고, 장소와 시간을 가리지 않고 여자를 침실로 부르는 데다, 결국엔 그 문제로 엉망이 되었는데 조금도 반성하는 기미가 없잖아!"

"난 이제 한물갔는데."

"그런 말장난하려는 게 아니야."

마침내 세이린은 옆 테이블의 술을 한 잔 벌컥 들이마신 다음 니첸을 쏘아보고 저 멀리 구석진 곳으로 걸어가 버렸다. 그녀를 따라가는 것도 좋은 방법이겠지만 니첸은 그녀만큼이나 그룬터의 상황을 아니꼽게 보고 있었다.

'내 집에서 내가 당해야 할 행복한 일들을 자기가 다 차지해 버리고 있잖아!'

그는 그룬터에게 다가갔다. 그가 다가오자 여성들은 불쾌한 얼굴로 자리를 비켰다. 그룬터 역시 이런 상황이 반가웠는지라 니첸이 오는 것을 막지 않았다. 둘은 그녀들을 피하듯 사람이 적은 곳으로 걸어갔다.

"무슨 일인가?"

그가 묻자 니첸은 살짝 인상을 찌푸리고 말했다.

"이봐, 내 일은 대체 언제 해결해 줄 생각이지?"

물론 그룬터는 그 일을 잊지 않았다. 하지만 지금은 그룬터 자신의 일부터 해결하는 것이 먼저다. 그것이 오필리아로 하여금 그룬터에게 신뢰감을 가지게 하는 일이기 때문이다. 그룬터는 자신의 일을 설명했고, 니첸도 고개를 끄덕였다. 아니, 사실 그는 자신의 일보다 그룬터가 여자들에게 둘러싸여 있는 일을 보기 싫었던 것이므로 아무래도 상관없었다.

"알아서 잘 해주겠지, 뭐."

그것이 그가 그룬터에게 가진 믿음이다. 절대적인 신뢰인가 물으면 불가능한 일에 대한 실낱같은 희망이라고 말하겠지만.

"그건 그렇고, 여왕 전하에게 내쫓겼다며?"

그룬터는 대답하지 않았다. 이자가 이런 쪽의 이야기를 할 땐 높은 확률로 실없는 이야기이기 때문이다. 니첸은 그 기대를 저버리지 않았다.

"제자가 되기로 했던 건 재고해 봐야 할 것 같아."

받아준다고 한 적도 없는 일이다. 그룬터는 한숨을 내쉬었다. 그리고 니첸에게 멀리 가라고 손을 휘저었다. 그런 대접에 반가워할 니첸이 아니므로 그는 여왕과의 관계를 공격했는데, 그룬터가 슬슬 짜증이 날 때 즈음 지난번처럼 문이 열리고 왕족의 출현을 수행원이 알렸다.

"루이제 공주님입니다!"

빌헬름은 상처 때문에 참석하지 못한 것이리라. 그룬터는 잠깐 그녀를 보다 이내 고개를 돌렸다.

'내가 빌헬름과 틀어진 것을 알았으니 이젠 적이다.'

그녀를 미워하는 것은 아니지만 적아는 구분해야 한다. 그룬터가 그렇게 생각하는 동안 회장에 들어온 루이제는 사방을 둘러보며 사람을 찾았다. 그러다 그룬터의 검은 투구를 발견하고는 일직선으로 걷기 시작했다.

주변의 많은 이들이 그녀에게 인사를 건넸으나, 그녀는 그것들을 모조리 무시하며 단 한 명, 그룬터를 향해 걸어오고 있었다. 물론 그룬터 곁에 서 있던 니첸은 당황하며 '나에게? 왜?' 라고 중얼거리고 있었지만, 그것에 신경 쓰는 이는 아무도 없었다.

마침내 그녀는 그룬터의 앞에 도착했다. 그룬터는 주변의 시선이 모두 자신에게 집중되었음을 발견했다. 심지어 곁에 붙어서 귀부인들을 쫓아내라고 명령했던 세이린이 저 멀리서 놀란 얼굴을 하고 있는 것까지 눈에 들어올 정도다.

그런 것은 둘째치고, 공주에게 인사하는 것이 먼저다.

"프리든의 클라우츠 베이른이 센이르아나의 작은 별 루이제 린지 센이르아나 공주님을 뵙습니다."

"고개를 들어라."

평소 그녀와 허물없이 지냈던 니첸은 별다른 말 없이 '여!' 하고 손을 들어 인사했지만, 루이제는 간단히 무시했다. 그룬터가 그러했던 것처럼.

"왕비 전하에게 버림받았다는 이야기를 들었다."

이건 괴롭히기인가? 그룬터는 실소했다. 곁에서 니첸이 웃음을 참지 못하고 킥킥거렸지만, 루이제의 얼굴은 의외로 진지했다. 때문에 그룬터는 그녀의 말에 반박하지 않고 기다리기로 했다. 그녀의 진의가 드러날 때까지.

"아바마마에 의해 문제의 명령서가 그 효력을 그대로 발휘하고 있다는 말도 들었다."

소식이 빠르다고 할 수는 없다. 그녀는 원하는 것을 알아낼 수 있는 위치에 있으니까. 그룬터는 고개를 끄덕였다.

그러자 루이제는 갑자기 그룬터의 투구를 양손으로 잡더니 들어 올렸다. 그룬터가 어찌할 수도 없을 정도로 갑작스런 행동이었다.

그룬터는 재빨리 루이제의 손을 붙잡았고, 투구는 그룬터의 얼굴이 반쯤 드러나는 지점에서 멈추었다. 루이제는 그런 그룬터의 볼에 가볍게 키스했다.

"으아아아아아아아아아아가악?"

옆에서 먼저 니첸이 괴성을 지른 직후, 연회장의 모든 귀부인들이 숨을 들이켰다. 루이제에게 마음을 주고 있던 청년들도 마찬가지다.

하지만 루이제는 담담한 표정이다. 그녀는 다른 사람들이 들리지 않도록 작게, 그러나 니첸을 의식하여 위엄 어린 말투로 말했다.

"그렇다면 이것을 이용해도 좋다. 아니, 그 방법뿐이겠지."

그녀는 그렇게 말하더니 그룬터의 투구에서 손을 놓고 종종걸음으로 회장을 나갔다. 화려했던 등장에 비하면 급작스런 퇴장이나, 그녀의 행동 때문에 그것이 초라하다 말하는 사람은 없었다. 이 사건은 금방 이 회장의 화제가 되었다.

상황이 불편해진 그룬터는 곧바로 퇴장했지만.

"어떻게, 어떻게 된 거야, 이게?"

퇴장은 마음대로 할 수 있긴 했지만 니첸을 떨어뜨리진 못했다. 그룬터는 자신의 방으로 가는 동안 내내 니첸에게 시달려야 했다.

"왕비는 늙었으니까 공주인가? 그런 거야?"

"그런 관계가 아니야."

"아니긴 뭐가 아니야! 사람들 앞에서 보란 듯이 그렇게 했는데! 당신 원래 투구는 아무 곳에서나 벗지 않고 누가 명령

해도 벗지 않는 설정이었잖아!"

그의 말은 사실이다. 루이제는 분명 자신에게 시선이 쏠리는 입장 직후에 일을 벌였다. 이 일은 사람들의 입을 타고 널리 퍼질 것이며, 루이제의 평판을 떨어뜨리게 될 것이다. 그럼에도 불구하고 그녀가 이런 일을 한 이유는 간단하다.

이런 사건을 이용해서 왕비와의 일을 처리하라는 것이다.

그룬터는 자신이 루이제에 대해 잘못 생각했음을 인정했다. 그녀는 빌헬름의 편이기에 그룬터의 적인 것이 아니었다. 빌헬름의 편이지만 동시에 그룬터의 편이기도 했던 것이다.

'멍청하긴.'

그룬터는 오필리아의 주선으로 왕비와 만날 생각을 하고 있었다. 그것이 정석이며 남들에게 오해를 받지 않을 방법이니까. 하지만 이제 그것은 의미가 없어졌다. 루이제가 자신의 이름에 먹칠하는 수단까지 사용하여 그룬터를 도우려 한 이상 이것을 이용해야 한다. 그것이 자신을 빌헬름의 적이 아닌 오라버니라고 인정한 동생에 대한 예의다.

그룬터는 니첸이 들어오지 못하도록 막은 뒤 방 안으로 들어갔다.

Chapter 09

헤스티아

CHAIN MAIL - ARMOR made from linked iron or steel was the main type of armor worn from the Celtic period in the 6th century B.C. (pp. IC-11) until the 13th century, then knights found mail armor not only uncomfortable to wear but also inadequate protection against weapons such as war hammers and two-handed swords. At first plate armor, which was gradually introduced in the 13th century, was simply added to mail armor. But from the 1400s until the coming of firearms in the 1600s, knights went to war entirely encased in suits of plate armor.

INCENDIARY (FLAMING) ARROWS
Incendiary arrows and bolts were used in warfare until the 1600s. A wad of hemp or flax was soaked in a flammable substance, fixed beneath the arrowhead, and then lit just before the arrow was shot

밤이 지나면 왕성에서 연락이 올 것이다. 그룬터는 왕비 카타리나의 질투심에 대해 잘 알고 있었다. 다만 문제는 오늘 밤이다. 그룬터는 니첸이 떠나기 전 다시 문을 열고 이곳에 사람들이 들어오지 못하도록 시켰지만, 그래도 안심할 수는 없었다.

　공주가 사람들이 보는 앞에서 투구를 벗기고 볼에 입을 맞춘 것이다. 사람들이 그룬터에게 찾아와 묻는 일이 생길 것이다.

　하지만 니첸이 일 처리를 제대로 한 듯 밤늦게까지 찾아오는 사람은 없었다. 자신보다 과도한 주목을 받는 것이 싫어

필사적으로 막은 것인지도 모르지만, 그룬터로서는 어느 쪽이든 상관없었다. 그는 침대에 누워 잠을 청했다.

그가 막 잠에 들 무렵이었다. 문밖에서 인기척을 느낀 그룬터는 투구를 쓰고 침대에서 일어나 앉았다. 잠시 뒤, 문에서 노크 소리가 들렸다.

"누구인가?"

"헤스티아입니다."

그룬터는 의아함을 느꼈으나 일단 문을 열었다. 그녀는 혼자였다. 비록 그녀는 그룬터의 몸종이지만, 그룬터 또한 이곳에 손님으로 와 있는 입장이다. 야심한 밤에 단둘이 있는 것이 보기 좋은 모습은 아니다. 그룬터는 그녀를 안으로 들인후 문을 닫았다.

"무슨 일이냐?"

"영주님에게 이야기할 것이 있어 왔습니다."

헤스티아는 자신에게 먼저 말을 걸어오는 아이가 아니었다. 그룬터는 머리가 복잡해지는 이야기가 될 것임을 직감했다.

"다크문의 이야기입니다."

그룬터는 고개를 끄덕였다. 빌헬름이 다크문의 일원에게 공격당했다. 일단 빌헬름이 깨어났으니 다크문을 추적하는 일이 시작될 터이고, 그전에 헤스티아와 이야기를 하는 것이 좋을 것이다.

"말해보아라."

"지난날 제가 다크문의 사람과 만났다는 이야기를 한 적이 있는데……."

"그랬지."

"어제 그 사람과 다시 만났습니다."

"음. 외출하겠다고 했었지."

"그 사람이 저에게 다크문 복귀를 제안했습니다."

헤스티아는 그 뒤 그룬터의 반응을 보기 위해 침묵했다. 그룬터도 그녀가 더 할 말이 있을 거라 생각해 딱히 말하지 않았다. 결국 헤스티아가 먼저 입을 열었다.

"놀라지 않으시나요?"

놀랄 일은 아니다. 그룬터 자신이 말하지 않았던가.

"네가 암살단장을 죽인 것은 너와 나만 아는 일이다. 그 사실을 모르는 너의 동료로부터 제안을 받았다는 것이 뭐가 그리 큰일이겠느냐?"

"그럼 제가 그 일에 동의했다면요? 그래도 큰일이 아닌가요?"

그룬터는 그녀의 심리를 이해했다. 잡아주길 원하고 있는 것이다. 그렇지 않고서야 이곳까지 와서 시시콜콜 이야기할 리가 없다. 정말 마음이 떠났다면 이곳엔 오지도 않았을 테니까.

"나는 너를 신뢰하고 있다."

하지만 그녀의 얼굴은 여전히 굳은 상태였다. 그룬터는 그녀가 원하는 말이 신뢰가 아님을 깨달았다. 저 아이가 평소부터 자신에게 어떤 감정을 품고 있는지는 잘 알고 있었으니까.

그룬터는 곧 자신이 달콤한 말로 그녀의 맘을 달래야겠다고 결심했다. 그전에 헤스티아가 입을 열지 않았다면 분명 그리했을 것이다.

"영주님, 영주님은… 클라우츠 베이른님이죠?"

그룬터는 무슨 말을 하려는지 알 수 없어 고개를 갸웃했다. 그러자 헤스티아는 말을 이었다.

"프리든에 제이미 스트로의 의뢰를 받아 다크문을 궤멸시키러 온 분이 아닌 거죠?"

"무슨 말을 하는지 모르겠구나. 나는……."

"영주님, 예전에 스트로 가문에 변장하고 갔다가 돌아오는 길에 니첸님을 만난 때를 기억하시나요?"

얼마 전 일이다. 그룬터는 고개를 끄덕였다. 당시 니첸은 그룬터와 헤스티아의 변장을 눈치채고 있었다. 그는 밖에서 그룬터를 기다리고 있었고, 그룬터는 헤스티아를 세워둔 채로 그와 대화했다.

"설마……."

문득 그룬터는 그때 일어난 일을 떠올렸다. 그때 니첸은 그룬터를 도발하듯 말했다.

"하지만 난 그랬으면 좋겠어. 다크문을 없애는 의뢰를 준 제 이미를 적으로 돌린 마설의 그룬터… 라는 쪽이 더 재미있으니까."

들은 것이다, 그때 니첸이 한 말을. 그룬터는 왜 그때 자신이 헤스티아를 불렀음에도 그녀가 나오지 않은 것인지 알 수 있었다.

'모두 듣고 충격을 받아 움직이지 못했던 것이로구나……'

그때 그룬터는 단순히 별일이라고 생각하며 넘어갔다. 그러나 지금 와서 생각해 보니 그때 헤스티아는 엄청난 충격을 받았던 것이다. 그룬터는 그런 그녀를 더 이상 속일 수 없었다.

"네 말이 맞다. 나는 처음부터 다크문을 궤멸시키러 프리든에 왔다."

"그럼… 저는 다크문을 궤멸시키러 온 사람에게 속아 퀘이사 델피언님을 죽인 사람이 되는 거네요."

"그건 아니다. 그게 아니라……."

"그렇지 않으면 뭔가요? 아직도 모르겠어요. 영주님이 그때 왜 절 지하 감옥에 가두지 않은 건지, 왜 아직도 몸종으로 쓰고 계신 건지도."

"그건 내가 널 좋아하기 때문이다."

궁여지책으로 나온 말은 아니다. 그룬터는 그녀를 가여워하고 있었으므로 좋아한다는 넓은 범위를 아우르는 단어의 사용엔 거짓이 없었다. 하지만 그룬터는 이때 말하는 자신의 말이 그녀에게 어떤 의미가 될지는 잘 알고 있었다. 그래도 그는 사용했다.

"저, 정말요?"

그룬터는 고개를 끄덕였다. 그러자 헤스티아의 눈에 눈물이 고였다. 그녀의 마음은 예전부터 정해져 있었다. 부길드장에게 버림받고 그룬터에게 구해졌을 때, 이미 그녀의 마음은 정해져 있었다. 그러므로 지금까지 그녀가 고민했던 것은 모두 그룬터 탓이다.

단 한 번도 그녀가 확신할 수 있는 말을 해주지 않았기 때문이다. 그래서 혼자 고민하고 괴로워했던 것이다.

그 순간 문고리가 돌아가며 문이 열렸다.

"눈물겹군."

귀에 익은 목소리다. 그룬터나 헤스티아 모두 문 쪽으로 고개를 돌렸다. 삐걱 소릴 내던 문이 벽에 부딪쳐 멈추었다. 그룬터는 문밖 사내들의 숫자를 확인했다. 여섯. 다수는 처음 보는 얼굴이지만 한 명의 얼굴이 낯익었다.

"다르막 델피언."

그 외팔이는 잘리지 않은 팔에 장전된 석궁을 들고 웃고 있었다. 겨냥하지 않고 대충 쏴도 맞을 이 근거리에서 그는 그 룬터를 위협했다.

"오래간만입니다, 영주 나리. 귀를 갖다 대고 이야길 듣고 있으니 참으로 재미있는 말들이 오가더군요."

"엿듣기는 좋은 취미가 아닐 텐데."

"그렇습니까? 어쨌든 그 냉정한 태도, 감사합니다. 비명 소리로 시끄러워질 기미가 보이면 앞뒤 가리지 않고 이걸 발사해야 했을 테니까요."

그들은 안으로 들어와 옷 안에 숨긴 무기를 꺼내 들었다. 그들은 그룬터를 위협하여 투구를 벗기고 입에 재갈을 물렸다. 양손을 묶었음은 말할 것도 없다. 그룬터는 투구가 벗겨지고 목에 칼이 닿은 상태로 헤스티아를 바라보았다.

그녀는 그룬터와 눈이 마주치자 고개를 저었다. 자신이 의도한 일이 아니라고 말하고 싶었던 것이다. 하지만 그녀 스스로도 이 상황은 만들어진 것처럼 그녀가 그룬터를 함정에 빠뜨린 꼴이 되었다. 마치 얼마 전, 빌헬름이 찾아왔을 때 그룬터가 그러한 것처럼.

"헤스티아, 오래간만이다."

다르막 델피언은 의자를 끌어다 앉았다. 헤스티아에겐 특별한 포박이 이루어지지 않았지만, 다른 이들이 무기를 들고 있고 그룬터를 붙잡은 상태라는 점에선 구속당한 것과 다르지 않았다.

"…네, 부길드장님."

"허허, 아니다. 네가 길드장님을 죽여준 덕분에 이젠 내가 길드장이란다."

그의 음성은 극도의 분노를 참기 위해 억지로 만들어낸 자상함으로 가득 차 있었다. 그것을 헤스티아라고 눈치채지 못할 리가 없어 그녀의 목덜미엔 소름이 돋아났다.

"그건 그렇고, 참으로 고맙구나. 다 네 덕이다. 너희 둘을 어떻게 엮을까 하고 계획을 참 많이 짰는데 스스로 이렇게 모일 줄이야."

헤스티아는 자신이 뒤를 밟혔음을 깨달았다. 다르막은 헤스티아가 그룬터와 함께 있는 상황을 덮쳐 한꺼번에 처리할 계획을 가지고 있었고, 절묘하게 헤스티아가 그것을 도와준 꼴이 된 것이다.

헤스티아는 고개를 떨어뜨렸다. 가족처럼 지냈던 동료들의 눈초리엔 이미 살기가 깃들어 있었다. 감히 그들과 눈을 마주칠 수가 없었다.

"고개를 들거라. 설마 네가 여기서 소릴 질러 사람들이 몰려오게 만들 생각을 하고 있느냐?"

헤스티아는 재빨리 고개를 저었다. 그의 말이 협박이 아니라는 것은 자신이 제일 잘 알고 있다. 그의 성격이나 상황 때문에 그러는 것이 아니다.

여기 있는 사람들의 직업이 암살자이기 때문이다.

"일단 네가 전 길드장님을 어찌했는지는 나중에 생각하자. 너의 정신상태가 대체 어떠했기에 감히 그런 짓을 저지를 수 있었는지는 알 수 없지만, 그래도 참으마. 자, 어제 네가 보낸 그 검은 옷을 뒤집어쓴 미친놈들이 누구였는지부터 말해라."

"네? 저는 그런 사람들을 몰라요."

그녀는 사실을 말했다. 정말 사실이었다. 그가 빌헬름이라는 것을 생각해 낼 수도 있지만 그는 왕자다. 검은 옷을 뒤집어쓴 미친놈이라는 말과 연관 짓기는 쉽지가 않다. 하지만 그것은 헤스티아의 사정이다.

"알겠다."

그는 말을 마친 다음 석궁을 들어 그룬터에게 쐈다.

퓨욱!

작은 석궁 화살이 그룬터의 허벅지를 뚫고 바닥에 박혔다. 처음부터 이럴 목적으로 비명을 막기 위한 재갈이었으나, 그룬터는 그저 작은 신음만 흘렸을 뿐 큰 소릴 내지 않았다. 그 광경은 다르막의 시선을 잠시 고정시켰으나 그는 금방 고개를 돌리고 한 손으로 석궁 화살을 재장전하기 시작했다. 헤스티아는 현기증을 느끼며 주저앉았다.

"허허, 왜 그러느냐? 이제부터 시작이거늘."

"영주님은 아무런 잘못이 없잖아요! 그런데 왜⋯⋯."

"네 입으로 이야기하지 않았느냐? 그가 무슨 의도로 프리든에 왔는지 말이다."

그 순간 그룬터가 갑자기 몸을 일으켰다. 그리고 성큼 걸어 다르막의 곁에 섰다. 놀란 다르막은 마침 장전이 끝난 석궁을 그에게 겨누었으나 그룬터는 조금도 물러나지 않았다. 하지만 그렇다고 그를 공격하지도 않았다.

"할 말이 있나 보군."

다르막은 그의 재갈을 풀어주었다. 하지만 석궁을 겨누는 것은 잊지 않았는데, 그가 언제 소리를 질러 사람들을 불러 모을지 알 수 없었기 때문이다.

"헤스티아에게 물어봐야 소용없는 일이다. 모든 것은 내가 시킨 일이니까."

"네가 시켰다고?"

"그 검은 옷을 입은 미친놈은 세 명일 것이다. 한 명은 팔이 부러져 있을 테고, 한 명은 마차에서 대기하고 있었겠지. 어떤가?"

정확하다. 다르막의 눈에 살기가 깃들었다. 암살자이면서도 그 감정을 숨기지 않는 모습에서 그룬터는 자신의 생각이 옳음을 확신했다.

'소리를 지르든 지르지 않든 이놈들은 나와 헤스티아를 죽일 것이다.'

죽인다는 이야기를 직접적으로 하지 않은 채 그룬터를 속박하고 심문하고 있지만 이것은 희망을 줌으로써 원하는 정보를 얻는 고문의 기본이다.

그룬터가 왜 프리든에 왔는지, 헤스티아의 말을 들어 그것을 믿고 있는 그가 그룬터를 살려둘 리가 없다. 헤스티아도 마찬가지다. 그러니 살아남는 길은 스스로 만들어야 한다.

"헤스티아, 내가 죽으면 곧바로 비명을 질러라. 둘 다 죽겠지만 저놈들이 탈출하는 것은 막아야 하니까."

적들에게 들으라는 말이나 다름없었다. 그러자 다르막은 슬며시 웃었다.

"내가 너희들을 왜 죽이겠느냐? 나는 그 검은 옷을 입은 광대들에게만 관심이 있다."

"그렇다면 서로 이해관계가 맞아떨어지는군. 내가 그 검은 옷을 입은 놈들에 대해서만 말하면 물러가겠단 말인가?"

"물론이다."

다크문의 암살자들은 서로 눈빛을 교환했다. 생각보다 일이 쉽게 풀렸다는 생각 때문이다. 하지만 그룬터는 잠시 입을 다물었다. 순순히 사람을 팔아먹는다는 인상을 줘서 좋을 것이 없으니까.

"그래서 누구란 말이냐?"

결국 참다못한 다르막이 먼저 물었다. 그동안 헤스티아는 놀란 눈으로 그룬터를 바라보고 있었는데, 설마 왕자를 팔아먹을 생각을 할 줄은 몰랐다는 표정이었다. 그룬터는 그녀에게 고개를 흔든 다음 다르막을 바라보았다.

"생각해 보면 간단히 알 수 있는 것 아닌가?"

"하! 영주! 시간을 어떻게 끌어볼 모양인 듯하지만 어림도……."

"이 저택에 플렉스 오렐리가 양자로 들어왔다는 것을 모른단 말이냐?"

"알고는 있다만 무슨……."

"어이가 없군. 그렇다면 자신의 과거를 지우기 위해 그놈이 무슨 짓을 할지는 뻔한 것 아닌가?"

다르막은 그의 말에 일리가 있다고 생각했다. 하지만 그 또한 바보가 아닌지라 한 번에 넘어가는 일은 없었다.

"영주, 날 너무 어수룩하게 보는군. 그런 말을 하면 내가 당신의 정적인 플렉스를 죽여줄 거라 생각했나?"

"얼마 전에 생긴 살인 사건이 누구에 의해 발생했는지 듣지 못했단 말인가? 미네스덴 연회장 한가운데에서 무슨 일이 생긴 줄도 모른다면 그 암살자라는 직업은 버리는 게 어떻겠나?"

듣지 못했을 리가 없다. 다크문의 그레민이 플렉스의 여자에게 죽었다는 보고를 똑똑히 들었으니까. 그러나 여전히 앞뒤가 맞지 않는 말이다. 다르막은 다시 물었다.

"하지만 플렉스가 그 가면을 쓰고 우리의 은거지로 쳐들어오진 않았을 것이다. 날 공격한 자는 남자였고, 플렉스가 상처를 입었단 이야기는 듣지 못했다. 그러므로……."

"나와 논리 싸움을 할 거라면 더 할 말이 없군. 이대로 시간을 죽이고 있다가 지나가던 시녀에게 들켜 난리가 나는 꼴을 원한다면야……."

그의 말대로다. 이 방에 계속 있을 수는 없다. 다르막은 잠시 눈을 감았다 뜨며 동료들에게 명령했다.

플렉스 오렐리를 잡아오라고.

그룬터의 방엔 두 명이 남았다. 다르막 델피언과 체격이 건장한 다른 사내다. 이때엔 헤스티아도 온몸이 묶여 있었는데 재갈은 하지 않은 상태였다.

재갈을 물리려 하면 큰 소릴 내겠다고 그룬터가 엄포를 놓았기 때문이다. 이에 대해 다르막은 그룬터와 헤스티아에게 희망을 주기 위해 하는 수 없다는 식으로 고개를 끄덕였다.

'죽일 때 성대를 노리면 그만이지. 설마 정말로 비명을 지를까 봐 이렇게 벌벌 떨면서 살려주고 있다고 생각하고 있는 건가?'

다르막은 자신의 솜씨를 과소평가하고 있는 그룬터를 비웃으며 부하들이 플렉스를 잡아오길 기다렸다. 그동안 헤스티아는 다르막을 바라보고 있었다.

"그런데 개러지는 어디에 있나요?"

그녀는 검은 옷을 입은 괴한들에게 공격당했다는 이야기

를 들었지만, 그래도 최악의 상황은 생각하지 않았다. 지금 눈앞에 미네스텐 가문이라는 장소까지 쳐들어온 외팔이 다르막이 보이는데도 그녀는 상황을 낙관적으로 보고 있었다.

왕자에 의해 공격받았지만, 상처만 입고 모든 사람들이 다 살아 있을 것이란 그런 기대를.

"흐… 흐흐… 뭐라고? 개러지가 어디 있느냐고?"

다르막은 웃음을 터뜨렸다. 반 토막 난 아들의 시신을 땅에 묻어두고 왔는데 어디 있냐고 묻는 여자를 지켜보기만 하는 것은 그에겐 버거운 일이었다. 그 여자가 죽인 것이나 다름없는 자라면 더더욱.

마침내 그는 석궁을 들어 헤스티아를 겨누었다.

"곧 알게 될 것이다."

"길드장님!"

남아 있던 단원이 말리지 않았다면 다르막은 헤스티아를 쏴버렸을 것이다. 그렇다고 흥분한 다르막이 화를 가라앉히며 자신의 부족한 자제력을 사과했느냐 하면 그것은 아니다. 다르막은 그를 밀치고 다시 활을 들어 올렸는데, 그때 가느다란 비명 소리가 사람들의 귀에 들렸다.

"뭐지?"

그리고 다음 순간, 지진이 난 것처럼 굉음이 울렸다.

"무슨 일이냐?"

"꺄아아아아악!"

그것을 들은 것은 그 혼자만이 아니었다. 저택에서 잠에 들려 하던 사람들 모두가 그 소릴 들었고, 복도가 소란스러워지기 시작했다. 다르막은 재빨리 남은 단원에게 명령했다.

"어서 나가서 무슨 일인지 확인해 보아라."

단원은 그 길로 문을 열고 조심스럽게 나갔다. 하지만 문을 여는 그 짧은 순간 혼란스러운 잡음이 방 안으로 들어왔다. 저택 전체가 잠에서 깬 것이다.

다르막은 잠시 문을 보며 생각했다.

'무슨 일인지는 모르겠지만 기회인지도 모른다. 이 녀석들을 지금 죽여 버리면 그 혼란에 휩쓸릴 것이다. 이놈들이 비명을 지르든 말든 누가 듣지도 않겠지.'

그는 결심하고 그룬터 쪽으로 몸을 돌렸다. 먼저 그를 죽일 생각이었다. 하지만 다르막이 본 것은 그룬터의 돌진이었다.

'석궁을 향해 달려들다니?'

깜짝 놀란 다르막은 재빨리 석궁의 방아쇠를 당겼다. 석궁의 화살은 작고 예리하여 이번에도 그룬터의 몸통을 뚫고 지나갔다. 하지만 그것은 너무나 깔끔히 몸을 관통하여 그룬터를 저지시키진 못했다.

"영주님!"

헤스티아는 그제야 반응했다. 하지만 이때 그룬터는 다르막의 몸을 덮쳐 깔아뭉개 버린 상태였고, 덕분에 다르막은 품의 단검을 꺼내지도 못하고 아래에서 버둥거려야 했다.

"이런 미친놈."

그는 포박과 고통으로 움직이지 못하는 그룬터를 밀쳐 낸 다음 품에서 칼을 꺼냈다. 칼은 예리했으며, 비록 한 손을 잃었다 하나 숙련된 암살자인 그의 손에 들린 이상 그룬터의 목에 꽂히는 것은 당연한 수순으로 보였다.

거친 숨을 내쉬던 그룬터는 그의 손에서 단검이 번쩍이는 것을 보고 눈을 감았다. 양팔은 몸통과 함께 묶여 있고, 자신은 복부에서 흘러나오는 피가 웅덩이를 만드는 상태다. 더 이상 그가 할 수 있는 일은 없었다.

그룬터가 그리 생각하는 그 순간, 헤스티아가 움직였다. 그녀 자신도 팔이 묶여 있었으나 다리는 멀쩡했다. 그녀는 날듯이 단숨에 다르막과의 거리를 줄이더니 그의 팔을 차버렸다.

특별히 계산해서 그런 것은 아니었다. 다만 다르막은 강하게 단도를 쥐고 있었고, 헤스티아는 그의 손목이 아닌 팔꿈치를 차버렸다. 그 결과 다르막의 팔은 안으로 꺾여 그의 단도는 그의 목을 찔렀다.

"껵… 끄윽……."

목을 찔린 다르막은 바람 빠지는 소리를 몇 번 내다가 그대로 숨을 거두었다.

"아……."

이 광경은 전에도 본 기억이 있다. 공격당하는 그룬터를 구해주고 다크문의 사람을 죽이는 것. 그때의 기억이 고스란히 되살아난 헤스티아는 패닉 상태에 빠져 그 자리에서 쓰러졌다. 그녀의 상태가 걱정되긴 하지만 지금 이대로는 그룬터 자신이 죽을 판이다.

'기절도 편하게 못하는군.'

그는 힘겹게 기어가 이빨로 문을 연 다음 정신을 잃었다.

Chapter 10

크라시우스

CHAIN MAIL - ARMOR made from linked iron or steel was the main type of armor worn from the Celtic p in the 6th century B.C. (pp. 10-11) until the 13th centur then knights found mail armor not only uncomfortab wear but also inadequate protection against weapo such as war hammers and two-handed swords. At first plate armor, which was gradually introduced in the 13th century, was simply added to mail armor. But from the 1400s until the coming of firearms in the 1600s, knights went to war entirely encased in suits of plate armor.

INCENDIARY (FLAMING) ARROWS
Incendiary arrows and bolts were used in warfare until the 1600s. A wad of hemp or flax was soaked in a flammable substance, fixed beneath the arrowhead, and then lit just before the arrow was shot.

다음날 그룬터가 깨어난 곳은 니첸의 방이었다. 그는 깨어
난 직후 사방을 둘러보고 헤스티아가 창가에서 물수건을 짜
고 있는 것을 발견했다. 그다음 그룬터는 자신의 상태를 확인
하고 피식 웃었다.

　상체는 벗겨져 있고 복부엔 붕대가 감겨져 있으나, 머리엔
투구를 쓰고 있어 스스로 보기에도 우스꽝스럽다.

　그룬터는 어젯밤 일을 떠올렸다. 다크문, 다르막 델피언,
플렉스 오렐리, 그리고 크라시우스. 무모하게 도박을 몇 번이
나 걸었지만 결국 살아남았다.

　"어? 아, 영주님!"

마침 뒤를 돌아본 헤스티아는 그룬터의 얼굴을 보고 환한 미소를 지었다. 그룬터는 다시 한 번 자신이 살아 있음을 느꼈다.

"어제 이야기는 이제 끝났느냐?"

"네?"

무슨 말인지 이해하지 못한 헤스티아는 고개를 갸웃거렸다. 그룬터는 그녀의 반응만으로도 전날 그녀의 고민이 끝났음을 알 수 있었다.

다크문을 궤멸시키기 위해 영지에 온 영주를 선택할 것인가, 아니면 다크문으로 돌아갈 것인가 하는 그녀의 고민은 더이상 없을 것이다. 그룬터의 생각이 맞는다면 지난밤 다크문은 말 그대로 궤멸했을 테니까.

"영주님, 그런데 죄송하지만… 성에서 연락이 왔습니다. 일어나면 바로 왕성으로 오시라고."

"국왕 전하였느냐, 아니면 왕비 전하였느냐?"

"왕비님이셨습니다."

예상했던 부름이다. 그룬터는 고개를 끄덕이고 침대에서 일어났다. 헤스티아가 그를 위해 준비한 미음을 한 번에 마시고 옷을 챙겨 입은 다음 그는 밖으로 나왔다.

그룬터는 나오자마자 자신의 상처가 터졌는지부터 의심했다. 피 냄새가 났기 때문이다. 다행히도 그의 상처는 터지지 않은 상태였다.

당연한 일이지만, 그룬터의 상처는 아직 아물지 않았다. 그룬터는 전날 기절하기 전 문을 열어두어 지나가는 사람에게 구조될 여지를 남겨두었다.

그는 구조되었고, 미네스덴 가문의 치료를 받아 위급한 상황까진 가지 않았다. 하지만 그동안 그는 의식 불명이었고, 간밤에 생긴 일에 대해 정확히 알 수는 없었다. 때문에 그가 밖으로 나와 복도가 피투성이인 것을 확인했을 땐 그도 조금 놀랄 수밖에 없었다.

"어떻게 된 것이냐?"

뒤따라 나온 헤스티아는 그룬터를 부축하며 지난밤 일을 설명했다.

"어제 영주님이 플렉스에게 그들을 보내셨는데……."

"그러했지."

"'그 여자'가 잔인하게 그……."

"다크문 사람들을 죽였느냐?"

"네. 그리고 거기서 그치지 않고 밖으로 나와 사람들을 무차별로 살해했습니다."

"뭐라고?"

그룬터는 흰색 벽과 천장, 바닥에 흩뿌려진 피를 보고 현기증을 느꼈다. 이 모든 것이 사람의 피란 말인가? 그룬터는 심호흡을 한 번 한 후 냉정을 되찾았다.

"플렉스는?"

"저도 잘 모르겠습니다. '그 여자'와 함께 그냥 방에서 근신 중인 것으로 알고 있습니다."

"그럼 니첸은?"

"청지기장님의 방에 계십니다."

"세이린이 다쳤나?"

"아뇨. 그… 영주님에게 방을 제공한 뒤 지낼 곳이 없다고……."

그룬터는 왜 자신이 니첸의 방에서 눈을 떴는지 깨닫고 실소했다. 그룬터가 흘린 피나 다르막의 시신 때문에 사람들은 그를 다른 방으로 옮겨서 간호한 것이다. 그리고 니첸은 세이린과 같이 있고 싶어 스스로 방을 제공한 것이리라. 간단한 일이다.

하지만 그 순간 그룬터는 갑자기 등골이 오싹해짐을 느꼈다.

"헤스티아, 그런데 누가 날 치료했느냐? 아니, 누가 날 제일 먼저 발견했느냐?"

"네? 그땐 저도 정신이 없어서……. 제가 깨어났을 땐 영주님은 이미 니첸님의 방으로 옮겨진 뒤……."

"뭐라고? 그럼 그때 내 얼굴에 투구는 씌워져 있었느냐?"

헤스티아도 놀란 얼굴이 되었다. 일단 그녀는 그랬다고 대답은 했지만, 그 중간에 그룬터의 맨얼굴이 노출되어 있었다는 것은 분명하다.

'수도다. 미네스덴 가문이야. 내가 군터라는 것을 알아본 사람이 있을 수도 있어.'

그룬터는 헤스티아에게 자신을 옮긴 사람을 찾도록 명령했다. 헤스티아는 몸이 성치 않은 그룬터를 도와 왕성에 다녀오고 싶었지만 어느 것이 중요한지는 스스로도 잘 알고 있었다. 그녀는 고개를 끄덕인 다음 돌아갔고, 그룬터는 마차를 타고 왕성으로 향했다.

아직 걸음걸이가 온전하진 않았다. 그룬터는 힘겹게 마차에서 내려 왕성을 올려다보았다. 특별히 부탁한 덕분에 그는 마차를 타고 왕비의 별궁까지 올 수 있었다. 문지기는 그룬터를 보더니 깍듯이 인사하며 비켜섰다.

"잠시만 기다려 주십시오. 시녀를 불러 오겠습니다."

전과는 확실히 다른 대우다. 그룬터는 고개를 끄덕이고 기다렸다가 시녀의 안내를 받아 왕성으로 들어갔다.

그녀 혼자 별궁으로 쓰고 있는 건물이라 왕비의 성치곤 작다는 느낌이 들지만, 그래도 어지간한 귀족의 저택 정도는 되는 크기다. 그룬터는 몇 걸음 걷다가 심호흡을 하며 멈추길 수차례 반복하여 2층 방 안에 들어갈 수 있었다. 연락이 된 듯 왕비가 먼저 도착하여 그를 기다리고 있었다.

"오래간만이군, 클라우츠 베이른 경."

"프리든의 클라우츠 베이른이 왕비마마를 뵙습니다."

가볍게 인사를 나누는 장면까지 시녀에게 보여준 뒤, 왕비는 방 안의 모든 이들이 나가도록 명했다.

붉은 카펫이 깔려 있는 이 방 안은 침대는 없었지만 굉장히 큰 소파가 있어 평소 왕비와 클라우츠 베이른이 무엇을 했을지 쉽사리 짐작이 가는 구조였다. 하지만 그룬터는 그럴 생각으로 이곳에 온 것이 아니었다.

"전하, 무슨 일로 절 부르신 것이옵니까?"

왕비는 그룬터가 말하길 기다리고 있었다. 그것은 물론 사과를 기다리고 있었다는 것이지, 이렇게 그룬터가 발뺌하여 왕비인 자신이 이유를 설명하는 것을 원한 것이 아니었다. 그러나 그녀는 이 말을 듣는 순간 피가 거꾸로 솟아오르는 듯한 분노를 느끼며 말해야 했다. 자신이 왜 화가 났는지, 왜 왕비라는 자존심을 버리면서 이렇게 대답해야 하는지를.

"대체 무슨 속셈이지? 어쩌자고 공주 년이랑 키스를 한 거야?"

그룬터는 그녀를 더 애타게 할 생각으로 아무 말도 하지 않았다. 애초에 그녀가 왕성으로 그룬터를 부른 시점에서 이미 누구의 패배인지는 자명하다. 여기서 아무리 자신이 잘못했다고 사과한들 먼저 자존심을 굽힌 사람은 왕비이지 그룬터가 아닌 것이다.

"왜 말이 없는 거지? 너도 결국 젊은 년이 좋다는 건가? 어디 말해봐! 이 명령서가 그렇게 기분이 나빴냐고!"

그녀는 방구석에 놓인 탁자로 걸어가 양피지를 하나 집어 들었다. 중간이 찢어져 너덜거리는 그 양피지는 그룬터를 곤란하게 만들고 있었던 그 명령서다.

'어지간히 이기고 싶나보군.'

저 명령서가 있으면 검은 기사는 굽실거릴 수밖에 없다. 물론 영지를 유지하고 싶을 때의 이야기지만.

그렇다고 왕비가 무조건 이기는 싸움은 아니었다. 연인 관계에선 정말 마지막에나 들고나올 법한 '힘으로 누르기'가 나온 것을 보면 그녀는 정말 최악의 상황까지 생각하고 있는지도 모른다. 아직 왕비는 이용할 가치가 있다. 그러니 적당한 수준에서 그만두게 해야 할 것이다.

그렇게 그룬터가 생각하는 와중에도 왕비의 비참한 이야기는 계속되고 있었다.

"대체 뭐하자는 거야? 내가 한번 만나는 걸 거절했다고 곧바로 젊은 년에게 쪼르르 가버리고! 겨우 그 정도야? 뭐라고 말 좀 해봐! 평소 내 앞에선 그렇게 말이 많았으면서!"

"공주가 멋대로 행동했을 뿐입니다."

그룬터는 정석대로 변명했다. 먹힐 것이 아니었지만.

"멋대로? 아무것도 하지 않았는데 그 천둥벌거숭이 같은 머슴 년이 남자에게 키스를 해? 당신이 얼마나 매력있는지는 나도 잘 알아! 하지만 그것은 어디까지나 나만을 위해 존재해야 하는 거야! 남에게도 내비칠 거라면 나에겐 의미가 없어!"

그룬터는 일단 그녀의 화를 가라앉히기 위해 사과를 시작했다. 지난밤에 있었던 사건 때문에 공주가 자신을 좋게 본 것 같다. 어쩌면 왕비 전하에게 보여주기 위해 도발한 것일지도 모른다. 그런 식으로 이야기하자 왕비도 고개를 끄덕였다.

"그러니까 그년이 날 열 받게 하려고 당신을 이용했다 그거야?"

"제 생각엔 그렇습니다. 저는 공주와 단둘이서 대화한 적도 없습니다. 저 자신이 가장 당혹스러웠다는 것을 잊지 말아주십시오."

"그렇지? 하긴… 그년이라면 날 열 받게 하려고 제 몸도 팔년이긴 하지."

그녀는 손톱을 물어뜯다가 마침내 납득한 듯 고개를 끄덕였다. 그러자 그녀는 얼굴을 활짝 펴며 소파에 앉았다. 그리고 그룬터를 곁에 앉혔다.

"그래서 어땠어? 그년이 키스했을 때 말이야."

"형편없더군요. 입 냄새도 심하여 참느라 고생했습니다."

"뭐어? 그래?"

그녀는 깔깔 소리를 내며 목젖이 드러날 정도로 웃어젖혔다. 볼에 한 것인 줄은 모르는 모양이다. 으레 그렇듯 소문은 와전되게 마련이니까. 하지만 그룬터의 생각이 어찌 되었든 그의 말은 왕비의 기분을 좋게 하기에 충분했다.

"그렇구나. 그럼 우리 사이는 변함없는 거지?"

"그것은 전하께서 정하실 일입니다. 저의 마음은 변한 적도 없고 변할 리도 없으니까요."

"베이른 경."

그룬터의 말이 마음에 들었는지 그녀는 그룬터의 투구를 벗기고 키스하려 했다. 하지만 그룬터는 투구를 벗기는 그녀의 손을 붙잡았다.

"왜······?"

"클라우츠 베이른이 전하를 사랑하는 마음은 변함없습니다. 하지만 프리든의 영주는 그 명령서의 존재를 신경 쓸 수밖에 없군요."

그룬터는 탁자 위에 올려 있는 문서를 가리켰다. 그러자 왕비는 싸늘하게 식은 표정으로 그룬터 곁에서 일어났다.

"영주 자리가 그렇게 탐나는 거야? 그깟 영주 자리 때문에 계속 나를 떠나 있게 된 거잖아! 그냥 이 기회에 영주 자리 그만두고 수도로 돌아오는 것도······."

"이전 자리에서 전하는 귀족들의 권리를 약화시키고 왕족의 권위를 세우기 위해 이 청원을 허락한다 하지 않으셨습니까?"

"그, 그런 것도 있지만······."

그룬터는 분노를 느꼈다. 저 여자는 거창한 어떤 목적이 있어서 마이어 오라클의 제안을 받아들인 것이 아니었다. 마이어 오라클 앞이라 그렇게 위장했을 뿐이다. 그녀는 클라우츠 베이른이라는 자신의 정인을 수도로 돌아오게 하기 위해 프리든이라는 영지를 없애려 한 것이다.

'이런 여자가 왕비라고?'

그는 이 자리에 앉아 있다간 살의에 먹혀 그녀에게 칼을 휘두르게 될지도 모른다고 생각했다. 그래서 일어나 그녀로부터 떨어졌다.

"어딜 가려는 거야?"

그런 그룬터의 움직임을 밖으로 나가려는 것으로 해석한 왕비는 곧바로 언성을 높였다.

"나가지 마. 나가는 순간 정말 난 두 번 다시 당신을 보지 않을 테니까."

민감한 반응이다. 그룬터는 극적 효과를 위해 오히려 뒤로 돌아 문으로 향했다. 그러자 왕비가 더 큰 목소리로 외쳤다.

"다시는 당신을 보지 않는다는 것이 무슨 의미인지나 알고 있어? 전하에게 이야기를 하겠다는 거야! 전하가 당신을 죽이려 할 때 더 이상 막지 않겠다고 말하는 거라고!"

"왕비 전하가 그 문서를 찢어주시면 저는 더 이상 고집 피우지 않겠습니다."

"그럴 수는 없어! 나, 마이어가 준 돈으로 벌써 포센의 최신품을 예약했는걸!"

순간 그룬터는 자신의 귀를 의심했다. 그는 머릿속에 떠오른 사람의 이름이 아니길 빌면서, 그저 동명이인이길 바라면서 어리석게도 확인했다.

"포센이라면 그 유명한 보석 세공사 말씀이십니까? 대국 도우의 그……?"

"응. 취소하면 평판이 떨어져서 다시는 예약할 수 없단 말이야! 그러니까 안 돼!"

"아……."

마침내 그룬터는 평소 내지 않았던 기다란 탄식과 함께 소파까지 비틀거리며 걸어와 쓰러졌다.

'이런 여자 때문에 형제들 간에 내분이 생겼단 말인가? 이런 여자 때문에 그 충직한 신하들이 떠나갔단 말인가? 이런 여자 때문에…….'

마침내 그룬터는 일어났다. 이젠 더 이상 참을 수가 없다. 여기서 저 여자가 내뱉는 공기를 마시는 것만으로도 역겨워 토할 것만 같았다.

그룬터는 결국 최후, 최악의 경우에 쓰기로 했던 계획을 실행하기로 했다.

"카타리나."

"뭐야? 이름 부르는 건 침대에서만 하기로 한 거잖아."

"너는 클라우츠 베이른의 얼굴을 기억하고 있겠지?"

문득 왕비는 이상함을 느꼈다. 자신을 3인칭으로 부르는 귀여운 짓은 검은 기사에게 어울리는 행동이 아니기 때문이다. 그런 것 때문일까. 왕비로서 남에게 질문 받는 태도에 익숙지 않음에도 그녀는 고개를 끄덕이며 순응할 수밖에 없었다. 그러자 그룬터는 그녀 앞에서 천천히 투구를 벗었다.

왕비는 수개월 만에 보는 정인의 얼굴을 감상하기 위해 그 모습을 눈에 담다가 어느 순간부터 얼굴이 일그러지기 시작했다.

"너는 누구……."

처음엔 그것이었다. 당장 기억나지 않는 사람의 얼굴이었다. 그래서 그녀는 기겁하며 밖의 경비병을 부르려 했다. 하지만 머리와 눈동자의 색깔, 눈매, 그리고 콧날과 턱 선을 보더니 털썩 주저앉아 벌벌 떨기 시작했다.

"그, 그럴 리가, 그럴 리가 없어. 이왕자는 분명히 죽었어! 경비! 경비병!"

그녀는 패닉에 빠져 소리쳤다. 하지만 그녀의 말에 달려오는 경비병은 없었다. 자신의 은밀한 취미를 위해 그룬터가 이 방 안에 들어서면 건물 밖으로 나가 있는 것이 평상시 내린 명령이었으니까.

"으아아아아!"

그녀는 혼이 빠져나간 얼굴로 기어가 문을 손톱으로 벅벅 긁었다. 다리에 힘이 빠져 문고리에 손이 닿지 않았기 때문이다. 그 정도로 그녀는 혼란에 빠졌다.

'날 이왕자 형님으로 생각할 줄이야.'

그룬터는 탁자로 걸어가 명령서를 들고 왔다. 그리고 옆에 놓여 있던 종이칼을 들어 그것을 찢었다. 그동안 왕비는 방을 빠져나가려고 애쓰고 있다가 가죽이 찢어지는 소리가 들리자 깜짝 놀라며 고개를 돌렸다.

"유, 유령이 아니야."

눈앞에서 칼로 명령서를 찢고 있으니 그리 생각하긴 쉽지 않을 것이다. 왕비는 입을 크게 벌리고 심호흡을 몇 번 하다가 벽을 짚고 일어났다. 그녀는 여전히 믿을 수 없는 표정을 하고 있었다.

"이왕자… 도 아니야. 그래, 이왕자는 더 젊었어. 너는……."

"오래간만입니다, 카타리나. 오왕자 군터 라이케가 14년 만에 뵙습니다."

그룬터는 냉소를 띤 채 예를 갖추었고, 왕비는 그 자리에서 혼절했다.

시간이 지나 왕비가 깨어나자 그룬터는 창가에서 소파로 걸어왔다. 그는 투구를 쓰고 있었다. 덕분에 왕비는 한결 차분하게 행동할 수 있었다.

"너는 클라우츠 베이른인가, 아니면 군터 라이케인가?"

"방금 전 일은 꿈이 아닙니다, 전하."

그룬터의 말에 왕비의 얼굴이 딱딱하게 굳었다. 하지만 상대가 사람이고 칼을 들고 있지 않다는 점이 그녀를 안심시켰다. 그녀는 일어나 물을 한 잔 마신 다음 다시 자리에 돌아와 앉았다. 아니, 그럴 기운이 없어 그녀는 반쯤 누운 채로 그룬터를 바라보았다.

"어찌 된 거지? 베이른 경은? 나를 암살하기 위해 그를 죽이고 투구를 뒤집어쓴 건가?"

"불행하게도 아직은 아닙니다. 그는 객사했고, 저는 우연히 그의 투구를 주웠을 뿐입니다."

그룬터는 왕비가 자신의 말을 믿을 수 있으리라곤 생각하지 않았다. 과연 그녀는 불신하는 눈으로 그룬터를 보고 있다가 그의 태도를 지적했다.

"나는 왕비다. 예를 갖추어라, 오왕자."

"미안하지만 저에게 있어서 당신은 아버지의 여섯 번째 첩일 뿐입니다. 그 이상을 요구한다면 여기 이 자리엔 단둘뿐이라는 것을 상기시켜 드려야겠지요."

왕비는 꿀 먹은 벙어리처럼 입을 다물었다. 주도권은 분명 그에게 있다. 그녀는 몇 년 전에 떠났던 왕자를 남편인 국왕이 만나면 어떻게 될까 하고 생각하다가 순간 얼어붙었다.

'자, 잠깐만. 이 녀석이 클라우츠 베이른의 가면을 뒤집어쓰고 나타났다고 이야기했다간 내가 이놈과 잤다고 생각하시게 될 텐데?'

그건 더 큰 문제다. 둘 다 재기 불능의 상처를 입을 것이다.

왕비는 클라우츠 베이른이 어떻게 되었는지보다 자신의 안위가 걱정되어 그룬터를 바라보았다. 그룬터는 변한 그녀의 눈빛을 보고 이제 이야기를 할 단계임을 깨달았다.

"왕비님도 알고 계시겠지만 농노를 빼앗겨 프리든이 쪼그라들면 저는 쫓기는 것처럼 수도로 복귀하게 되겠지요. 그건 서로 원하는 것이 아닐 것입니다. 저는 이 평화를 소중히 여기고 싶습니다."

왕비는 고개를 그저 끄덕일 수밖에 없었다. 그녀는 그가 원하는 것이 걸레가 된 명령서의 파기임을 알고 있었다. 하지만 그것이 끝이었다. 조금만 더 생각하면 그것이 그룬터의 최종 목적이 아님을 알 수 있었겠지만, 그녀는 엉뚱한 생각을 하고 있었다.

'포센의 예약은 취소할 수밖에 없구나.'

그녀가 피눈물을 흘리고 있다는 것을 그룬터는 알 수 없었다. 물론 몰랐기 때문에 평정을 유지할 수 있었지만.

"그리고 공주의 일을 봐서 알겠지만, 공주는 이미 저에 대해 알고 있습니다. 허튼 수작을 부리면 그 아이와도 싸우게 될 것입니다."

"아, 그렇구나. 그래서 그년이 그런 짓을……."

왕비는 이해가 되었다는 듯 한숨을 내쉬었다. 이 정도면 공주가 군터 오왕자에게 영지를 하사한 형태로 그림을 그릴 수 있다.

'어떻게 발악하면 막아볼 수야 있겠지만······.'

그랬다간 그룬터의 정체가 밝혀져야 하고, 그녀가 군터와 잤느냐 하는 식으로 이야기가 불거지게 된다. 그것은 그녀도 원하는 것이 아니었다. 결국 그녀는 고개를 끄덕인 다음 손가락으로 문을 가리켰다. 애초에 환송식은 기대하지 않았다. 그는 자리에서 일어나 그녀의 방을 빠져나왔다.

그룬터가 미네스덴 가문으로 돌아오자, 마구간지기가 그룬터에게 메시지를 전했다. 손님방은 쓸 수 없으니 니첸의 방으로 돌아오라는 이야기였다. 세심한 배려라고 생각하며 그룬터는 니첸의 방으로 돌아왔다.

방 안엔 헤스티아와 세이린, 그리고 니첸이 그를 기다리고 있었다. 대충 인사를 나누고 그룬터가 침대에 걸터앉는 동안, 헤스티아는 재빨리 다가와 그에게 귓속말로 보고했다.

"누구인지 알 수 없었습니다. 경황 중이라 누구도 그걸 기억하진 못한다고······."

그 보고를 하기 위해 여태 니첸의 방에서 기다린 것이다. 그룬터는 고개를 끄덕인 다음 그녀를 밖으로 내보냈다.

'호인이 거두었길 기도해야겠군.'

그룬터는 한숨을 길게 내쉬었다. 그러자 세이린이 먼저 반응했다.

"영주님, 혹시 왕성에 가신 일이 잘 풀리지 않은 건가요?"

"아니. 잘 풀렸다. 이젠 도시법 관련 일은 더 이상 생각하지 않아도 돼."

그러자 그녀는 환하게 미소 지었다. 비록 이 일의 규모가 커져 자신은 끼어들지도 못했지만, 프리든 영지의 청지기장으로서 걱정을 많이 해왔던 것이다.

하지만 그녀는 마냥 기뻐할 수 없었다. 그녀가 이 자리에 온 것은 단순한 병문안이 아니었다. 그녀는 니첸을 가리켰다.

"영주님, 불편하시겠지만 니첸이……."

"니첸이?"

니첸은 그동안 입을 다물고 가만히 있었는데, 표정이 평소에 보기 힘든 굳은 얼굴이었다. 그룬터는 무슨 일인지를 물었고, 니첸은 한숨을 내쉬며 자리에서 일어났다.

"일단 가자. 가면서 이야기해 주지."

영문을 알 수 없지만 그룬터는 그의 말대로 일어났다. 그의 표정이 어떻다 하기 전에, 그는 미네스텐 가문의 한가운데에 있는 이 방의 주인이고 그룬터의 의뢰인이기도 하다. 그룬터가 일어나자 니첸은 따라오려는 세이린을 막았다.

"세이린은 잠시 기다려 줘."

그가 세이린의 동행을 막았다는 것만으로도 긴장되는 일이다. 그룬터는 그것이 그의 의뢰와 관련되어 있음을 알 수 있었다.

방을 나온 니첸은 말없이 걷다 피가 묻은 복도를 지나치자 입을 열었다.

"대모님이 격노하셨어."

"부인이?"

"음, 자네 방에서 사람이 시체로 발견되었잖아?"

다르막을 말하는 것이다. 그룬터는 고개를 끄덕였다.

"그것 때문에 대모님은 이 일을 자네와 관계있다고 생각하고 계셔."

합리적인 의심이다. 그룬터는 할 말이 없었다. 그저 모른다고 발뺌하려면 자신과 헤스티아가 묶여 있었던 이유를 설명해야 한다. 오필리아는 그룬터의 능력에 점수를 주고 있었으니, 자칫 잘못하다간 신뢰를 잃어버리게 될 것이다.

그룬터는 길게 한숨 쉬고 니첸을 따라 걸었다.

니첸은 방에 들어가지 않았다. 입구의 하녀에게 저지당했기 때문이다. 그룬터는 잠시 니첸과 시선을 교환하고 대모의 방으로 들어갔다. 그녀는 인상을 찌푸린 채 그룬터를 기다리고 있었다.

"왕비와 이야기는 잘 끝났나 보군."

"…네."

"자넨 정말 폭풍을 몰고 다니는 남자야. 자네가 미네스덴 가문에 와서 한 행동부터 읊어야겠군. 너무한 게 아니냐는 말이 들릴 정도로 귀부인을 몰고 다니고, 왕성에선 왕비마마를 탄핵했고, 내 연회장에서 공주와 키스한 데다 불한당들을 이 저택에 끌어들이기까지 했네. 뭐, 어쨌든 좋아! 축하하네! 자네의 생각대로 되었어!"

"무슨 말씀이십니까?"

"플렉스 녀석을 지방으로 내려 보내기로 했네."

그룬터는 고개를 끄덕였다. 여기까진 충분히 예상한 일이다. 다크문 암살단의 인원들을 플렉스, 아니, 크라시우스에게 보낸 이유는 여기에 있다. 단순히 그 자리에서 살아남기 위해서이기도 했지만, 그녀가 다크문의 암살자들을 살해한다면 플렉스의 평판에 영향을 줄 것임은 조금만 생각해도 알 수 있는 일이니까.

다만 크라시우스는 그룬터의 예상보다 훨씬 훌륭하게 일 처리를 해주었다. 폭주한 그녀는 다크문의 암살자뿐만 아니라 비명을 듣고 뛰어나온 다른 인물들까지 살해했다. 피해자의 수는 십여 명이 넘으며, 단순한 사용인뿐만 아니라 귀족도 몇 명 끼어 있었다.

미네스덴 가문은 크라시우스, 아니, 플렉스를 가만둘 수 없는 상황이 된 것이다.

"자네의 계획대로겠지."

순순히 인정해서 대가를 지불할 생각은 없었다. 그룬터는 대답하지 않았다. 그러자 오필리아는 가소롭다는 듯 코웃음을 쳤다.

"누가 봐도 뻔한 일이야. 자네가 발견되었을 때 팔이 묶여 있었던 것, 자네 방에서 시신이 발견된 것, 그리고 그들이 플렉스를 공격한 것. 그래, 증거가 없으니 그렇다 해두지. 하지만 자넨 너무 과했어. 이 모든 것은 결국 니첸에게 칼을 주기 위함 아닌가?"

그룬터는 침묵했지만 이번엔 긍정의 의미였다.

"그래서 과했다고 말하는 것이야. 어째서 내가 그 아이로부터 칼을 빼앗을 생각이 없음을 눈치채지 못한 건가?"

"네?"

"그 칼은 용을 견제할 수 있는 유일한 수단이란 말이네!"

그 순간 그룬터는 이해했다. 왜 그룬터가 아직도 그 칼을 차고 있을 수 있는 것인지, 왜 오필리아가 자신에게 호의를 보냈던 것인지를 말이다. 생각해 보면 우스운 일이다.

'용을 플렉스에게, 그것을 견제할 수단을 니첸에게. 그렇구나. 왜 이것을 깨닫지 못했단 말인가?'

그룬터의 모습을 보고 오필리아는 자신의 의도가 모두 전해졌음을 깨달았다. 입 아프게 말할 이유가 없다.

"니첸이 의뢰를 했으니 자넨 믿을 수밖에 없었겠지. 하지만 그래도 깨달았어야 했네. 그 아이는 자신에게 향하던 관심이 부족해지자 정말로 자신이 후계자 자리에서 내쫓겼다고 생각하고 있단 말이네."

"니첸이 그렇게 잘못 생각하고 있다는 것을 아셨으면 그것이 아님을 깨닫게 해주셨어야 하는 것 아닙니까?"

"좀 풀이 죽어 지냈으면 하는 생각이었으니 말이야."

그룬터는 그녀의 의견에 동감했다. 하지만 동감했다 하여 그들이 같은 편이 된 것은 아니다. 오필리아는 그룬터로부터 시선을 돌리며 말했다.

"플렉스는 지방으로 잠시 내려 보낼 생각이네. 워낙 시끄러우니 지금은 어쩔 수 없지."

"어쩔 수 없으시겠지요."

앞에서 한 말을 다시 하는 걸로 봐서, 분명 그걸로 끝이 아닐 것이다. 그룬터는 그녀의 다음 말을 기다렸다.

"하지만 그 아이는 미네스덴 가문의 후계자야. 또한 그 아이가 우리 가문에 애정을 느끼지 못하는 형태가 되어서는 안돼. 그래서 나는 그 아이에게 감투라도 씌워줘야 하지."

이렇게 길게 둘러서 이야기하는 것은 그룬터로 하여금 불안감을 가지게 하려는 수작이다. 그룬터는 그것을 눈치채고 미네스덴 가문이 가진 영지의 목록을 순간적으로 떠올렸다. 그리고 오필리아와 동시에 말했다.

"사우스엔드에군요."

"사우스엔드에 보낼 생각이네."

사우스엔드는 프리든 근처의 마을 차라를 소유한, 프리든과 가장 가까이 있는 영지다. 하필 그곳에 플렉스를 취임시키겠다면 그녀의 목적이 무엇인지는 뻔하다.

이런 일을 벌인 그룬터에 대한 징벌이다.

"자네 둘은 사이가 좋은 모양이더군. 어디 한 번 이웃 영지에서 잘해보게."

그녀는 말을 마치고 문을 가리켰다. 그룬터는 그녀의 명령에 의하여 밖으로 나갈 수밖에 없었다. 문밖에서 대기하고 있던 니첸은 생각보다 그룬터가 일찍 나오자 안도의 숨을 내쉬었다.

"내 칼 문제는 어떻게 됐나?"

오필리아가 칼 문제를 니첸에게 숨긴 것은 가정교육의 일환이다. 그룬터가 침범할 수는 없었다. 결국 그는 따끔하게 한마디하는 것으로 이 일을 마무리 지었다.

"자네가 그 칼을 빼앗기면 그때 본격적으로 되찾는 일에 착수하도록 하지. 그러니 제발 얌전히 좀 지내게."

도시법 문제는 해결되었다. 그룬터로서는 더 이상 미네스덴 가문에 남아 있을 이유가 없었다. 그룬터는 미네스덴 가문에서 일하고 있던 프리든 사람들을 불러 내일 떠날 수 있도록 준비하라고 명령했다.

"좀 더 머물다 가도 될 텐데 말이야."

이번 일로 제법 친해진 니첸은 세이린이 떠나는 것이 아쉬웠는지 투덜거렸지만, 선뜻 마차 한 대를 내주었다. 올라올 때 불편하게 말 한 마리 달랑 데리고 올라온 그룬터는 그의 선심을 받아들일 수밖에 없었다.

　그렇게 미네스덴 가문에서의 일을 마무리하라고 이른 뒤 사람들을 내보냈는데, 유독 헤스티아만이 머뭇거리며 마지막까지 나가지 않았다.

　그녀는 사람들이 모두 나가자 문을 닫고 그룬터를 바라보았다.

　'아직 문제가 남았나?'

　그룬터는 그녀가 말하길 기다렸다. 무슨 일인지 물어 그녀를 압박하고 싶지 않았기 때문이다. 하지만 그룬터는 이번에 그녀가 할 말이 어떤 내용인지만큼은 곧 짐작할 수 있었다.

　평소와 달리 그녀는 얼굴이 붉어져 말을 꺼내는 것을 몇 번이나 망설이고 있었던 것이다.

　'설마……'

　그렇게 그룬터가 설마하는 동안 그녀가 입을 열었다.

　"저는 몸종이고… 물론 영주님이 어젯밤에 말씀하신 그 좋아한다의 의미가 단순히 제가 원하는 것만은 아니라는 것도 알고 있지만… 그래도……."

　그녀는 결론을 내리지 못하고 있었다. 그래서 그룬터는 손을 들어 그녀의 말을 막았다.

　"어제 그 말은 네가 원하는 대로 해석해도 상관없다."

　여자를 부끄럽게 하고 즐기는 취향은 없었다. 그룬터는 마침내 헤스티아를 인정했다. 그러자 그녀는 아무 말도 하지 않고 활짝 웃었다.

"저, 저기, 그럼 전 이만 나가보겠습니다."

그녀는 그렇게 말하고 나가려다 갑자기 멈추어 몸을 돌렸다.

"그… 그럼 저… 저도 그거 해봐도 되나요?"

그거라니? 그룬터도 그것이 무엇인지는 알 수 없었다. 하지만 칼로 배를 찌르는 그런 것은 아닐 것이다.

'상관없겠지.'

그룬터가 고개를 끄덕이자 헤스티아는 그에게 천천히 다가갔다. 그리고 그룬터의 투구를 붙잡았다.

'설마……?'

이번에도 그룬터가 설마하는 동안 그녀는 그룬터의 투구를 반쯤 올리고 그의 볼에 입을 맞추었다.

"헤헤."

공주가 했던 그 행동을 그녀도 회의장에서 보았던 것이리라. 그녀는 그 행동을 마치자마자 도망치듯 방을 빠져나갔다. 그룬터는 잠시 멍하니 그녀가 나간 문을 바라보고 있었는데, 그도 그럴 것이, 그와 헤스티아는 이미 알몸으로 동침했던 사이기 때문이다.

'대체 뭐가 부끄러운 거지?'

그룬터는 열심히 헤스티아의 심리를 분석했지만, 이것만큼은 그도 알아낼 수가 없었다.

그룬터는 다음날 곧바로 짐을 싸고 저택을 나왔다. 밖에서 기다리던 일행과 그는 마차 대여소로 향했는데, 그곳엔 이미 많은 사람들이 대기하고 있었다. 그룬터를 배웅하기 위한 사람은 아니었다.

우연인지 아니면 오필리아의 안배인지 그룬터가 떠나는 날 플렉스도 함께 떠나기로 되어 있었다. 단 하루 만에 쫓겨나는 것이다. 플렉스, 아니, 크라시우스가 저지른 사건이 얼마나 큰 것인지 쉽게 알 수 있는 대목이다.

하지만 그렇다고 그룬터가 플렉스에게 동정심을 가진다거나 하는 일은 없었다. 그는 마부에게 서둘러 마차를 준비할 것을 명령했다. 그동안 잠이 덜 깬 니첸이 그룬터를 배웅하러 나왔다.

"어째 내 의뢰는 그냥 어물쩍 넘어가는 느낌이 드는데……."

그는 투덜거리긴 했으나 소외된 이 가문에서 유일하게 그를 상대해 준 남자가 그룬터임을 잊지 않았다. 그는 손을 내밀어 악수를 청했고, 그룬터도 이 매력 넘치는 남자의 작별 인사를 무시할 생각은 없었다.

그룬터와 악수를 나눈 니첸은 곧바로 곁에 있던 세이린에게 포옹을 시도했다. 다른 곳이었으면 얼굴에 주먹이라도 꽂아 저지시켰을 테지만, 지금은 제법 많은 사람들이 플렉스를 보기 위해 나와 있는 상태였다. 그녀는 역겨운 표정을 숨기며 니첸의 포옹을 받아들였다. 그의 손이 엉덩이로 향하자 결국 무릎으로 그의 사타구니를 찍어버렸지만.

그러는 사이 인파를 헤치며 플렉스와 크라시우스가 모습을 나타냈다. 그룬터는 그와 마차를 나란히 하고 가야 함을 깨닫고 표정이 안 좋게 변했지만, 투구 덕분에 세이린처럼 애쓸 필요는 없었다.

"아ㅡ! 빌어먹을! 내가 왜 이렇게 시골로 쫓겨나야 하냐고!"

그는 큰 소리로 다 들으라는 듯 외치다 곁에서 자신을 따르고 있는 크라시우스에게 들으라는 듯 말했다.

"내가 한 것도 아닌데 말이야!"

"그들을 죽이라는 명령은 그대가 내린 것이다."

어지간히 크라시우스도 시달렸던 모양이다. 평소 그의 말에 대답하는 일이 없던 그녀조차 곧바로 응수했다. 저택 안이었다면 플렉스도 여기선 꿀 먹은 벙어리처럼 입을 다물었지만, 사람들의 시선이 자신을 향하고 있다는 것을 알자 그는 항변했다.

"나는 암살자를 죽이라고 했잖아. 다른 사람들까지 죽이라곤 안 했어."

"…그럼 그 명령은 아직도 유효한가?"

"뭐? 그때부터 지금까지 나는 단 한 번도 일반인을 죽이라고 한 적이 없어!"

그렇게 둘이 티격태격하는 동안 오필리아도 마차 대여소에 도착하였다. 그녀는 도착하자마자 이 장면을 보곤 그만하라고 말할 생각으로 손을 들었다. 하지만 그녀는 그 생각을 말로 꺼내지 못했다.

플렉스가 자신의 명령이 유효하다고 인정한 그 순간, 크라시우스의 몸이 사라졌다. 그 다음 순간 그녀가 모습을 드러낸 것은 그룬터의 근처, 헤스티아의 앞이었고, 그녀의 손은 헤스티아의 가슴을 관통해 삐져나왔던 것이다.

"컥······."

헤스티아는 자신에게 무슨 일이 일어났는지도 깨닫지 못한 채 입으로 피를 흘리며 즉사했다. 그녀뿐만 아니라 그룬터, 니첸, 플렉스 모두 지금 일어난 일을 받아들이지 못하여 아무 행동도 취하지 않았다. 그러는 사람들 한가운데에서 그녀는 천천히 헤스티아의 가슴에서 손을 빼며 말했다.

"이 여자는 어제 그 남자들과 같은 냄새를 가지고 있다. 어떤가? 이제 스스로 내린 명령에 만족하나?"

그녀는 자신의 하얀 원피스 치마를 들어 올려 손을 대충 닦은 다음 플렉스에게 걸어갔다. 그때까지도 사람들은 숨소리 하나 내지 못하고 있었다.

쿵!

헤스티아의 몸이 바닥에 쓰러졌다. 그러자 그때부터 시간이 흐르기 시작했다. 세이린은 울부짖으며 헤스티아의 몸을 껴안았고, 오필리아는 경비병을 불렀다. 플렉스는 이 황당한 사건에 당황하여 뒷걸음질 쳤으나 그녀가 죽인 이가 그룬터의 몸종임을 알고 자신의 약함을 감추었다.

그 가운데, 그룬터는 마침내 큰 목소리로 분노를 외쳤다.

"크라시우스!"

그 외침 직후, 그는 니첸의 등에 매인 월인을 빼앗아 크라시우스에게 돌진했다.

『프리든의 영주』 4권에서 계속…